Ruth Weiss

Miss Moore und die Stolpersteine

Kriminalroman

Verlag Edition AV

Ruth Weiss

Miss Moore und die Stolpersteine

Kriminalroman

CIP-Titelaufnahme der Deutschen Nationalbibliothek:

Ruth Weiss; Miss Moore und die Stolpersteine- Krimialroman
Auflage 1. Tsd., Bodenburg
ISBN 978-3-86841-319-9

1. Auflage 2024

Die Ausgabe folgt der Ausgabe von Verlag CULTurBOOKS aus dem Jahr 2017

Der Verlag unterstützt die Arbeit der Kurt-Wolff-Stiftung

Umschlaggestaltung: reverse AG
Umschlagfoto: © RWG G.Springer / Allison Saeng
Autorinnenbild von Ruth Weiss: © Gesche Karrenbrock
Satz: Andreas W. Hohmann
Druck: Druckerei Kleb, Wangen

Printed in Germany

ISBN 978-3-86841-319-9

Bärbel Zimmer und das Lüdinghausener Stolpersteinkomitee

November 1939

An Allerheiligen gehe ich stets in die Kirche, wie es sich für eine alte Jungfer gehört. Das bin ich, auch wenn ich erst neunundzwanzig bin. Die Schwester gibt mir jedes Jahr an diesem Tag frei, manchmal kommt sie selbst mit. Auch ohne sie nehme ich immer die Jüngste mit. Die denkt, weil es ihr Geburtstag ist. Stimmt, aber es ist ein besonderer Geburtstag. Das haben wir ihr noch nicht gesagt. Vielleicht erfährt sie es nie. Ich jedoch werde es heute aufschreiben, jetzt, elf Jahre danach! Ich werde das dann in der Keksbüchse mit dem hübschen Kind auf dem Deckel aufheben, dort, wo ich alles Wichtige aufbewahre, wie meine Geburtsurkunde oder die Brosche, die mir einmal die Schwester geschenkt hat, einen Armreif und eine Uhr.

Wenn sie sechzehn ist, werd ich es ihr geben, dann wird sie reif genug sein, um zu verstehen, dass sie Gott und seinem Werkzeug, dem Arzt, danken muss, der ihre Mutter – meine Schwester – und sie damals gerettet hat, vor elf Jahren.

Ihre Geburt war ein wahres Wunder. Das ganze Haus war in Aufregung, das war verständlich, ich bin zwar bei den anderen Geburten nicht dabei gewesen, aber ich hatte miterlebt, wie sehr die Schwester während der Schwangerschaft gelitten hatte, ich wusste auch, dass sie nach dem vierten Kind einmal eine Fehlgeburt hatte. Ich war diejenige, die sich um sie kümmern musste. Das war nichts Ungewöhnliches, im Gegenteil. Ich war immer diejenige, die putzte, aufräumte und so weiter, dafür hat sie mich geholt, die Schwester.

Es macht Sinn, alles aufzuschreiben, ich habe dazu einen guten Grund! Seit September ist Krieg. Wer weiß, was sich daraus entwickeln kann! Wunderbar, dass unsere tapferen Truppen in Polen schon nach einem Monat siegreich waren, wie es der Führer voraussagte, sodass er sich nun um das Ausschalten von anderen Feinden bemühen kann. Aber davon verstehe ich wenig. Ich möchte nur aufschreiben, was damals vor elf Jahren auf unserem Hof geschah.

1. Kapitel
31. Juli 2006
Little Benton on Sea

Miss Emily Moore hätte wohl niemals etwas über »Stolpersteine« erfahren, wenn sie nicht Ende Juli eine Einladung von Mary Thomson erhalten hätte, am 30. September 2006 an einer »Stolpersteinlegungszeremonie« in Burghofen teilzunehmen. Klar, sie verstand: Stolpersteine, das waren Steine, die einem im Weg lagen.

Um Menschen zum Innehalten zu bewegen, erklärte Mary in ihrem Brief, in dem sie zu Miss Moores Erleichterung eine E-Mail-Adresse angab; sie fand, dass diese neuen Technologien den Kontakt förderten. Eine Meinung, die der ältere Durchschnittsmensch über achtzig nicht mit ihr teilte. Aber wie ihre Freunde behaupteten, war Miss Moore kein Durchschnittsmensch, war es nie gewesen, mit ihrer erstaunlichen Energie, ihrem regen Intellekt, ihrem ruhigen Selbstbewusstsein und ihrer ewigen Neugier.

Stolpersteine, schrieb Mary, seien die Idee eines Kölner Künstlers, der auf diese Weise den in der Nazizeit Ermordeten – Juden, sogenannten Zigeunern, also Sinti und Roma, politisch Verfolgten, Homosexuellen – einen Namen gab. Vor den Häusern, in denen diese Menschen vor ihrer Verschleppung gelebt hatten, wurden Steine in den Bürgersteig eingelassen, auf denen Namen und Daten der Betroffenen standen. Damit sollten Bürger an ehemalige Mitbürger erinnert werden. Das sei bitter nötig, meinte sie, denn Rassismus und Antisemitismus steckten weiterhin tief in der Volksseele, »wahrscheinlich nicht nur in Deutschland, in Europa überhaupt. Die Kirchen haben durch die Jahrhunderte gute Arbeit geleistet! Die Identifizierung des Juden mit dem Teufel funktioniert großartig.«

Miss Moore musste dem leider zustimmen. Sie dachte an Bilder aus dem Mittelalter, auf denen Jesus als helle »arisch aussehende« Lichtgestalt dargestellt ist, der Judas als Jude mit geschwungener Nase und listigen Augen. Der Maler hatte vergessen, dass alle, Jesus wie seine Jünger, Juden gewesen waren.

Mary informierte ihre Freundin weiter: »Hier in Burghofen wurde vor einiger Zeit ein Stolperstein-Komitee gegründet, dem ich angehöre. Wir versuchen, die Geschichte der ehemaligen jüdischen Bürger dieser Kleinstadt zu erforschen und jedem der damals Umgebrachten einen Stein zu setzen. Das Recherchieren kostet Zeit, jeder Stein Geld, es ist aber eine interessante Aufgabe, bei der ich viel gelernt habe. Wir haben auch Nachkommen der Opfer gefunden und hoffen, dass einige zur Zeremonie der Steinlegung erscheinen werden.«

Emily Moore las ihre Post auf der Terrasse, sie liebte die Wochen und Tage, an denen das möglich war. Juli war ihr Lieblingsmonat, da gab es fast keinen Tag, an dem sie nicht hier sitzen konnte. Miss Moore war sich ihres fortschreitenden Alters wohl bewusst. Hatte sie sich am frühen Morgen nicht dabei ertappt, dass sie vermied, in den Spiegel zu blicken? Sie hasste es, die sich vermehrenden Falten im Gesicht und am Hals anzuschauen. Sie schimpfte mit sich, sagte sich, dass das unwürdig sei, sie sollte es hinnehmen, wie es ist, und sich an das Gute erinnern, wie die noch lebhaften Augen und das einigermaßen intakte Gehirn. Obwohl es ihr für ihr Alter von 81 gesundheitlich gut ging, abgesehen von erhöhtem Blutdruck, der unvermeidlich mit Medikamenten bekämpft werden musste, war Emily Moore der Ansicht, man sollte im Alter jeden Tag so verbringen, als ob es der letzte wäre. Deshalb blickte sie mehrmals auf, um den Anblick des Meeres zu genießen, das sich jenseits der Felsen hinter ihrem Garten ausdehnte. Sie mochte das Meer mit jeder seiner Launen, sogar wenn es stürmte. Sie konnte sich keinen anderen Flecken auf Erden vorstellen, um ihren Lebensabend zu verbringen, als eben diesen, am Rande des Meeres im Südosten ihrer Wahlheimat.

Sie überflog den Brief ein zweites Mal. Vor allem die Zeilen: »Es herrscht bei dieser Gedenkaktion nicht immer Friede und Einvernehmen. Im Gegenteil, ich schätze, der Hälfte der Bürger wäre es lieber, diese Stolperstein-Aktion gäbe es nicht, da alte Emotionen aufgewühlt und damalige Ereignisse wieder ausgegraben werden. Am liebsten möchte man die Nazizeit vergessen, oder, besser gesagt, die Gräuel dieser Zeit, und sich nur an Erfolge und, was die Alten angeht, die schöne Jugend erinnern. Bei einer Kirchenveranstaltung stellten wir die Aktion vor und baten um finanzielle Unterstützung. Ein junger Mann sagte empört, dass er und seine Generation nichts damit zu tun hätten, ein zweiter, dass es an der Zeit sei, die Geschichte, Geschichte sein zu lassen und ein alter Mann rief: ›Feindeslüge!‹, ehe er den Saal verließ und weitere ihm demonstrativ folgten. Ich merkte, dass einige Jungen dabei waren, Skinheads, wahrscheinlich Neonazis. Ich wollte zurücktreten, weil ich dachte, meine englische Herkunft behindere die Arbeit des Komitees, aber man überredete mich zu bleiben.«

Interessant, dachte Miss Moore und überlegte, dass sie es Mary schuldig sei, ihr zu helfen und die Einladung anzunehmen. Ihre einstige, seinerzeit junge Sekretärin Mary Thomson, geborene Münze, war ihr zur Freundin geworden. Sie war eine große Stütze gewesen während ihrer fünf Jahre als Präsidentin eines College für Frauen in Oxford. Damals, nachdem sie aus dem Geheimdienst Ihrer Majestät in den Ruhestand gegangen war. Ruhestand hatte man es kaum nennen können angesichts des nie zu bewältigenden Verwaltungskrams. Vor allem wegen der vielen Probleme, die eine Gruppe junger, ehrgeiziger Frauen unterschiedlicher Herkunft verursachen können. Doch da es Miss Moore nicht gegeben war, ihre Hände tatenlos in den Schoß zu legen, war ihr das ehrenvolle Amt sehr willkommen gewesen. Und was die Probleme anbelangte, so hatte Miss Moore meistens eine Lösung gefunden. Oft mit Marys Hilfe.

Es waren interessante und anregende Jahre gewesen, undenkbar ohne Mary Thomson, deren hochaufgeschossene Gestalt die zierliche Miss Moore bei weitem überragte, sodass sie auf ihre Arbeitgeberin stets herabblickte. Was sie beide nicht störte, vor allem, da Mary Thomson sich bewusst war, dass eigentlich sie es war, die zu Miss Moore emporschaute.

Mary hatte als Zwanzigjährige eine kurze, kinderlose Ehe hinter sich, der sie ihren Nachnamen und die Ablehnung des männlichen Geschlechts verdankte. Der Autoschlosser Colin Thomson, den sie nach flüchtiger Bekanntschaft – und ohne ihn im Bett ausprobiert zu haben – im Jahr 1977 geheiratet hatte, war ein sanfter, gutmütiger Mann, der aber im Alkoholrausch jede Sanftmut verlor. Das musste Mary drei Monate nach der Hochzeit feststellen, als er an einem Samstagabend torkelnd und nach billigem Wein stinkend nach Hause kam und sie sich ihm angeekelt verweigerte. Sie fand sich mit Kopfverletzungen und drei gebrochenen Rippen im Krankenhaus wieder und beantragte sofort die Scheidung, trotz Colins tränenreichen Entschuldigungen und Versprechen, dem Alkohol zu entsagen. Sie weigerte sich, einmal als keinmal zu betrachten, zog zurück ins Haus ihres Vaters und führte ihm den Haushalt, als ob es keine Unterbrechung gegeben hätte.

Marys Mutter Helen hatte zehn Jahre nach dem Ende des Zweiten Weltkrieges 26-jährig einen gleichaltrigen Deutschen namens Joseph Münze geheiratet, der als noch nicht ganz 15-Jähriger in den letzten Kriegsjahren gezwungen war, als Flakhelfer zu kämpfen. Als seine Einheit überrollt wurde, kam er in Kriegsgefangenschaft. Im Chaos der Kämpfe wurde sein Alter nicht überprüft, sodass der hochgewachsene Junge mit einer Gruppe anderer nach England kam, wo er erst als Gefangener, dann als Hilfskraft auf einem Gut in der Grafschaft Sussex arbeitete. In England gefiel es ihm, er blieb und gründete von seinen zäh erworbenen Ersparnissen nach zehn Jahren eine Gärtnerei in der Nähe von Oxford. Im Wirtshaus »The King's Head« lernte er Helen Drew kennen, die dort in der Küche für das einfache Menü des Hauses verantwortlich war. Die Bombardierung von London hatte ihr die Eltern geraubt und sie mit einer Gruppe Kinder aufs Land verschlagen.

Sie passten gut zueinander, hatte Mary zu Miss Moore einmal gesagt, als sie sich etwas näher kannten. »Mum war keine vorlaute Londonerin, sie war eher schüchtern und bescheiden. Dad war ebenfalls ein ruhiger Mann, er hörte lieber zu, als dass er sprach«, erzählte sie ihrer Arbeitgeberin und Freundin. »Ich glaube, er liebte Pflanzen mehr als Menschen. Abgesehen von meiner Mutter, die leider an Leukämie starb, als ich zwölf Jahre alt war. Noch immer leuchten seine Augen auf, wenn er von ihr redet. Aber er tut es selten.«

Etwa um die Zeit, als Miss Moore zum zweiten Mal in den Ruhestand trat und nach Little Benton on Sea in ihre geliebte Porters Lodge in der Steep Hill Road zog, erbte der ruhige Mann ein Haus in einem Ort namens Burghofen in Westfalen, und zwar nach dem Tod einer Schwester, Felizitas, die ihn über alles geliebt und dort mit einer alten Magd gewohnt hatte, wie Mary mitteilte. Nach einiger Überlegung verkaufte Joseph Münze die Gärtnerei an seinen Assistenten und zog zurück nach Deutschland. Mary begleitete ihn. Deutsch hatte sie bereits in der Kindheit gelernt, und wie sie erwartete, hatte sie keine Probleme, einen Job zu finden. Sie wurde bei einer lokalen Bank als gut bezahlte Sekretärin angestellt. Auch nachdem ihr Vater einen Schlaganfall erlitten hatte und in ein Pflegeheim kam, war Mary in Burghofen geblieben. Nach dem Tod des Vaters wollte sie nicht noch einmal umziehen.

»Ich habe mich eingewöhnt, bin Mitglied einer Literaturgruppe, die englische Bücher liest und bespricht, helfe behinderten Kindern, jährlich Urlaub an der Nordsee zu machen, singe im Kirchenchor der kleinen evangelischen Gemeinde und Ähnliches«, schrieb sie an Miss Moore in besagtem Brief: »Eine Frau, Gabriele Scheffer, ist Vorsitzende des Stolperstein-Komitees und trug mir auf, mich mit den Lebensgeschichten der Toten zu befassen. Eine interessante Aufgabe. Ich füge einige Geschichten bei, ich weiß, du liest Deutsch. Ich würde mich sehr freuen, wenn du länger bleiben würdest. Dann könnte ich dir diese schöne, friedliche Landschaft mit ihren Wasserburgen zeigen.«

Miss Moore suchte gerade im Internet nach passenden Flügen, als eine E-Mail von Mary sie erreichte: »Liebe Emily, würdest du eine Autofahrt erwägen und mit der Fähre über den Kanal setzen? Wir – ich meine das Komitee – erhielten einen Brief von einer Frau Dr. Annette Lipman, einer Nachfahrin eines der Opfer, für die wir einen Stein legen werden. Sie ist Dozentin für englische Literatur an der Universität in Brighton und plant, mit dem Auto zu kommen. Es wäre Gesellschaft für dich.« Sie kannte Emily Moore zu gut, um nicht zu schreiben, dass es in ihrem Alter ratsam sei, nicht allein zu reisen.

Miss Moore, resolut wie immer, griff sofort nach dem Telefon. Annette Lipman hatte eine sympathische Stimme, die leicht in Lachen überging, sodass sie ihr kurzerhand vorschlug, nach Little Benton zu kommen. Annette Lipman war eine etwas chaotische 28-Jährige, mit dunkelbraunen Haaren, dunklem Teint, zwinkernden Augen und fröhlicher Natur.

So befand sich Emily Moore am frühen Morgen des 20. September in Gesellschaft von Annette Lipman und der Doktorandin Veronica Lee auf dem Weg von Dover nach Calais und weiter nach Deutschland. Die schüchterne, leicht melancholische Veronica Lee ergänzte sich gut mit der strahlend schönen, quirligen jungen Dozentin. Das Erste, was Miss Moore an Veronica auffiel, war ihr bezauberndes Lächeln. Später dachte sie, dass die junge Frau es bewusst einsetzte, um ihre Schüchternheit zu verbergen. Die hübsche Frau war nicht leicht zum Sprechen zu bringen; es war, als fiele es ihr schwer, anderen ohne weiteres zu vertrauen. Nachdem Annette Lipman angedeutet hatte, dass Veronicas Mutter ziemlich prominent sei, nahm Emily Moore das als Erklärung für Veronicas ängstliche Zurückhaltung. Sicher war sie öfters Menschen begegnet, die ihre Freundschaft suchten, aber nicht ihretwegen, sondern um durch sie der berühmten Mutter nahezukommen. Es musste lästig sein, im Schatten der Mutter zu stehen. Obwohl Veronica sich nicht vor Rivalen zu fürchten brauchte, attraktiv, wie sie war, wenn auch anders als die sprudelnde Annette, die sofort auf Menschen zuging. Die alte Dame fand es bezeichnend, dass Annette ihre seidige Haarpracht offen über die Schultern fließen ließ, während Veronica ihr hellbraunes Haar hübsch geschnitten trug, fast wie einen Bubikopf aus den Zwanzigerjahren.

Veronica Lee hatte auf einer Website, die sie regelmäßig aufrief, entdeckt, dass in Burghofen eine Stolperstein-Legung für ehemalige jüdische Bürger der Stadt geplant war. Da ihre Arbeit sich mit dem Thema Erinnerungskultur befasste, und besonders der Erinnerung der Deutschen an den Holocaust, telefonierte sie mit Annette Lipman. Sie kannte die Dozentin, wusste, dass sie eine Beziehung zu dem westfälischen Ort hatte, und schlug vor, mit den Organisatoren in Verbindung zu treten, was Annette Lipman unverzüglich tat. So war es nur logisch, dass Veronica Lee sich Annette Lipman und ihrer neuen Bekannten, Emily Moore, anschloss.

Emily Moore hatte eine gute Menschenkenntnis. Beide jungen Frauen gefielen ihr, Annette mit ihrer Offenheit und ihrem Humor, die sanfte Veronica Lee mit ihrer formellen Höflichkeit. Sie verstand auch, dass Annette Unterstützung brauchte bei der Suche nach ihren Wurzeln. Sie hatte erzählt, dass sie ihren Angehörigen nichts von ihrer Reise mitgeteilt hätte, da sie nicht wusste, wie ihre noch lebende Großmutter und der Vater reagieren würden. Die Großmutter hatte Verwandte im zweiten Weltkrieg verloren, etwas, das sie stark belastet hatte.

Annette Lipman fasste schnell Vertrauen zu Emily Moore. Bei ihrem Besuch in Little Benton sagte sie, während sie mit der alten Dame auf deren Terrasse den herrlichen Blick auf das Meer genoss: »Miss Moore, ich habe Angst, dem Vater etwas aufzubürden. Ja, ich möchte sehen, wo meine Familie herkommt! Ich möchte mehr erfahren von dem, was damals geschehen ist. Wissen Sie, Dads Großvater und seine Mutter haben nie den Verlust der Familienmitglieder verwunden. Der Großvater fühlte sich schuldig, weil er nach England fliehen konnte und überlebt hat. Das Schlimme ist, dass nicht nur er darunter gelitten hat! Sein Schuldgefühl hat seiner Tochter, meiner Großmutter, das Leben schwergemacht. Ihr Vater war depressiv und stand dem Leben apathisch gegenüber ... Es stimmt, was in der Bibel steht, die Sünden der Väter sind durch die Generationen spürbar.«

Miss Moore wandte ein: »Bei Ihnen ist nichts von Schwermut zu bemerken!«

»Nein! Ich hatte Glück. Ich wuchs als Jüngste auf und als das einzige Mädchen unter drei Brüdern, die mich verwöhnten. Von ihnen lernte ich, was Spaß ist!« Ihre Augen funkelten fröhlich: »In drei Monaten heirate ich den besten Freund meines jüngsten Bruders. Das wird eine lustige Feier, Sie müssen unbedingt dabei sein!« Emily Moore wollte es sich überlegen.

Veronica Lee war schwieriger zu ergründen. Emily Moore fragte sich, ob die junge Frau vielleicht besondere Gründe für die Auswahl ihrer Arbeit hatte oder ob sie es einfach für ein gutes Thema hielt. Jedenfalls respektierte sie das vorsichtige Wesen der Doktorandin und stellte keine unbequemen Fragen. Beide Frauen gefielen ihr in ihrer unterschiedlichen Art. Von Veronica Lee wusste sie lediglich, dass sie aus

Wimbledon, Südlondon, stammte und auch ihren ersten Abschluss in Brighton an der Sussex Universität gemacht hatte. Veronica erwähnte weder ihre Eltern, also auch nicht die angeblich bekannte Mama, noch irgendwelche Freunde. Es schien Miss Moore, dass sie nicht zwingend ihr eigenes Brot verdienen musste. Ihre elegante Erscheinung deutete auf ein sicheres Bankkonto hin, die Halskette, die sie bei der ersten Begegnung mit Emily Moore trug, bestand nicht aus künstlichen Perlen. Die Familie musste wohlhabend sein, dazu großzügig, sie ermöglichte der jungen Frau eine sorglose Studienzeit. Trotzdem hatte Emily Moore das Gefühl, dass etwas nicht stimmte, Veronica hatte sich zu stark unter Kontrolle. Etwas lag schwer auf ihrer Seele.

Annette und Veronica lösten sich am Steuer eines Bentleys ab, Eigentum von Miss Moores ehemaligem Chef und langjährigem Freund Sir Jeremy Clifton. Er war theoretisch im Ruhestand, fungierte jedoch weiter als Berater seiner früheren Behörde. Er hatte darauf bestanden, dass die Damen in einem richtigen Auto reisten und nicht in einer Sardinenbüchse, wie er Miss Moores Mini und Annettes Renault bezeichnete. Er würde sich inzwischen mit seinem Jaguar begnügen, erklärte er. Außerdem würde er sowieso in London lieber Taxi fahren. Oder laufen.

Emily hatte das Angebot als Zeichen seiner besorgten Freundschaft angenommen. An diesem Morgen dachte sie nicht an ihn, sondern genoss das milde herbstliche Wetter und die beruhigenden Herbstfarben, die Fahrt zur Fähre in Dover und die gemächliche Überquerung des Ärmelkanals, der an diesem Tag glatt wie ihr Goldfischteich im Garten von Porters Lodge war. Auf dem Schiff begaben sich die zwei jungen Frauen auf das oberste Deck, während Miss Moore die Mappe mit den Lebensgeschichten zur Hand nahm, die Mary ihr geschickt hatte.

Mary hatte die Geschichten aus unterschiedlichen Quellen zusammengetragen: einmal aus dem Burghofener Stadtarchiv, dann aus Informationen, die aus den Akten ehemaliger Lager und den Unterlagen der Jerusalemer Gedenkstätte Yad Vashem stammten. Zudem hatte sie Kontakt zu überlebenden Familienmitgliedern im Ausland geknüpft und mit älteren Burghofener Bewohnern gesprochen, die bereit waren, ihre Erinnerungen mitzuteilen. Viele waren es nicht, stellte Miss Moore fest. Von den Nachbarn, Mitschülern oder Kunden hatten sich nur wenige gemeldet, obwohl Marys Aufruf mehrmals in der Lokalzeitung erschienen waren.

Diese unterschiedlichen Informationen enthielten leidvolle, oft auch farbige, aber stets menschliche Geschichten.

Zu Beginn der schicksalsschweren Jahres 1933 lebten in Burghofen 25 Juden – fünf Haushalte, einige der Familien waren untereinander verwandt. Zwölf emigrierten, sodass sieben Jahre später, also 1940, nur noch dreizehn Juden in dem Ort lebten, 1943 waren es noch neun. Eine Synagoge gab es nicht, die Juden besuchten die Synagoge eines Nachbarortes.

Miss Moore betrachtete die Karte von Burghofen, die Mary beigefügt hatte, und stellte fest, dass die meisten Juden im Stadtkern in der Gartenstraße gewohnt hatten. Ein sogenanntes Judenhaus, in dem die letzten Juden vor ihrer Deportation zusammengepfercht lebten, lag in der Heugasse.

Das doppelstöckige Gebäude gehörte dem Ehepaar Bernstein und war das kleinste der jüdischen Häuser, schrieb Mary. Die drei Bernstein-Kinder hatten längst das Elternhaus verlassen und waren weggezogen. Der einzige Sohn David war Mediziner und lebte in Berlin. Beide Töchter waren emigriert, deswegen waren Bernsteins bereits ein Jahr später in das kleine Haus gezogen.

Saul Bernstein war Uhrmacher und Juwelier, er stammte aus Köln, wo er seine Lehre abgeschlossen hatte. Vor seiner Ehe mit Bertha Landau, Tochter eines der Kölner Parnassim, des Gemeindevorstands, hatte er achtzehn Monate bei einem Fachmann in Florenz verbracht. Seine Begeisterung für italienische Kunst und seine Ehrfurcht vor den Meistern seines Gewerbes brachte er mit nach Burghofen, wo er Generationen von jungen Paaren die Verlobungs- und Eheringe anfertigte, Jugendlichen die erste Uhr, gestandenen Bürgern Schmuckstücke verkaufte. Ein eigenes Atelier war in einer Kleinstadt wie Burghofen zu Bernsteins Bedauern nicht möglich, aber er veranstaltete gelegentlich Kunstausstellungen, verkaufte kleinere Wertstücke und war selbst begeisterter Sammler von Uhren und anderen Kunstgegenständen.

Bernstein sammelte seit seiner Kindheit Zinnsoldaten, diese kleinen Nachbildungen von Soldaten aus vielen Heeren, die vor allem im 19. Jahrhundert in Nürnberg und Fürth hergestellt wurden. Bekannte Künstler jener Zeit hatten die Entwürfe für dieses unter Jungen heißbegehrte Spielzeug geliefert. Bernsteins Sammlung bestand aus Figuren in bestem Zustand und enthielt vollständige Heere aus aller Welt. Natürlich war der Uhrmacher gezwungen gewesen, seine Wertstücke nach der Reichspogromnacht »schätzen« zu lassen und als Teil der »jüdischen Schuld« an dem Schaden, der in dieser Nacht angerichtet wurde, abzugeben. Mary Thomson hatte das unter anderem aus den Wiedergutmachungsakten entnommen. Anscheinend waren einige dieser Gegenstände nach der Beschlagnahme an Burghofener Bürger verkauft worden.

Miss Moore, gefesselt von ihrer Lektüre, war fast enttäuscht, als die Fähre Calais erreichte. Sie war schweigsam auf der Weiterfahrt. Sie weilte mit ihren Gedanken in der Zeit, in der sie selbst jung war und selber schöne und auch schlimme Erlebnisse hatte. Als sie mit falschen Papieren in Frankreich lebte und sich in Henri verliebte, mit dem sie gemeinsam eine Gruppe leitete, die Sabotageakte gegen die Wehrmacht durchführte. Henri, den die Deutschen töteten und den sie nie vergessen konnte.

Der Wahnsinn eines Mannes, die Hysterie eines ihm zujubelnden Volkes hatte das Leben von Millionen zerstört, hatte über Millionen Leid gebracht, das Leben so vieler vorzeitig beendet.

Gegen das Unrecht hatten die Alliierten gekämpft und doch nicht wirklich gewusst, was sich andernorts abspielte: der grausame Krieg im Osten, der gegen die Genfer Konventionen verstieß, die schrecklichen Transporte in die Arbeits- und Vernichtungslager. Nichts wussten wir von Todesfabriken, dachte die alte Frau. Nichts von diesen schlimmen Judenhäusern.

November 1939

Natürlich werde ich gestört, während ich schreibe. Die Schwester liegt wieder im Bett, diesmal mit einer Erkältung. Und außer mir ist heute nur die junge Schwiegertochter da, die hilft in der Küche und bei den Kühen, alles andere ist meine Arbeit.

Ich schreibe also weiter. Die Geburt, damals, im Jahr 1928, war ein wahres Wunder. Ein ganz besonderer Geburtstag. Es hätte ihn fast nicht gegeben, es drohte ein Trauertag zu werden! Wir – der Bauer, ich, auch die anderen im Haus – befürchteten, beide seien verloren, Mutter und Kind. Der Bauer war zu nichts zu gebrauchen, als die Wehen zu lange dauerten und die Hebamme nicht mehr aus noch ein wusste. Er wollte sie nicht verlieren, seine Frau. Heute glaube ich, dass er sie tatsächlich geliebt hat, auf seine Art.

Die Schwester hatte ja schon vier gesunde Kinder auf die Welt gebracht: der Älteste wurde 1917 im Ersten Weltkrieg geboren, der zweite, der später in Polen kämpfte, kam 1919. Das älteste Mädchen wurde 1920 geboren, heute lebt sie seit sechs Monaten als verheiratete Frau auf einem Paderborner Bauernhof. 1922 kam das jüngere Mädchen, die heute an einem uns unbekannten Ort in der Rüstungsindustrie arbeitet.

Damals vor elf Jahren waren sie natürlich alle noch zu Hause. Mich hat die Schwester geholt, als ich 13 war, nach der Geburt der zweiten Tochter, um ihr in ihrer großen Familie als Kindermagd zu helfen. Zur Zeit der bislang letzten Geburt war ich 18. Meine Schwester war fast 15 Jahre älter als ich, ich wurde als unerwünschtes Anhängsel geboren, lange nach ihr und drei Brüdern, unsere kränkliche Mutter starb bald nach meiner Geburt. Sie hätte sich wohl gefreut über die Heirat der Schwester und darüber, dass ich bei ihr als Magd arbeitete.

Dieses Kind jedenfalls war willkommen, der Bauer hatte nichts gegen Kinder, er kann sie sich leisten, schließlich ist er ein Groß- und nicht ein Kleinbauer wie mein Vater, der sich schwertut.

Der ganze Haushalt hatte sich gefreut, als wir merkten, dass ein neues Leben unterwegs war. Wie bei den älteren Geschwistern, sollte die Hebamme bei der Geburt helfen, sie wohnte einige Tage auf dem Hof, bis es so weit war, jedes Mal war das gut gegangen. Doch diesmal dauerte es viel zu lange, ehe das Kind geboren wurde. Die Schwester kämpfte eine Nacht und einen Tag, dann wurde sie immer schwächer. Am Abend war sie fast bewusstlos. Es war der Abend vor Allerheiligen. Der Bauer schickte einen Knecht in dem zweispännigen Karren nach Burghofen, um den Arzt zu holen. Der war nicht zu finden, er hatte immer viel zu tun, er mischte auch in der Politik mit, wie man hörte, aber vielleicht war er bei einem Patienten, ich erfuhr es nie. Der

Knecht wurde jedenfalls von einem Haus zum anderen geschickt und klopfte an viele Türen.

Ein Nachbar des Arztes meinte, er sollte zu dem Juwelier gehen, dessen Sohn aus Berlin war zu Besuch, und der war auch Mediziner. Der Knecht rannte zu dem genannten Haus, dort öffnete ein junger Mann, den er nicht kannte, der ihn aber sofort ins Haus bat. Er hörte zu, dann sagte er den Eltern Bescheid, und mit seiner Arztasche stieg er zum Knecht auf den Wagen und befahl ihm, so schnell wie möglich zu fahren, wenn nötig, die Tiere mit der Peitsche anzutreiben.

Bei uns angekommen, sprang er vom Bock, noch ehe der Karren stillstand, grüßte den Bauer kurz, der ihn ins Schlafzimmer führte, wo er außer der Hebamme alle hinausschickte und die Gebärende untersuchte. Danach sprach er mit dem Bauern. Ich war nicht dabei, aber später erzählte mir die Schwester alles, denn sie hatte trotz ihrer Schmerzen alles mitbekommen.

Er war natürlich Jude, das war mir klar, ich hatte den Juwelier mit seinem schwarzen Bart und dem lockigen Haar manchmal gesehen. Die jüdischen Familien waren Bestandteil der Bürgerschaft, sie besaßen einige Läden im Stadtzentrum, der Juwelierladen zum Beispiel lag direkt am Markt. Man hatte nichts gegen sie, aber enge Freundschaften zwischen ihnen und den Christen gab es nicht. Keiner hätte je in eine jüdische Familie geheiratet, das wäre ein großer Skandal gewesen.

Der junge Jude erklärte, dass er selbst erst vor kurzem sein Examen abgelegt habe und dass nach seiner Ansicht ein sofortiger Eingriff notwendig sei.

»Müssen wir ins Burghofener Krankenhaus fahren?«, fragte der Bauer.

»Eigentlich ja. Aber – dafür ist keine Zeit. Es muss jetzt, hier zu Hause, operiert werden. Das ist die einzige Chance.«

Der Vater stammelte: »Das Risiko ...!

»Das ist groß«, antwortete der Arzt. »Ich muss gestehen, dass ich noch keine derartige Operation gemacht habe. Ich habe nur bei einigen assistiert.«

»Wenn das nicht geschieht, was dann?«

»Ich fürchte – ich bin überzeugt, dass weder Mutter noch Kind überleben werden.«

Also gab es keine Wahl.

2. Kapitel
20. September
Reise nach Burghofen

Miss Moore befasste sich während der ganzen Reise mit Mary Thomsons Berichten über die Juden von Burghofen. Sie wusste nur zu gut, wie verhängnisvoll der Krieg für Juden gewesen war. Hatte Hitler nicht gedroht, dass sie dafür büßen müssten, wenn es Krieg gäbe? Der Kreis seiner begeisterten Anhänger sorgte dafür, dass die Drohung wahr wurde.

Alle deutschen Juden, die zum Transport in ein Ghetto oder Lager verdammt waren, wurden nach Kriegsausbruch gezwungen, ihre Wohnungen zu verlassen und in »Judenhäuser« zu ziehen. Das war Teil des umfangreichen Plans, der die »Umsiedlung« absicherte. Bis zu ihrer Deportation hausten sie zusammengepfercht unter unwürdigen Bedingungen und in großer Not. Dass sie zumeist in den Tod geschickt würden, ahnten sie nicht. Zumal an die Deportationsbefehle trügerische Anweisungen angeheftet waren, die auflisteten, was die Betroffenen für den »Umzug in den Osten« einpacken sollten und durften.

Miss Moore war vor allem über ein Schicksal betroffen: Unter denen, die im Burghofener Judenhaus bis Januar 1943 untergebracht waren, befand sich ein Kind.

Jakob Altmann, genannt Hans, war seinen Eltern, dem Textilienhändler Hermann Altmann und seiner Frau Eva, sehr willkommen gewesen, als er 1931 als Nesthäkchen auf die Welt kam. Judith, ihre einzige Tochter, war acht Jahre zuvor geboren worden, Ende 1923. Ihr gelang es, im Januar 1938 nach England auszuwandern, wo sie als blutjunges Dienstmädchen in einem großen Haushalt arbeitete. Zwei Altmann-Kinder waren früh gestorben.

Hans wurde 1938 in Burghofen eingeschult. Aber er blieb nur kurz, obwohl er, wie die anderen Kinder auch, am ersten Tag eine große, mit Süßigkeiten gefüllte Schultüte bekommen hatte. Von den Süßigkeiten hatte er nichts, die wurden ihm sofort von mehreren älteren Jungen aus der Hand gerissen, kaum waren die Eltern gegangen. Ein Lehrer stand im Hof, ein anderer blickte aus dem Fenster des Gebäudes, keiner von beiden machte Anstalten, einzugreifen. Der Direktor, der gerade eine Tasse Kaffee trank, bemerkte zu seiner beifällig nickenden Sekretärin, dass es eine Zumutung sei, derartige Teufelsbrut aufnehmen zu müssen, das sollte verboten werden.

Hans Altmann war für sein Alter stämmig und kein Angsthase. Er ließ sich seine Tüte nicht einfach wegnehmen, er wehrte sich gegen den ersten Jungen. Auch gegen den zweiten konnte er sich einige Minuten behaupten. Als aber vier weitere hinzukamen, wurde er nicht nur besiegt, sondern musste traurig zusehen, wie die Schokoladenriegel und andere Herrlichkeiten, die nicht in den Staub getreten worden waren, triumphierend unter den Jungen aufgeteilt wurden. Als er das Klassenzimmer mit blutiger Nase und zerrissener Jacke betrat, schickte ihn die entrüstete Lehrerin vor die Tür. Kein anderes Kind wurde bestraft.

Hans blieb nicht vor der Tür stehen, sondern rannte nach Hause und weigerte sich, in die Schule zurückzugehen. Hermann Altmann, ein braver Bürger, der die Schulpflicht ernst nahm, schickte, bekümmert über den Vorfall, den Jungen nach Münster zu seiner dort verheirateten Schwester. Hans besuchte nun eine Privatschule, die von zwei jüdischen Lehrern gegründet wurde, nachdem sie aus dem Beamtentum entlassen worden waren.

Hermann Altmann war ebenfalls in Burghofen geboren worden, er hatte den Laden von seinem Vater übernommen und zusammen mit seiner Frau daraus ein florierendes Geschäft gemacht. Hermanns Mutter Miriam Altmann wohnte nach dem Tod ihres Mannes bei Sohn und Schwiegertochter. Sie führte den Haushalt, da Eva Altmann ebenfalls im Laden bediente.

Kurze Zeit später hatte Hermann ganz andere Sorgen. Die Altmann-Tochter Judith sparte von dem Lohn ihrer englischen Dienstherren, was sie konnte, nachdem Hans eingeschult worden war. Nach der Reichspogromnacht am 9. November 1938 – in der Hermann Altmann mit den anderen Burghofener Juden inhaftiert wurde – halfen auch Judiths Arbeitgeber, sodass sie fünfzig Pfund nach Burghofen an die Mutter senden konnte. Das sollte es der Familie ermöglichen, Fahrkarten nach England zu kaufen. Die Briten hatten mit Empörung auf die Brutalität jener Nacht reagiert und einen Transport von 10.000 jüdischen Kindern nach England genehmigt. Auch die Altmanns hatten Hoffnungen, dass ihr schon lange eingereichter Einreiseantrag nach England genehmigt werden würde.

Es sollte anders kommen. Das Geld wurde ihnen zum Verhängnis. Die deutschen Behörden beschlagnahmten die englischen Pfund, Eva Altmann wurde wegen »Devisenschmuggels« verhaftet und mit Tritten und Schlägen aus ihrem kleinen Geschäft abgeführt.

Was sich später abspielte und vor allem wo, war nicht klar. Miriam Altmann durfte die Schwiegertochter nicht besuchen, ihr keine Kleider oder etwas anderes bringen. Man sagte ihr, die Frau sei in Untersuchungshaft und würde in einen anderen Bezirk überstellt werden. Von ihrem Sohn hatte die alte Frau ebenfalls keine Nachrichten. Sechs Wochen später wurde er entlassen. Zum Entsetzen seiner Mutter kam er mit kahl geschorenem Kopf, mager und geschwächt nach Hause. Dort fand er die offizielle Mitteilung vor, dass sich seine Frau im Gefängnis erhängt hätte und sofort dort begraben worden war.

Hermann, der im Konzentrationslager unterschrieben hatte, dass er innerhalb von zwei Wochen das Land verlassen würde, holte Hans aus Münster nach Hause zu seiner Mutter. Die Schulgebühren konnte er sowieso nicht mehr bezahlen. Aus Angst vor erneuter Festnahme flüchtete er nach Holland und von dort nach England. Sein Vorhaben, die Mutter und den Sohn bald nachkommen zu lassen, war ihm vor Ausbruch des Krieges nicht mehr gelungen.

Auch andere Verwandte der Altmanns hatten unter der Naziherrschaft zu leiden. Hermann Altmanns Schwager, der Viehhändler Philip Pelzer, hatte das Geschäft seines Vaters Alfred Pelzer geführt, der mit seiner Frau Selma weiter im selben Haus wie die Familie des ältesten Sohnes lebte. Im Jahr 1936 wanderte ihr Sohn, der zwanzigjährige Aron Pelzer, nach Palästina aus, sein damals dreizehnjähriger Bruder Wolfgang konnte 1939 mit dem Kindertransport nach England entkommen. Die zwei Ehepaare Pelzer und ihre unverheiratete Kusine Luise Kahn kamen daraufhin ins Judenhaus.

Im Jahr 1940 wurde auch Frau Altmann angewiesen, mit ihrem kleinen Enkel Jakob in das Judenhaus umzuziehen, das den Bernsteins gehörte. Im zweiten Stock hatte der Juwelier, der weiter seinen Laden führte, seine kostbare Uhren- und Wertsachensammlung untergebracht, die er seit seiner Lehrzeit liebevoll zusammengetragen hatte. Die Bernstein-Sammlung war nach der Reichspogromnacht am 9. November unter dem Stichwort »Judenvermögensabgabe« beschlagnahmt worden, zur »Sühne« des Mordes an dem Diplomaten Eduard vom Raath in Paris durch einen jungen Juden. Gleichzeitig wurde das Bernstein-Geschäft »arisiert«, indem der älteste Uhrmachergeselle es zu einem Spottpreis übernahm.

»Das Judenhaus ist heute heruntergekommen«, schrieb Mary, zunächst wollte es keiner haben, dann hat es ein Dr. Winter gekauft, selber aber nie darin gewohnt. Er war in der Nazizeit Bürgermeister gewesen. Er hat es einer Stiftung vermacht als Unterkunft für jugendliche Obdachlose. Sein Sohn Alfred soll die Verantwortung darüber haben, aber es untersteht eigentlich dem Sozialamt. Das kümmert sich nur am Rande darum und tut nur das Allernötigste. Ich glaube, jemand aus der Familie wohnt sogar dort, aber nicht dieser Alfred.«

Damals lebten dreizehn Personen in diesem Judenhaus, überlegte Emily: die Besitzer, also das Ehepaar Bernstein, die beiden Altmanns sowie zwei Ehepaare Pelzer, die unverheiratete Pelzer-Kusine namens Luise Kahn. Zuletzt wurde das Ehepaar Elise und Kurt Katz, die einen Kurzwarenhandel hatten, in das Judenhaus eingewiesen, zusammen mit Elises Tante Renate Funk und Kurts Vater Isaak Katz.

Zwei der alten Leute erlagen im Winter 1942 den schwierigen Umständen. Erst starb Isaak Katz, zwei Wochen später Selma Pelzer.

Am Abend vor ihrem »Umzug« legte sich das Ehepaar Bernstein auf ihr Ehebett, nachdem sie das Gift eingenommen hatten, das sie sich für diesen Zweck von ihrem Sohn schon vor langer Zeit beschafft hatten. Dadurch entgingen sie dem Schicksal der neun anderen Leidensgefährten, die im Januar 1943 in den Osten deportiert wurden, »Zielort unbekannt«, wie in dem Burghofener Archiv vermerkt war. Mary Thomson fand in diesem Archiv einen weiteren Vermerk vom Januar 1952, dass sie »vermutlich im Osten verstorben« waren.

Sie schrieb dazu: »Während des Aufenthaltes in der ›Judenwohnung‹ erhielten Juden gekürzte Rationen an Lebensmitteln, die sie nur zu bestimmen Zeiten in einem bestimmten Lebensmittelladen einkaufen durften. Es durfte außer im Küchenofen kein Feuer im Haus angezündet werden und auch dann nur zwei Stunden pro Tag.«

Für die Personen, die bis zu ihrer Deportation im Judenhaus gehaust hatten, sowie für Eva Altmann sollten Stolpersteine gesetzt werden.

November 1939

Es ist spät geworden, aber ich möchte doch weiterschreiben.

Ich sah, wie der Bauer aschfahl aus dem Zimmer torkelte und in den Hof zu den Pferden ging. Er liebte schon immer die Pferde über alles, deswegen überlässt er dem Sohn die Arbeit bei den Kühen und Schweinen. An dem Abend schaute ich ihm hinterher und dachte, ich habe unrecht gehabt, er mag die Schwester doch ganz gern. Ob er sie liebte, weiß ich nicht, ich hab ihn damals nicht verstanden. Vielleicht versteh ich ihn noch immer nicht.

Aber als er an dem Abend im Stall Trost suchte, tat er mir irgendwie leid. Vielleicht hatte er gehofft, beim Arbeiten könnte er vergessen, was sich im Schlafzimmer abspielte. Minuten später schickte der Arzt die Hebamme in die Küche, wo sie der alten Magd und mir befahl, den Tisch zu schrubben, saubere Laken und Handtücher daraufzulegen, während sie selbst mehrere Kessel mit Wasser aufsetzte. Dann trugen wir die Schwester in die Küche. Diesmal wollte der Arzt, dass die Hebamme und ich ihm behilflich wären.

Er sah mich zum ersten Mal an. Ich blickte in dunkle Augen, merkte, wie besorgt und unruhig er war. Der hat Angst, sagte ich mir, er weiß nicht, wie das hier ausgehen wird.

»Kannst du es ertragen, Blut zu sehen?«, fragte er sanft.

Meistens fragte man mich nicht nach meiner Meinung, sondern befahl mir einfach, etwas zu tun. Ich antwortete leise und spürte, dass ich rot wurde. »Wieso sollte ich es nicht ertragen, ich bin auf einem Bauernhof aufgewachsen! Ich hab beim Schlachten geholfen. Und als die Schwester ne Fehlgeburt hatte, hab ich alles saubergemacht.« Darauf wies mich an, mir gründlich die Hände zu waschen und eine lange, frische Schürze über mein Kleid zu ziehen. Er hatte einen Kittel für sich in der großen Tasche dabei.

Einzelheiten brauche ich nicht zu berichten. Die Schwester war sehr geschwächt, und auch das Kind hatte gelitten, es hatte mit den Beinen, nicht mit dem Kopf nach unten gelegen, die Hebamme konnte es nicht bewegen. Es gab noch weitere Komplikationen, die ich Gott sei Dank nicht durchschaute.

Die nächsten Stunden sind mir unvergesslich geblieben. Die Operation musste schnell gehen. Die Hebamme betäubte nach Anweisung des Arztes die Schwester mit Chloroform, dann setzte er sehr ruhig die Schnitte und holte das Mädchen heraus. Ich reichte ihm die Geräte, die er sterilisiert und auf einen Nebentisch gelegt und mir dabei ihre Namen genannt hatte. Nachdem er der Hebamme das Baby übergeben hatte, kümmerte sie sich darum, während ich dem Arzt beim Nähen der Wunde assistierte. Die Mutter war noch bewusstlos, als wir sie in ihr Bett legten. Der Vater kam aus dem Stall zurück und nahm seine Tochter dankbar in den Arm. Es war genau eine Minute nach Mitternacht am 1. November 1928, als meine jüngste Nichte auf die Welt kam.

Der Arzt wollte kein Honorar annehmen. Es sei Gottes Wille, sagte er, dass es ihm, einem unerfahrenen Arzt, gelingen konnte, Mutter und Kind zu retten. Er war sehr erleichtert, nachdem er das Baby untersucht und sich überzeugt hatte, dass es keinen Schaden davongetragen hatte. Dann wartete er ab, bis die Patientin aufwachte. Ihr war übel und sie hatte Schmerzen, die er mit einigen Pillen aus seiner Tasche linderte. Er beobachtete sie weiter, bis sie das Baby in den Arm nehmen konnte und fast erstaunt lächelte, ehe sie einschlief.

In der Küche trank der Arzt eine Tasse heißen Kaffee, als der Bauer eintrat. »Zwei Leben hab ich Ihnen zu verdanken«, sagte er in seiner plumpen Art. »Ich hab schon gewusst, einem Juden kann ich vertrauen, mit den Viehjuden lag ich auch immer richtig.« Dann brachte er den Arzt zurück in die Stadt.

Das ist die Geschichte, die meine Nichte einst erfahren soll.

3. Kapitel
20. September
Zivilcourage

Mit den Frauen sprach Miss Moore über ihre Lektüre, die sie erschütterte. Sie hatte gelesen, dass Annette Lipman eine Enkelin von Judith Altmann war. Judith hatte im Jahr 1948 einen Arzt aus Manchester namens Paul Lipman geheiratet und ihm zwei Kinder geboren. Der Sohn Tobias trat in die Fußstapfen des Vaters, wurde Sportfacharzt und heiratete während des Studiums 1973 seine Kollegin Moiras. Moiras und Tobias' einzige Tochter, Annette, 1978 geboren, wollte nichts mit Medizin zu tun haben und wandte sich der Literatur zu. Judith Lipman, geborene Altmann, lebte noch, und laut Annette war sie mit ihren dreiundachtzig Jahren noch recht rege, auch geistig.

Wie sie Miss Moore anvertraute, hatte Annette von Judith oder anderen Familienmitgliedern wenig über das Schicksal der Burghofener Verwandten erfahren. Sie wusste nur, dass einige Opfer der Shoah, des Holocaust, geworden waren. Sie war Veronica Lee dankbar, dass sie ihr von der Website berichtet hatte, auf der von den Burghofener Stolpersteinen die Rede war.

Nun fragte sich Miss Moore, wie Hans Altmann und seine Großmutter sowie die anderen umgekommen waren. Wohin hatte man sie verschleppt? Waren sie sofort in einem der Vernichtungslager ermordet worden? Das schien ihr offenkundig.

Sie beschloss, Annette noch nicht nach der Geschichte ihrer Familie zu befragen, das konnte sie später tun, wenn sie vor Ort alles gesehen hatte. War es überhaupt richtig, Annette mit den Verbrechen der Vergangenheit zu belasten? Sollte sie sich nicht mit Fragen der Gegenwart beschäftigen? Es gab genug Probleme heute, Hungersnöte, blutige Konflikte in vielen Gegenden der Welt, den Klimawandel ... Was sie selbst anbetraf, so war das etwas anderes – die damalige Zeit war ihre Jugendzeit gewesen. Sicher würde sie von Mary noch einiges über das „Damals" in Burghofen erfahren. Das genügte. Und Miss Lee würde sich ihrerseits informieren, sie suchte Material für ihre Doktorarbeit.

Eine der Geschichten ging Emily Moore nicht aus dem Sinn, die des Schriftstellers und Dichters Arno Mendel. Sie würde sie Annette zeigen. Sie erinnerte sich an seine witzigen Erzählungen, die sie vor langer Zeit gelesen hatte. Sie hatte nicht gewusst, dass er in Burghofen geboren wurde. Nun erfuhr sie durch Marys Recherchen, dass er dort während des Krieges zwei Jahre versteckt gelebt hatte. Mendel hatte es geschafft, im Jahr 1944 aus seinem Berliner Versteck zurück in seinen Geburtsort zu gelangen. Er hatte sich eine alte Soldatenmütze auf den Kopf gesetzt und war einfach über Land gelaufen, hatte sich als »ausgebombt« ausgegeben und war nach Wochen, spätabends, halb verhungert in Burghofen angekommen, wo er bei einem Freund, Wilhelm Thörne, einem alten Kameraden aus dem Ersten Weltkrieg, angeklopft hatte. Er war sofort von ihm und seiner Frau aufgenommen und auf dem Dachboden versteckt worden. Thörne weihte einen zweiten Mann ein, dem er vertraute, den jungen Polizisten Matthias Matte. Dieser besorgte nicht nur eine Lebensmittelkarte auf den Namen eines Weggezogenen, sondern er kaufte damit in verschiedenen Läden ein. Er musste vorsichtig sein, damit nicht auffiel, was er, ein Junggeselle, einkaufte. Es war bekannt, dass er seine eigene Lebensmittelkarte bei Hilde Thörne abgegeben hatte, da er dort wohnte. Zweimal mussten sie Mendel aus seinem Versteck in den Keller verlegen, weil Matte gehört hatte, dass die Gestapo in Münster argwöhnte, auf den Bauernhöfen und in den Dörfern seien Juden versteckt, und Razzien plante.

Arno Mendel und Matthias Matte waren kurz vor dem offiziellen Kriegsende in ein Abenteuer verwickelt. Als die Engländer näher rückten, hatten sich die Bürger der Stadt ängstlich in ihren Kellern versteckt oder waren in die Bauernhöfe geflüchtet, wo einige der Bauern weiße oder sogar feindliche Fahnen gehisst hatten. Winter, der Bürgermeister, ein strammer Parteigenosse, der von dem Regime enorm profitiert hatte, war unsicher, ob er dem Befehl des Führers folgen und die Stadt verteidigen sollte. Er stand unter dem Druck fanatischer SS-Männer, eines kleinen Militärtrupps der in der Stadt stationiert war, um den Volkssturm – die Alten und die Hitlerjugend – zu befehligen. Der Bürgermeister hatte sich mit den SS-Männern im Rathaus verschanzt und befahl, die Stadt bis zum letzten Tropfen Blut zu verteidigen.

Matthias Matte stürmte wutentbrannt aus dem Dienst nach Hause. Es war schon zu viel Blut vergossen worden, erklärte er. Warum sollten nun noch Alte und Kinder sterben? Er schimpfte auf die verfluchten Nazis, den wahnsinnigen Führer, den schwachen Bürgermeister. Arno Mendel, der seit einigen Tagen wagte, sich im Wohnzimmer aufzuhalten, hörte sich die Tirade an, stapfte aus dem Zimmer und kam mit seinem Bettlaken zurück. Auf Mattes Frage, was er vorhabe, sagte er: »Ich lauf den Engländern entgegen und übergebe die Stadt!«

Matte stutzte. Dann lachte er, griff nach seiner Dienstmütze und sagte: »Großartig! Aber erst verhaften wir den Winter! Komm!«

Keiner hielt sie auf, als sie in das Rathaus traten. Matte eilte in das Bürgermeister-Büro, wo er eine Ansprache des hohen Herrn an seine Beamten unterbrach. Er bahnte sich einen Weg zu Erwin Winter, sagte ruhig: »Du bist verhaftet!« Die SS-Männer hatten sich zum Glück an strategischen Posten in der Stadt verteilt und konnten nicht eingreifen. Matte legte dem Bürgermeister Handschellen an, beugte sich aus dem Fenster, brüllte: »Die Stadt ergibt sich!« und sagte zu Mendel: »Los, Mensch! Ich muss hier die Stellung halten.«

Mendel sah, dass sich mehrere der Beamten schützend neben Matte stellten, und sagte: »Bin schon unterwegs!« Er sah ein Fahrrad, schwang sich auf und fuhr in Richtung der anrückenden Armee. Er war noch keine halbe Stunde unterwegs, als er die ersten Panzer auf sich zurollen sah. Er sprang ab und schwenkte wild sein Laken. Ein Panzer hielt an, halb lachend, halb weinend schrie der Dichter auf Englisch, er sei ein Jude, der versteckt gewesen war, der Bürgermeister sei in Haft und die Stadt wolle sich ergeben. Die Engländer berieten sich, ein Offizier erschien in einem Wagen, Mendel wurde hineingesetzt und in die Stadt gefahren. Matte hatte inzwischen den Bürgermeister überredet, den Rat zusammenzurufen. Die SS-Männer, überrascht von der unerwarteten Wende, konnten von Volkssturm-Männern entwaffnet werden und der Bürgermeister konnte die Engländer im Ratssaal empfangen, wo er die Stadt offiziell übergab.

Nein, einfach konnte das alles nicht gewesen sein. Weder der Entschluss, jemand zu verstecken, noch die Festnahme des Bürgermeisters. Das Ehepaar und der Freund hatten Zivilcourage bewiesen. Miss Moore nahm sich vor, herauszufinden, was aus den Menschen geworden war. Arno Mendel war nicht mehr lange in Deutschland geblieben, er war in die USA ausgewandert, wo er vor zehn Jahren gestorben ist. Miss Moore betrachtete nochmals die Karte und sah, dass das Thörne-Haus in einer Seitenstraße namens Baumgasse nahe der Gartenstraße lag. Also in der Nähe der ehemaligen jüdischen Wohnungen. Das würde sie sich ansehen, auch wenn dort kein Stein gelegt wurde.

Nach einem gemütlichen Lunch in Calais wurde Emily Moore die Fahrt auf der Autobahn etwas lang, sodass sie einschlief. Annette war nicht nur von Sir James beschworen worden, auf Miss Moore aufzupassen, sondern auch von anderen Freunden und Freundinnen der alten Dame, einschließlich ihrer treuen Haushälterin. Miss Moore hatte Annettes Neugier geweckt: Was hatte sie im Foreign Office gemacht? Annette konnte sich diese unabhängige Frau schwer als brave Beamtin vorstellen. Sie warf einen Blick auf den weißhaarigen Kopf neben sich und dachte darüber nach, was Emily Moore wohl im Lauf ihrer langen Karriere so alles erlebt hatte. War sie in Nachkriegsdeutschland gewesen? Hatte sie die Befreiung der schrecklichen Lager erlebt? Die grausamen Berge von Skeletten, die apathischen Überlebenden gesehen? Wie war es für sie, Deutschland als Wirtschaftswunder zu erleben, während das England der Nachkriegszeit sein Kolonialreich verlor?

Annette konnte nicht ahnen, dass Emily Moore nicht in England, sondern in Südafrika geboren worden war. Noch weniger konnte sie sich vorstellen, dass sie als Teenager im besetzten Frankreich von den Engländern eingesetzt worden war und seitdem für die britische Krone arbeitete.

Als der Bentley Burghofen erreichte und in die Paul-Ehrlich-Straße einbog, begann es zu dunkeln. Miss Moore öffnete die Augen und streckte sich. »Wie ordentlich«, sagte sie, als ob sie die ganze Zeit wach gewesen wäre. »Diese akkurat gezogene Hauptstraße, die eine direkte Verlängerung der Landstraße ist, mit den akkurat gepflanzten Bäumen entlang des Bürgersteigs. Sieh mal die soliden Nachkriegshäuser, ganz im Stil dieser Gegend gebaut, mit ihren rötlichen Backsteinen und sauber umzäunten Gärten. Sicher gibt es dazu einen mittelalterlichen Stadtkern, komplett mit Marktplatz und altem Rathaus, einem Marktbrunnen, Stadtpark und einer Burg. Und einer Mühle.«

Veronica Lees Stimme ertönte verblüfft vom Hintersitz, während Annette lachte. »Miss Moore, Sie waren schon in Burghofen?«

»Nein. Nur in ähnlichen sauberen westfälischen Ortschaften. Wo der Herr im Himmel sowie seine örtlichen Stellvertreter noch immer eine wichtige Stellung innehaben und eine kleine Elite das Sagen hat.«

Annette musste sich eine schnippische Antwort verkneifen, weil die schnarrende Stimme des Navigationssystems erschallte und sie in die Brückengasse dirigierte, in die sie schnell einbog. Diese sollte sie auf den Gutshof führen, wo Mary Thomson in einer umgebauten Scheune lebte. Sie musste sich eingestehen, dass sie froh war, bald anzukommen. Sehnsüchtig dachte sie an eine warme Dusche, einen Lehnstuhl vor einem offenen Feuer, Tee und knusprige Muffins. Der letzte Teil der Reise war anstrengend gewesen, wegen der Umstellung, plötzlich rechts fahren zu müssen, wegen des tosenden Lärms auf der Autobahn, der rasenden Autos. Nun hoffte sie auf einen geruhsamen Aufenthalt, auch wenn sie Unangenehmes über die letzten Tage ihrer Verwandten erfahren würde.

Veronicas Gedanken liefen in ähnliche Richtung. Emily Moore vertraute dem Navigator nicht, suchte selbst die Abzweigung zu dem Gutshof, den Mary beschrieben hatte, und wies darauf hin, noch ehe das Navi ertönte. Lächelnd schaltete Annette das Gerät aus, fuhr vorsichtig den Pfad entlang am Rande eines dichten Waldes. An einer Kreuzung angekommen, erblickten sie ein langgestrecktes, hohes Gebäude. Eine schmale Hintertür führte auf eine winzige Terrasse und von dort in einen kleinen umzäunten Garten. Das Strohdach des Hauses war vom zweiten Stock tief bis zum Erdgeschoss herabgezogen, wie eine Schlafmütze vergangener Zeiten über die Ohren des Schläfers. Bei Schnee muss es ein wunderschönes Bild sein, dachte Emily Moore. Auch jetzt sah es aus wie eine Bilderbuchillustration. Oder eine nostalgische Schokoladenschachtel.

Es rührte sich nichts, als der Bentley neben einem kleinen Schuppen hielt, an der Seite eines geparkten Golfs. Emily Moore stieg aus, sie ärgerte sich, dass sie steif geworden war, das Alter war eben nicht zu leugnen. Sie ging in Richtung Vordertür, während die jungen Frauen sich um das Gepäck kümmerten. Als sie damit bepackt um die Ecke bogen, wurden sie Zeuge einer unwirklichen Szene.

Eine hochgewachsene Gestalt mit einer Maske vor dem Gesicht rannte aus dem Haus, stieß fast Miss Moore um und lief auf den Schuppen und den Golf zu.

Kaum hatte Annette einen Koffer fallen lassen in dem Versuch, dem Fliehenden den Weg zu versperren, sprang eine zweite, kleinere, ebenfalls vermummte Person mit einem Messer in der Hand aus der Tür. Diese Gestalt war fast an Miss Moore vorbei, da versetzte die zierliche alte Dame ihr einen gut gezielten Tritt mit ihrem unmodisch festen rechten Schuh, sodass diese sich zusammenkrümmte. Sofort drehte sich der Erste um seine Achse, stieß Veronica beiseite, um seinen Kumpel zu unterstützen und ihn wie einen Sack zum Golf zu schleppen. Das Messer war nun in seiner Hand.

»Lasst sie gehen!«, rief Miss Moore, was die Frauen für einen guten Rat hielten. Sie beobachteten wortlos und ängstlich, wie der erste Angreifer den stöhnenden Mann auf den Hintersitz hievte, sich auf den Fahrersitz warf, den Motor anließ und mit quietschenden Reifen rückwärts aus dem Hof floh.

Dezember 1969

Ich habe sehr schlecht geschlafen wie so oft. Als ich ein frisches Taschentuch suchte, fiel mir die Keksbüchse in die Hände. Ich öffnete sie und den Umschlag, in den ich damals den Bericht über die Geburt meiner Nichte steckte. Vor 30 Jahren! Ich hatte völlig vergessen, dass ich damals etwas geschrieben hab. Jetzt habe ich mir einen Briefblock gesucht und denke, warum soll ich nicht aufschreiben, was danach geschah, das ist etwas, das ich in schlaflosen Nächten tun kann.

Den Bericht habe ich eigentlich meiner Nichte geben wollen, an ihrem sechzehnten Geburtstag, aber der fiel in das Jahr 1944, da feierten wir kaum, es gab einfach zu viele Probleme. Nach der Kapitulation im folgenden Mai kam die zweite Tochter nach Hause, völlig verändert und verstört. Ihr Mann war verschwunden, verständlich, der hatte zu viel auf dem Kerbholz, wie man so sagt. Wo die zwei waren während des Krieges, weiß ich nicht genau. Ich habe nie danach gefragt, wozu sich unnötig belasten!

Jedenfalls war sie noch da, zu Allerheiligen, denn sie ging mit in die Kirche. Mir war aufgefallen, dass sie kein einziges Mal zur Beichte ging, seitdem sie zu Hause war. Was mochte sie getan haben, wenn sie Angst vor der Beichte hatte? Aber, wie gesagt, ich fragte sie nicht. An diesem Tag sah ich, wie sie lange kniete und dabei weinte.

Inzwischen ist sie lange weg, ist ihrem Mann nachgefahren, als der ihr schrieb, er habe sich ins Ausland abgesetzt.

Heute ist das alles nicht mehr wichtig. Keiner fragt, wer was damals im Krieg getan hat. Auch die Nichte ist nicht mehr im Haus, sie lebt in Münster. Das arme, liebe Kind, sie hat Schwierigkeiten in der Ehe. Helfen kann ich leider nicht!

Aber das, was ich damals aufgeschrieben hab, über die Geburt, das hab ich nie vergessen. Auch das nicht, was dann geschah. Ja, ich werde es aufschreiben, ich schulde es dem Jungen.

Zu irgendwas muss es gut sein, dass ich diesen Ehrgeiz gehabt habe, gut lesen und schreiben zu lernen! Damals habe ich fleißig die Bibel gelesen, das war das einzige Buch, das ich hatte, sie hat mir sehr geholfen.

Ich wollte wahrscheinlich aus Trotz weiterlernen, denke ich heute. Weil ich ihnen zeigen wollte, dass ich das kann! Keiner kümmerte sich um mich, es war allen egal, was ich tat. Der Vater und die Mutter konnten kaum lesen, und der Vater wollte mich eigentlich gar nicht zur Schule schicken. Und sie, die zweite Frau vom Vater, freute sich, mich loszuwerden, als die Schwester sie wissen ließ, sie könnte mich auf ihrem Hof gebrauchen. Geheult habe ich, als sie hämisch sagte, nun habe es ein Ende mit dem Faulenzen. Ich weinte, nicht, weil ich nicht von zu Hause weg wollte, sondern weil ich wusste, nun würde ich nicht weiter in die Schule gehen können. Das tat mir weh. Ich wollte Schneiderin werden, hübsche Kleider nähen, nicht mein ganzes Leben als Bauernmagd arbeiten. Wie so viel in meinem Leben war auch das nur ein schöner Traum.

4. Kapitel
20. September
Marys Scheune

Emily Moore betrat das Haus als Erste. Schon im Eingang hielt sie inne. Als die jungen Frauen sie erreichten, verstanden sie, warum.

Es herrschte totales Chaos. Im Gang war ein Spiegel zerschlagen, ein Kleiderhaken von der Wand gerissen, durch die offene Tür der großen Wohnküche sahen sie Tische, Stühle und das Sofa umgeworfen am Boden liegen. Bilder waren von der Wand gerissen, dahinter war die Tapete zerfetzt. Nur das Feuer im offenen Kamin loderte freundlich, als ob nichts vorgefallen wäre.

In der Küche und in der Waschküche nebenan sah es ähnlich aus, selbst Mehl und Zucker, Waschpulver und der Inhalt einiger Behälter waren verschüttet. Auf der Treppe vom Wohnzimmer zum oberen Stock lagen zerschlitzte Kissen und Decken, was vermuten ließ, wie es in den Schlafzimmern aussah.

Es war Emily Moore, die das Klopfen hörte und Mary aus der kleinen fensterlosen Kammer befreite, in der Wäsche und Haushaltsvorräte aufbewahrt wurden. Mary fiel ihnen dankbar in die Arme. Sie halfen ihrer Gastgeberin ins Wohnzimmer, setzten Wasser auf und konnten bald Tee servieren, den Mary dankbar annahm.

»Nichts weiter anfassen!«, warnte Emily, als Annette beginnen wollte, die Stühle aufzurichten. »Mary, wie lautet die Nummer der Polizei?«

»Polizei?« Marys Stimme zitterte stark. »Nein, nein, wir brauchen keine Polizei!«

»Aber ...«, begann Annette, doch Mary schüttelte den Kopf und beharrte darauf, dass es unnötig sei.

»Sie standen plötzlich im Wohnzimmer, sie müssen das Schloss der Eingangstür aufgebrochen haben. Sie packten mich, schoben mich in die Kammer und schlossen mich ein, ehe ich richtig begriff, was los war. Ich hörte den Lärm, als sie im Haus umhergingen. Aber ihr müsst sie gestört haben, ihr sagt ja, sie seien mit leeren Händen davongelaufen! Und wenn nichts gestohlen wurde ... Ich habe sowieso keine Wertsachen und auch nie viel Geld im Haus. Die Polizei – die Beamten wären nicht erfreut, wegen nichts hier heraus zu meiner Scheune gerufen zu werden. Und gegen Vandalismus bin ich nicht versichert.« Sie schluckte, als ihr etwas einfiel. »Wahrscheinlich bin ich überhaupt nicht versichert – Dad hatte eine Versicherung, glaube ich, aber ob ich ... aber egal, ich möchte keine weitere Aufregung!«

Annette Lipman sagte, sie hätte sich einige Zeichen auf dem Nummernschild des Golfs gemerkt, aber Mary beharrte darauf, dass sie die Polizei nicht rufen wollte. Sie sagte mit unsicherem Lächeln: »Wir brauchen jetzt nicht irgendwelche unangenehmen Fragen, sondern eine schöne frische Cuppa!«

Wahrscheinlich hatte sie Recht, dachte Miss Moore und ließ sich überreden, sich ebenfalls in einem Sessel in Nähe des Kamins niederzulassen. Sie lächelte über Marys Bemerkung mit der »Cuppa« – die sehr englische Abkürzung für »cup-of-tea« ... Es ging einer Engländerin eben nichts über eine Tasse starken Tee mit Milch und Zucker. Mary sah auch noch immer »Englisch« aus, in diesem dunkelgrünen Hosenanzug aus gutem schottischem Tweed, hellgrünem Pullover, dazu passender Strickjacke und der fast obligatorischen kleinen Perlenkette. Vor zwanzig Jahren wäre es ein zweiteiliges Kostüm gewesen.

Mary hatte sich erstaunlich schnell erholt. Die Blässe war aus ihrem Gesicht gewichen, und Emily bemerkte, dass ihre Freundin und ehemalige Mitarbeiterin in ihrem Alter gut aussah, mit hübsch geschnittenem, noch immer dichtem schwarzem Haar über der hohen Stirn und den wenigen Falten um Mund und Augen in dem länglichen Gesicht. Mary sagte, nun bräuchten sie etwas zu essen, und begann in ihrer halb demolierten Küche zu hantieren. Die jungen Frauen halfen, indem sie aufräumten, Tisch und Stühle aufstellten, während Miss Moore die Bilder aufsammelte und an der Wand stapelte.

Dank ihrer gemeinsamen Bemühungen war nach einiger Zeit eine Art Ordnung hergestellt, drei Betten frisch bezogen, kaputte Sachen in den Müll geworfen, schmutzige Wäsche in die Waschmaschine gesteckt. Die Arbeit entspannte sie. Mary Thomson schloss schnell Bekanntschaft mit ihren unbekannten jungen Gästen, die ihr beide gefielen. Vor allem Veronica war ihr sympathisch mit ihrer fürsorglichen und ruhigen Art.

Die Hausherrin legte neue Holzscheite in das Kaminfeuer und deckte mit Hilfe der Gäste den Tisch, der sich bald unter den Leckerbissen bog. »Wir genießen eben einen altmodischen High Tea«, meinte Mary lächelnd: »Ich glaube kaum, dass uns nach Kochen ist.« Den Frauen war es recht, obwohl nur Emily Moore aus ihrer Jugend die Tradition des »High Tea« kannte, diese schottische Mischung aus Nachmittagstee und frühem Abendimbiss.

Annette kam zwar nicht in den Genuss von getoasteten Muffins, aber dafür von Scones mit selbstgemachter Marmelade und Schlagsahne. Sie ließen sich den stark gezuckerten Tee schmecken, die mitgebrachten schottischen Kekse und Honigkuchen sowie herzhafte Köstlichkeiten wie hart gekochte Eier, Heringe, Lachs, Schinken, Würstchen, Salate und kräftiges Brot. Ein High Tea, über den sie sich unter anderen Umständen gefreut hätten, aber nun kam doch keine richtige Stimmung auf.

Nach ihrer dritten Tasse Tee und einem kleinen Cognac meinte Miss Moore, die bislang erstaunlich schweigsam gewesen war, dass die Einbrecher Stiefel getragen hätten, wie Skinheads sie bevorzugten. »In England hätte ich vermutet, dass es sich um Fußball-Hooligans handelte. Oder National Front. Mary, das waren keine normalen Einbrecher. Solltest du dir nicht Gedanken darüber machen, wer sie waren und was sie wollten?«

Mary war etwas abweisend. »Ich weiß nicht, natürlich waren es Einbrecher ... Es hat wenig Sinn, darüber zu grübeln. «

Miss Moore betrachtete Marys Gesichtsausdruck. Gab es einen Grund, warum sie sich weigerte, sich mit dem Vorfall zu befassen? Sie wollte nicht die Polizei verständigen. Nun wollte sie nicht einmal darüber nachdenken, warum diese Männer in ihr Haus eingedrungen waren. Sie sagte: »Erstaunlich, dass sie am helllichten Tag gekommen sind. Haben sie vielleicht angenommen, du seist nicht hier?«

Mary überlegte sich die Antwort, ehe sie nickte und meinte, es sei schon möglich, dass jemand angenommen hatte, sie sei weggefahren. Sie stellte ihre Tasse auf den kleinen Tisch neben sich. »Bevor ich deine Antwort erhielt, Emily, hatte ich eigentlich geplant, nach Berlin zu fahren, um dort in einem Archiv etwas nachzusehen. Als du schriebst, dass du vor der Stolpersteinlegung Zeit hättest, habe ich natürlich die Reise aufgeschoben.«

Annette mischte sich ein: »Haben Sie die Fahrkarte schon gekauft?«

»Ja. In der Informationsstelle am Bahnhof. Ich habe telefoniert, dass ich neu buchen werde, irgendwann nach dem 30. September.« Sie lächelte. »Es ist zu schwierig, Emily mit Vornamen und Sie beide mit Nachnamen anzusprechen. Ich jedenfalls heiße Mary!«

Das musste mit einem ordentlichen Toast besiegelt werden. Erst danach nahm Emily die Fragen wieder auf. »Mary, wer wusste sonst, dass du eine Reise planst?«

Mary überlegte. »Meine Freunde im Chor. Die Mitglieder des Literaturkreises. Ich sagte bei beiden Termine ab, da ich für euch frei sein wollte. Die Zeitung hatte ich auch schon abbestellt, desgleichen die wöchentliche Eierlieferung vom Nachbarhof.«

Das half nicht weiter.

Mary seufzte, weil das Haus kein Versteck hatte. »Es gibt nicht einmal einen Keller! Dad hat erzählt, das Gebäude sei zu seiner Zeit eine Scheune gewesen, in den sechziger Jahre hat man es umgebaut, dafür hat man einen guten Architekten angestellt.«

Miss Moore fragte: »Man? Wer genau? Die Eltern deines Dad, also deine Großeltern? Wie hieß dein Vater, ach ja – Joseph Münze. Gab es noch weitere Verwandte?«

Marys Stirn legte sich in Falten. »Dad redete nie viel über seine Familie. Aber ich weiß, dass sein Vater, Jan Münze hieß er, seinen zweitältesten Sohn im Krieg verloren hatte. Der Älteste hieß Hagen, der sollte den Hof übernehmen. Er hat früh geheiratet, die Tochter eines Nachbarn, da war er 20, sie 17. Es war ein Kind unterwegs, glaubte Dad, das bei der Geburt gestorben ist. Danach hatte die Frau – Ina hieß sie – noch zwei Fehlgeburten. Das war für die Familie recht traurig. Und dann, in dem kalten Winter 1969, kam es zu einer weiteren Tragödie. Inmitten eines starken Schneesturms war Hagen mit Ina nach einer Feier aus der Stadt nach Hause gefahren. Das Auto geriet auf dem vereisten Weg zum Hof ins Schleudern, der Wagen überschlug sich mehrmals. Man hörte den Knall auf dem Hof, aber niemand konnte etwas machen. Beide starben am Unfallort.

Das muss ganz schlimm für die Familie gewesen sein. Dad sagt, sein Vater hätte nur für den Hof gelebt. Er war ein stolzer Bauer, der sein Land liebte. Ein aufrechter Mann, der an Gottes Ordnung glaubte und deshalb hart gegen sich und andere war. Für ihn musste es ein schwerer Schlag gewesen sein, seinen Sohn zu verlieren, der den Hof zum Teil schon übernommen hatte. Jan Münze war 1969 Mitte siebzig. Es war umso schlimmer, als Hagen keine Kinder hatte.«

»Gab es andere Töchter außer Felizitas?«

»Ja. Die beiden ältesten Töchter, Barbara und Susanna, waren längst aus dem Haus. Barbara lebt in der Nähe von Paderborn, Susanna wanderte mit ihrem Mann nach Afrika aus. Nach dem Krieg. Felizitas kam Mitte der 1960er Jahre zurück, sie konnte den Hof nicht übernehmen. Dad war in England. Das war die Zeit, in der die Scheune umgebaut wurde, Jan Münze und die Frau, Elisabeth hieß sie, zogen mit Felizitas und Katarina zusammen – einer Magd, die sehr lange bei der Familie war. Zuletzt lebte dann nur noch Felizitas mit Katarina hier.«

»Die Schwester deines Dad, deine Tante also.« Emily Moore fand es interessant, wie distanziert Mary von der Familie des Vaters sprach – von Söhnen ihres Großvaters und nicht von ihren Onkeln, von den

Schwestern, ohne sie »Tante« zu nennen. War es ihr unangenehm, dass sie deutsche Verwandte hatten, die im Krieg gegen ihre englischen Verwandten gefallen waren? Oder lag es einfach daran, dass sie die Familie nie gekannt hatte?

Zögernd sagte sie: »Mary, es ist doch merkwürdig, dass dein Großvater deinen Dad nicht gebeten hat, zurückzukommen, um den Hof zu übernehmen, nachdem der älteste Sohn verunglückt war.«

Mary machte ein unglückliches Gesicht. »Davon war nie die Rede! Dad hat sich auch nie zurückgesetzt oder übergangen gefühlt. Es war einfach kein Thema.«

Emily Moore beharrte: »Wie alt war dein Dad damals – vierzig? Also, mit vierzig ist man im besten Alter, da hätte er den Hof leicht gemeistert. Warum hat wohl der Großvater einem Fremden den Hof verpachtet? Es muss etwas Wichtiges vorgefallen sein – er muss sich mit deinem Dad überworfen haben!«

Noch immer war Marys Stirn in Falten gelegt. »Ich weiß es nicht. Dad hatte wenig Kontakt mit der Familie. Keine Ahnung, warum ... ob sein Vater ihn gebeten hatte, zurückzukommen.«

»Ein Hof ist ein – wie soll ich sagen – ein Wert! Du sagst, dein Großvater hatte ihn als der älteste Sohn geerbt – sicher war dein Urgroßvater ebenfalls ein Erbe gewesen – wer weiß, seit wie vielen Generationen das Land in Händen deiner Familie war. So etwas wird nicht ohne einen Grund an Fremde verpachtet. Oder einer Tochter vermacht, wenn doch ein Sohn da ist! Da steckt ein Geheimnis dahinter, Mary.«

»Emily, ich hab mir noch nie darüber Gedanken gemacht. Jedenfalls kann das nicht der Grund sein, weshalb eingebrochen wurde. Ich erinnere mich genau an den Tag, an dem Dad den Brief von einem Rechtsanwalt erhielt wegen der Erbschaft von Felizitas. Er hat sich sehr gefreut.«

Emily betrachtete die Freundin interessiert. »Hat Felizitas auf dem Hof mitgearbeitet?«

»Nein. Felizitas war Krankenschwester gewesen, ehe sie geheiratet hat, und nachdem sie wieder zu Hause lebte, hat sie halbtags gearbeitet.«

Keine sagte etwas, schweigend stimmten die zwei jungen Frauen Emily Moore zu, dass es eine ungewöhnliche Situation war. Annette fragte: »Hat dein Dad seine Familie oft besucht?«

Mary schüttelte den Kopf. »Nein. Nicht oft. Er ist zu Felizitas' Begräbnis hergefahren, das weiß ich, er blieb nur zwei Tage. Das mit ihrem Testament und dem Erbe, das kam nachher, er hatte das nicht erwartet, im Gegenteil, er sagte, die Familie, die den Münze-Hof gepachtet habe, sei überzeugt gewesen, dass sie die Erben sein würden. Oder vielleicht meinten sie, im Testament würde stehen, dass sie das Land kaufen könnten. Das wollen sie noch immer.«

»Du hast die Familie nie besucht?« Veronica hatte bis jetzt nur zugehört.

Mary schüttelte den Kopf. »Nein. Ich verstehe, dass ihr das alles sonderbar findet! Aber es war sonderbar! Dad ist Deutscher, er ist in der Hitlerjugend gewesen! Und mit vierzehn Soldat! Bei Kriegsende war er noch keine siebzehn. Ein Kind! Deutschland nach dem Krieg war nicht besonders attraktiv. Für jemand, der so feinfühlig war wie Dad, muss die Wahrheit über die Nazis furchtbar gewesen sein, alles, was man ihn gelehrt hat, an was er geglaubt hat, war Lüge und Wahn. Da ist es doch verständlich, dass er nicht zurückging. Außerdem, er hat oft von dem Verwalter auf diesem Gut geredet, auf dem er als Kriegsgefangener gearbeitet hat. Der hat ihn in seiner Familie aufgenommen, schon vor Kriegsende. Dad hat viel von ihm gehalten. Ich glaube, der war ihm wichtiger als sein eigener Vater.«

Mary machte frischen Tee, bediente ihre Gäste und betonte noch einmal: »Ich glaub nicht, dass diese Familiengeschichten etwas mit dem Einbruch zu tun haben! Ich hab wirklich sehr wenig über die Familien gewusst, auch nicht viel über Mums Eltern. Die haben sich nach dem Ruhestand in Hastings niedergelassen, dort waren sie öfter im Urlaub gewesen. Nachdem Mum gestorben war, ich war sieben, besuchte ich Mums Eltern nur einmal. Dad schickte mich in den Ferien in Camps, er wollte nicht, dass ich allein, ohne Freunde war. Über seine Familie redete er kaum. Als ich etwa zehn war, ich erinnere mich nicht genau, fuhr Dad nach Burghofen, wahrscheinlich zum Begräbnis von Hagen und seiner Frau. Mit fünfzehn verließ ich die Schule und ging ein Jahr nach Oxford, um einen Intensivkurs für Sekretärinnen zu machen ... ich glaube, in dem Jahr fuhr Dad einmal zwei Wochen lang weg. Vielleicht besuchte er damals die Familie.«

»Hm.« Miss Moore schob ihre Tasse beiseite. Mary hatte Recht, der Bruch zwischen ihrem Vater und dessen Familie war keine Spur, die zu den Eindringlingen führte. Trotzdem war es interessant. Sie wusste aus eigener Erfahrung, dass Kinder oft das Wichtigste über ihre Eltern nie erfahren. Hatte ihr unzuverlässiger Vater ihr nicht erzählt, dass ihre Mutter tot sei, und sie in die Obhut einer Verwandten in Kapstadt gegeben? Sehr viel später hatte sie erfahren, dass ihre Mutter

Mann und Tochter einfach verlassen hatte, weil ihr das bürgerliche Leben langweilig war! Anscheinend war sie danach von einem Mann zum anderen gegangen. Wo und wie sie gelebt hatte oder gestorben war, hatte ihre Tochter nie herausgefunden. Was hatte sich in Joseph Münzes Familie abgespielt? Interessant ja, aber irrelevant – diese Geheimnisse hatten wenig mit der Gegenwart zu tun.

Eines allerdings interessierte sie noch: »Fandest du es nicht merkwürdig, dass dein Dad im Alter nach Deutschland zurückging?«

»Nein, wieso? Er war dort geboren. Dad hatte als Kind auf dem Hof gearbeitet, deswegen gefiel ihm die Arbeit als Kriegsgefangener in England auf dem Gut. Danach setzte er sich das Ziel, eine Gärtnerei zu kaufen. Das hat er geschafft. Aber der Preis war hoch, er hatte sich von seiner Umgebung abgeschnitten, er gehörte keinem Kreis an, er war in keinem Klub, ging selten in die Pubs, spielte nicht Karten. Am liebsten war er zu Hause und las.«

Annette meinte, das erklärte eigentlich nicht, warum er nach Deutschland zurückgegangen war, er hatte ja in England ein Haus und hätte die Scheune verkaufen können.

»Schon. Aber die Idee, ganz auf dem Land zu leben, gefiel ihm. Ich nehme an, er kannte dieses Haus. Jedenfalls wusste er, dass er ein Feld zur Verfügung hatte, das einzige Stück Land, das sein Vater und dann Felizitas nicht verpachteten. Dads Vater hatte nach dem Unfall des Sohnes das große Bauernhaus mit den Scheunen, Ställen und Maschinen sowie die Felder bis auf diesen Acker verpachtet. Felizitas erbte alles und machte neue Verträge mit den Pächtern, und die vermachte sie Dad, sodass sie jetzt mir zugutekommen. Ich habe keine direkten Erben, deswegen habe ich eine Stiftung gegründet, die soll verschiedene gute Vorhaben unterstützen.« Sie hielt inne, dann fuhr sie mit ihrer Erklärung fort: »Wie gesagt, Dad freute sich über die Erbschaft, vor allem über das Land. Sein Vater hatte Mais als Viehfutter angebaut. Dad hat es in einen Gemüsegarten umgewandelt, damit war er recht erfolgreich. Er fand einen guten Knecht, der ist nun mein Pächter – was den Bauern drüben auf dem Hof ärgert! Der versucht immer wieder, auch diesen Acker an sich zu bringen, er möchte am liebsten das Land, den ganzen Hof kaufen. Dad hat es Spaß gemacht, etwas Neues aufzubauen. Zuerst dachte er, er könnte leichte Arbeit auf dem Hof übernehmen, dazu kam es nicht, er hatte genug mit dem Gemüse zu tun. Sie nehmen noch immer viel davon ab, drüben im Bauernhaus – das liegt etwa 800 Meter entfernt von hier, meine nächsten Nachbarn sozusagen. Sie hatten einen kleinen Hof in der Nähe, eines der Kinder lebt dort, weil sie das größere Münze-Haus und den Hof erworben haben.«

Annette sagte nachdenklich: »Manche Menschen haben es schwer, mit dem Ruhestand umzugehen.«

Wie schwer es ist, die Beweggründe anderer Menschen zu verstehen, dachte Emily Moore. Vor allem, wenn man sie nicht kannte. Dieses Rätsel würden sie nicht mehr lösen. Ihr Kopf brummte, auch die Schatten unter Marys Augen mahnten sie, dass es Zeit war, den Abend zu beenden.

Mary jedoch kam noch mal auf das Erbe, den Scheunenumbau und die Familie zu sprechen. »Ich konnte begreifen, warum die Scheune zum Altenteil umgebaut wurde. Ihr seht, was daraus geworden ist, diese geräumige Wohnküche, der anschließende Wohnraum – hinten ein hübsches Zimmer mit kleinem Bad und Terrasse, dort wird Emily schlafen. Das war Katarinas Zimmer, sie ist die jüngere Schwester von Dads Mutter, die lange für die Familie gearbeitet hat. Ein wundervoller Mensch, ich liebe sie sehr – eine schöne Erscheinung, ungewöhnlich groß, mit ausdrucksvollen Gesichtszügen, als ich sie kennenlernte, wunderte es mich, dass sie nie verheiratet war. Als junge Frau war sie sicher recht anziehend.« Sie wechselte das Thema: »Veronica und Annette können sich aussuchen, welches Zimmer sie oben bevorzugen. Ihr habt schon gesehen, ich schlafe im ehemaligen Elternschlafzimmer mit Bad. Eins der kleineren Zimmer war eine Rumpelkammer, ich benutze es als Arbeitszimmer.« Sie zögerte, denn ihr fiel plötzlich etwas ein: Hatten die Einbrecher sich für ihre Arbeit über die Juden interessiert? Dann verwarf sie die Idee, nein, die Unordnung unten wies nicht darauf hin. Sie fuhr fort: »Neben dem Badezimmer liegt ein Zimmer mit Eckfenster, das gehörte Felizitas, als sie sich scheiden ließ und zurückkam ... Ich weiß nicht, was vorgefallen war, aber ich denke, es war ein großer Skandal! Die Münzes waren gläubige Katholiken ... In dem dritten Zimmer wohnten die Paderborner Enkelkinder, wenn sie zu Besuch kamen. Die Kinder der anderen Tochter lernten die Großeltern nie kennen. Sie wuchsen in Afrika auf. In Namibia, damals Südwestafrika.«

Emily Moore interessierte sich weiter für Marys Familie. »Die Töchter erbten also nichts?«

»Das weiß ich nicht, sie hatten natürlich ihre Mitgift. Vielleicht erhielten sie weiteres Geld nach dem Umbau, ich meine, aus dem Einkommen der Pacht, das hätte sich ihr Vater leisten können. Ich weiß es nicht – wie gesagt, ich habe Dads Eltern nicht gekannt. Beide starben sehr schnell hintereinander, erst die Mutter, dann der Vater. Danach lebten Felizitas und Katarina zusammen. Felizitas starb verhältnismäßig jung. Eine schlimme Geschichte, sie hatte Asthma und war ohne ihr Spray spazieren gegangen, man fand sie tot auf einem Feld. Sie muss einen Anfall gehabt haben!« Sie sagte mit nachdenklichem Gesicht: »Katarina hat immer wieder darüber gesprochen, dass es für Felizitas ungewöhnlich war, ohne ihr Spray unterwegs zu sein. Vor allem an einem heißen Tag wie dem, an dem sie gestorben ist.«

Emily hörte mit leicht geneigtem Kopf zu. »Und da erbte dein Vater alles.«

»Ja. Die Pächter vom Münze-Hof machten ihm sofort ein Angebot, aber er schlug es aus. Dad hat Katie natürlich weiter bei uns wohnen lassen. Sie war alt, aber sie ließ es sich nicht nehmen, auch künftighin zu arbeiten, sie kochte gern, und überhaupt konnte sie nicht genug für uns tun, ich musste sie oft zwingen, nicht alles an sich zu reißen.« Sie wies nach oben. »Ich zeig euch ein Bild von Katarina, ich hab ein schönes in meinem Arbeitszimmer. Sie ist etwas Besonderes, anders kann ich das nicht ausdrücken. Eine einfache Frau, aber klug und einfühlsam. Ich glaube – und hoffe, dass es stimmt! –, dass sie die Jahre mit uns genossen hat. Sie und Dad verstanden sich sehr gut. Einmal sagte sie, sie hätte ein schweres Leben gehabt, aber Gott hätte ihr zuletzt ein großes Geschenk gemacht, als wir kamen.«

«Du sagst, sie ist in einem Heim. Warum?«

Mary seufzte. »Alter kann unerbittlich sein, wie du weißt, Emily – Katarina wurde vergesslich. Ich musste immer nachsehen, ob sie auch alles ausgeschaltet hatte. Einmal brannte es fast, weil sie den Herd angelassen hatte. Deswegen war ich wirklich erleichtert, als sie nach Dads Tod sagte, dass sie in ein Heim umziehen wollte. Ich besuche sie regelmäßig, obwohl ich oft glaube, sie weiß eigentlich nicht, wer ich bin. Sie ist inzwischen sechsundneunzig.«

Danach fanden sie alle, dass es an der Zeit war, ins Bett zu gehen.

Dezember 1969

Es ging mir schlecht im Haus der Schwester, es war noch schlimmer als zu Hause, was ich nicht für möglich gehalten hatte! Die Schwester war schwach, sie duckte sich und ließ den Mann alles bestimmen. Es ist großzügig von ihm, dich aufzunehmen, hier hast du eine warme Mahlzeit täglich und dein eigenes Zimmer, da ist es nicht zu viel verlangt, dass du im Haus auch hilfst. Sagte sie.

So nannte sie das, im Haus helfen. Helfen! Ich hatte keine Minute Zeit für mich. Die Kinder waren sieben, fünf, vier und zwei, als ich zur Schwester kam, und sie überließ mir die ganze Arbeit, sie selbst war vollauf mit Kochen beschäftigt, für den Mann und das viele Gesinde. Es war eine gemischte Landwirtschaft, Ackerbau und Vieh, auch Pferdezucht. Ich war nicht nur, aber vor allem für die Kinder verantwortlich, kümmerte mich um ihr Essen, ihre zwei Zimmer, wechselte der Kleinen die Windel, passte auf sie auf. Dazu half ich in der Waschküche und bügelte jeden Abend die Wäsche. Im Haus war noch eine andere, ältere Magd, die half in der Küche und beim Putzen. Als auch die Jüngste zur Schule ging, musste ich die ganze Waschküche übernehmen. Keiner war für mich da, es hieß nur immer, tu das, hol jenes ... Ich war Mädchen für alles.

Bücher gab's nicht im Haus, aber einmal brachte der Bauer den Kindern einen großen Märchenband, der hatte bei anderen alten Sachen an einem Stand am Markt gelegen. Als ich den Mädchen das erste Mal das Aschenbrödel vorlas – die Jungen wollten nie was mit Büchern zu tun haben – weinte ich. Der war es wie mir ergangen. Und ich wusste, dass auf mich keine goldene Kutsche und kein Prinz warteten! Ich konnte wie sie ein Lied davon singen, wie ich früh aufstehen musste, Winter und Sommer, um in der Küche den Herd anzuzünden, dann Wasser für Kaffee aufzusetzen, damit der Bauer und die Knechte was Warmes im Bauch hatten, ehe sie zu den Kühen gingen und danach zu den Pferden. Ich blieb in der Küche, ehe die Schwester kam, bereitete das Frühstück für die Kinder, musste sehen, dass sie rechtzeitig in die Schule kamen. Sie hatten einen weiten Weg dahin, ich wäre gern mitgegangen. Ich las in ihren Büchern, wenn sie im Bett lagen, das merkten sie nicht, war auch gut so, das hätte nur Schelte von der Schwester bedeutet, auch von ihm, Zeitverschwendung hätten sie es genannt.

Es gab nicht nur Schelte, manchmal auch Schläge, meistens von ihm, ich war ihm zu langsam. Faul nannte er es und sie erinnerte mich immer wieder daran, dass ich nichts für mein Essen bezahlte, dazu mein eigenes Bett hatte mit einer Federdecke. Das war das Einzige, wofür ich dankbar war, ich schlief in einer kleinen Kammer unter dem Dach auf einem alten eisernen Bettgestell mit Matratze. Ganz allein. Zu Hause hatte ich auf einem Strohsack geschlafen, mit einer dünnen Decke.

Ich war immer auf den Beinen, es gab viel zu tun, ich sah ja, dass die Schwester schuftete, sie war oft schwanger. War sie glücklich? Danach hat niemand sie gefragt, genau wie sie nie gefragt wurde, ob sie den Bauern heiraten wollte, das bestimmte der Vater. Heilfroh war der gewesen, als der Bauer um ihre Hand anhielt. Die Schwester war schön, das schönste Mädchen im Dorf, aber sie hatte keine Mitgift und nur eine kleine Aussteuer, was sie und die Mutter so genäht und zusammengetragen hatten. Dem Mann ging's nicht um Mitgift, er hatte die Schwester beim Kirchgang gesehen, und er wollte sie haben. Ich weiß nicht, ob sie sich freute oder ob ein anderer ihr lieber gewesen wär. Beneidet hat man sie im Dorf, er war der Erbe von einem wohlhabenden Hof, zudem sah er gut aus. Er ist noch immer sehr groß mit enorm breiten Händen, einem Nacken wie ein Stier, aber jähzornig und gewalttätig. Vor allem wenn er zu viel Bier getrunken hatte, dann ging ihm jeder aus dem Weg. Sein geliebter Ältester wurde ihm immer ähnlicher, der Vater war ihm Vorbild. Heute trinkt er mehr als der Alte, vielleicht aus Kummer, dass ihm seine Ina keine Kinder geschenkt hat, er schlägt sie, aber das hilft auch nicht.

Neulich kam es sogar zum Kampf zwischen Vater und Sohn, als sie sich auf dem Heimweg aus der Kneipe stritten. Sie fielen beide vom Karren. Worüber sie gestritten hatten, weiß niemand, vielleicht nicht mal sie selber. Sie sind beide hitzköpfige Männer.

Wie Aschenbrödel träumte ich als Jugendliche von einem besseren Leben. Ich stellte mir vor, in einem vornehmen Laden als Verkäuferin zu arbeiten, und hoffte noch immer, Näherin oder Putzmacherin zu werden. Deswegen las ich weiter in den Schulbüchern. Inzwischen wusste das die Schwester und manchmal dachte sie daran, mir Hefte mitzubringen, die in Geschäften wie bei den Pelzers lagen.

Doch dann, kurz vor meinem dreizehnten Geburtstag, merkte ich, dass auch dieser Traum, wie alle anderen, nur ein Traum war. Mein Schicksal war besiegelt, als ich im Haus meiner Schwester zur Magd wurde. Was heißt Magd. Zur Sklavin, dachte ich.

5. Kapitel
21. September
Burghofen

Am Vormittag des nächsten Tages fuhr Mary ihre Gäste nach Burghofen. Es war der Tag des Bauernmarktes, sodass die Besucher das Gewimmel auf dem Burghofener Altmarkt genossen. Sie bewunderten den Marktbrunnen mit dem Drachenmaul, die gut erhaltenen Fachwerkhäuser aus dem 18. Jahrhundert, die engen Gassen mit ihrem holprigen Kopfsteinpflaster und kleinen Häusern, die vom Markt ausgingen. »Die Stadt hat nicht unter dem Krieg gelitten«, bemerkte Annette, worauf Mary nickte und die Geschichte des Matthias Matte erzählte, der den Bürgermeister davon abgehalten hatte, die Stadt gegen die heranrückenden Alliierten zu verteidigen.

Am Markt entdeckte Annette einen Stand mit einem Sonderangebot, das sie interessierte. »Seht mal, diese gelben Hosen – ideal zum Joggen!« Mary und Veronica waren sofort interessiert, und Emily überließ sie ihrem Vergnügen, denn sie hatte einen Antiquitätenladen entdeckt. Als sie wieder zu den anderen stieß, sagte Annette begeistert, sie hätten alle drei dieselben spottbilligen Jogging-Outfits gekauft.

Als sie an einem Gemüsestand stehen blieben, wurde Mary von einer wohlbeleibten, älteren Bauersfrau angesprochen. »Mary! Da muss man auf den Markt gehen, um sich zu sehen!«

Mary lächelte. »So ist es, Ilse! Man hat eben viel zu tun! Darf ich dir meine englischen Gäste vorstellen?« Sie wandte sich ihren Gästen zu und erklärte, dass Ilse Münze und ihr Mann Heribert die Pächter des Bauernhauses und des Hofs seien, also ihre Nachbarn.

»Münze?«, fragte Miss Moore. »Ihr seid verwandt?«

Ilse Münze, die gerade etwas für eine Kundin auswog, lachte. »Wissen Sie – es wimmelt in dieser Gegend von Münze! Und irgendwie verwandt sind wir wohl alle, wir sind eben eine Sippe. Aber nicht so eng verwandt, dass wir genau wissen, wie! Seitdem wir hier auf dem Hof sind, kennt man uns als die Münzes vom Münze-Hof, Marys Großvater war der Großbauer Münze, ihr Vater Joseph der Scheune-Münze, dann gibt es den Hüllenhof-Münze und so weiter ...«

»Interessant.«

Frau Münze zuckte die breiten Schultern. »Na, es bedeutet uns wenig. Ich ...« Sie wurde unterbrochen, als ein drahtiger, dunkelhaariger Mann von der anderen Ecke der Theke ihr mit scharfer Stimme etwas auf Platt zurief. »Vogt Münze, Ilses Sohn«, sagte Mary und verabschiedete sich winkend. Sie war fast außer Hörweite, als Ilse ihr nachrief: »Mary! Vergiss nicht – heute wird gefeiert! Du bist mit deinem Besuch eingeladen!«

Mary nickte und erklärte ihren Gästen, sie hätte durch den Vorfall am vorigen Tag fast vergessen, dass Birgit Münze ihre Verlobung mit dem jungen Martin Münze-Gruber feiern würde und dass sie eine Einladung für alle erhalten hätte. »Birgit ist eine starke Frau, sie hat bislang jedes Angebot ausgeschlagen! Der Martin muss etwas Besonderes sein. Und ihrem Bruder gefallen – Birgit und ihr älterer Bruder verstehen sich sehr gut.«

»Martin Münze-Gruber – also einer aus der Münze-Sippe?«, scherzte Annette.

»O ja! Sogar einer aus meiner Verwandtschaft. Einer von Dads Großneffen, ein Enkel von Jans zweiter Tochter Susanna. Die mit ihrem Mann Gustav Gruber nach Ovamboland in Namibia gezogen war. Sie haben dort eine Farm, die wird jetzt von ihrem Sohn, Martins Vater, geführt. Martin nennt sich Münze-Gruber, er meint, einzeln seien beides langweilige Namen, aber eine Kombination ließe sie wichtig klingen. Vor achtzehn Monaten kam er hierher, um seine Wurzeln kennenzulernen. Er blieb länger als geplant, ich denke, nachdem er Birgit kennengelernt hatte. Sie sind gleichaltrig, Ende zwanzig, Birgit ist etwa zehn Jahre jünger als Vogt, der älteste Münze-Sohn. Heute Abend wird groß gefeiert.«

Emily Moore entschied sich für einen Stadtrundgang. Während Mary ihre Einkäufe erledigte und Veronica sich anbot, ihr behilflich zu sein, um danach auf eigene Faust durch den Ort zu laufen, machte sich Emily mit Annette auf die Suche nach den einstigen jüdischen Häusern, vor denen die Stolpersteine angebracht werden sollten. Die junge Akademikerin hatte die Altmann-Geschichte sowie die anderen genau gelesen.

Sie fanden die Heustraße und das Judenhaus sofort, ein kleines doppelstöckiges Haus aus dem frühen 20. Jahrhundert. Wie Mary gesagt hatte, sah das Haus verwahrlost aus, auch der Garten war ungepflegt. Als sie stehen blieben, um die Namensschilder zu lesen, wurde die Eingangstür des Hauses nebenan von einem alten Mann geöffnet, der langsam mit einem Stock die Treppen hinabstieg, auf der Straße verharrte und die Frauen mürrisch betrachtete.

Emily Moore ergriff die Initiative, grüßte und erklärte, dass sie sich das Judenhaus ansehen wollten, da dort die Stolpersteine liegen würden.

Der Mann war hager, ging gebückt und hinkte stark, hatte jedoch noch immer eine beachtliche Größe. Er verzog die Lippen, zwischen denen eine Zigarette hing, was seinem faltigen Gesicht einen hämischen Ausdruck verlieh. Er nahm die Zigarette aus dem Mund. »Stolpersteine? Hat der Quatsch jetzt auch hier angefangen!« Er strafte die alte Frau mit einem ablehnenden Blick und wies mit dem Stock auf das Haus neben dem, aus dem er gekommen war. »Sehen Sie sich das an! Seit Jahren hat sich dort niemand um den Garten gekümmert!«

Das ist kaum die Schuld der Juden, die ihr von dort vertrieben habt, dachte Miss Moore und antwortete schärfer, als sie es vorgehabt hatte: »Quatsch? Es ist für Nachkommen wie Frau Dr. Lipman wichtig, dass ihre Familie nicht vergessen wird!«

Er legte die Stirn in Falten, strich sich über das spärliche Haar und sagte: »Lipman? Den Namen kenn' ich nicht.«

Annette mischte sich ein: »Altmann. Meine Verwandten hießen Altmann. Und Pelzer.«

Er blickte sie an, die Hand schien den Stock noch fester zu umklammern, steckte die Zigarette wieder zwischen die Lippen und murmelt etwas Unverständliches, als er an den Frauen vorbei zur Gartentür des Nachbarhauses lief. Annette rümpfte die Nase, bemerkte mit dem Abscheu einer ehemaligen Raucherin: »Menthol, uh. Oder so was Ähnliches zum Abgewöhnen.«

Die Begegnung war beobachtet worden. Als sich die Frauen ebenfalls in Bewegung setzten, öffnete sich die Tür und eine Frau mittleren Alters, eine bunte Schürze um den strammen Leib gebunden, eilte die Stufen hinab. »Entschuldigen Sie«, rief sie atemlos, »es tut mir leid, dass ... wissen Sie, diese Generation ... das war der Franz Scheffer. Er wollte Dirk sprechen, der war nicht da, er ist im Geschäft.« Sie blickte dem Alten nach, der gerade im Haus nebenan verschwand. »Der Franz kümmert sich um die Jungen in dem Heim ... man muss ihn verstehen. Den Franz hat's bös erwischt, im Krieg, am Bein ... Er war in Griechenland, soweit ich weiß, später kam er in den Osten. Es ging ihm ziemlich dreckig nach dem Krieg, er konnte nicht mehr in seinen alten Job zurück, und irgendwie hat er es nie richtig geschafft, neu anzufangen, obwohl er noch recht jung war und in Griechenland ...« Sie brach ab, es schien ihr klarzuwerden, dass sie im Begriff war, Vertrauliches von einem Freund zu verraten. Sie wischte sich die Hände an der Schürze ab, lächelte und streckte eine Hand aus. »Ich bin die Gertrud Meer, mein Mann hat mit dem Sozialamt geredet, das Haus nebenan ist mit unserem identisch.« Sie fügte entschuldigend hinzu:

»Niemand wollte dort hinziehen, bis dann diese Stiftung für Jugendliche es kaufte, nach dem Krieg. Oder besser gesagt Dr. Winter es kaufte und eine Stiftung gründete. Sein Sohn, der Alfred, sollte sich drum kümmern, der lebt aber nicht mehr hier. Keine idealen Nachbarn, aber was kann man tun! Wir mussten ebenfalls unsere Zustimmung geben, wegen der Steinlegung. Mein Mann hat sofort ja gesagt, er meint, das ist nur gerecht – sein Vater war in der Partei gewesen, genau wie der Scheffer! Die waren eng befreundet, der Schwiegervater und der Scheffer. Möchten Sie nicht reinkommen?«

Miss Moore bedankte sich für die Einladung und stellte sich und Annette vor. Gertrude Meer gehört zur Generation der Kriegskinder, überlegte sie. Oder zur Nachkriegsgeneration. Also zu einer Generation, die von den Eltern etliches von dem erfahren hatte, was in diesen zwölf wichtigen Jahren in der Stadt geschehen war. Es fiel ihr ein, dass sie den Namen Scheffer schon einmal gehört hatte, konnte den Gedanken aber nicht verfolgen, da sie gerade in den engen Gang traten, wo sie sich interessiert umsahen. Genau wie das Judenhaus, hatte Frau Meer gesagt. Links ging es in eine Küche, dahinter wies Frau Meer auf eine kleine Vorratskammer, und die Tür gegenüber führte zu einem Wohn- und Esszimmer, eine weitere in den Keller.

Frau Meer bat sie, ihre Mäntel abzulegen, und wies auf die schmale Treppe: »Oben sind zwei Schlafzimmer, ein Bad, eine kleine Kammer, dort hat mein Mann einige Stücke aus der Bernstein-Sammlung untergebracht.«

Sie ließen sich schweigend durch das Haus führen. Die Sammlung sei berühmt gewesen, erklärte Frau Meer, eigentlich sollte sie an ein Museum gehen, aber der Bürgermeister meinte, für die Stadt sei es wichtig, dass sie dortblieb. Es war ihm damals gelungen, die zuständige SS-Behörde zu überzeugen, Bernsteins Sachen an Burghofener Bürger zu versteigern. »Der Scheffer ist heute noch ganz verliebt in eine kleine Zinnsoldaten-Sammlung, hübsche Figuren sind das! Mein Schwiegervater hat vor allem Uhren gekauft. Dirk hat sie gut versichern lassen, aber verkaufen will er sie auf keinen Fall. Sein Vater hat die damals erstanden, wissen Sie.«

»Jetzt wissen wir's«, meinte Miss Moore trocken und bewunderte dann still die Uhren, die säuberlich und gut beschriftet in verschlossenen Glasvitrinen lagen. Jedes Objekt hätte sich in jedem Uhrenmuseum sehen lassen können. In ihrer Vollständigkeit hatte die Bernstein-Sammlung sicher die lange und interessante Geschichte der Entwicklung der Uhr belegt. Sie betrachtete ein wichtiges Objekt, eine

Nürnberger Taschenuhr in Form eines Eis aus dem 16. Jahrhundert, stellte aber keine Fragen.

Annette hatte ebenfalls über das Judenhaus gelesen und sich eine Kopie von Marys Beschreibung gemacht. Im Wohnzimmer setzten sie sich, während Annette aus ihrer Tasche die Liste mit den 13 Personen holte, die im Judenhaus untergebracht gewesen waren, und einen Stift in die Hand nahm. Nach einigen Minuten überlegte sie laut: »Wie hatten sie sich wohl aufgeteilt im Judenhaus?«

Frau Meer sagte schnell: »Darüber hab ich noch nie nachgedacht.« Sie stand auf, während Annette rechnete und nach einer Weile sagte: »Möglich wäre es schon. Hier wäre Platz für zwei Ehepaare – vielleicht die vier Pelzers? Der kleine Hans hätte hinter der Küche schlafen können. Oben hätten die Bernsteins ein Zimmer haben können, die Frauen Altmann, Katz, Kahn, Funk das zweite, da wäre für Kurt Katz und Isaak Katz die Kammer übriggeblieben.« Sie schauderte. »Grauenhaft. Wie immer sie es gelöst haben, sie waren zusammengepresst wie Sardinen, mit einem kleinen Bad und einer gemeinsamen Küche. Der Stress muss enorm gewesen sein! Ein Wunder, dass sie sich nicht gegenseitig umgebracht haben!«

Frau Meer kam mit Gläsern und Keksen zurück, aber beide Frauen lehnten Erfrischungen ab. »Ein hübsches Häuschen«, sagte Frau Meer zufrieden. »Genau richtig für uns, wir wohnen gern hier.«

Emily war erleichtert, als Annette erklärte, dass sie nicht länger verweilen könnten. »Meine Freundin Veronica Lee wird sich sehr freuen, sich mit Ihnen und Herrn Meer zu unterhalten, sie wird natürlich vorher anrufen!«

Sie gingen weiter und bogen an der Ecke in die Gartenstraße ein. Ein kleiner Park auf einer Seite mit hübschen Blumenbeeten und Bänken machte dem Straßenname alle Ehren. Die Einfamilienhäuser waren größer als die in der Heugasse, und vor einem beobachteten sie eine weißhaarige alte Dame, die konzentriert an einem Rosenbusch arbeitete. Sie richtete sich auf, als die Frauen vorbeiliefen, was Miss Moore ermutigte, vor der gut gepflegten Hecke stehen zu bleiben und eine prachtvolle gelbe Rose zu bewundern.

»Bezaubernd! Eine ungewöhnliche Farbe!«

Die Frau war sichtlich erfreut. »Sie lieben Blumen!«

»Ja – aber ich muss zugeben, dass die Pracht meines Gartens von einem Gärtner gezaubert wird. Vor allem versteht er sehr viel von Rosen!« Sie wollte weitersprechen, da erblickte sie die Hausnummer und fügte hinzu: »Ich heiße Emily Moore. Das ist Frau Dr. Lipman, Nachkomme einer ehemaligen Burghofener Familie, ich sehe, dass das hier das Haus ist, in dem sie gewohnt hat.«

Die alte Frau lief zur Gartentür und öffnete sie. »Richtig, die Altmanns. Bitte, kommen Sie herein! Ich bin Christine Kurzmann, ich wohne hier, ich kümmere mich um den Garten! Der Familie des Schwiegersohns gehört das Haus. Wir freuen uns alle, dass hier Stolpersteine gesetzt werden. Sie sind mit Altmanns verwandt?«

Wieder folgten sie der Einladung und sahen sich interessiert in dem Wohnzimmer um, das eine behagliche Wohnlichkeit verströmte. Emily Moore dachte, dass dies unter anderem an einem Gemälde lag, einer lieblichen Landschaft, die Beschaulichkeit ausstrahlte. Wahrscheinlich frühes 19. Jahrhundert, entschied Miss Moore, die sich für dieses Jahrhundert interessierte, ebenso wie für den Biedermeierschrank in der Ecke. Wie Frau Meer, so bot auch Frau Kurzmann gastfreundlich Gebäck und Fruchtsaft an, die sie aus der Küche holte. Als sie zurückkam, standen die Frauen vor dem Bild.

»Das ist von Altmanns«, sagte sie: »Auch einige der Möbel!« Sie machte eine entschuldigende Geste, erläuterte aber nichts. Es gab keinen Grund dafür. Die Frauen wussten, dass die, die deportiert werden sollten, nichts mitnehmen durften. Jüdischer Besitz, der zurückgelassen wurde, war vom Finanzamt versteigert worden. Jeder hatte etwas davon abbekommen – die Nachbarn, also die kleinen Leute, Geschirr und Möbel, während die Elite sich diverse Kunstschätze aneignete. Meers mussten hoch in der Gunst gestanden haben, um etwas aus der Bernstein-Sammlung zu erstehen. Bei dieser Überlegung kam Miss Moore der Gedanke, dass keiner die von Juden gekauften oder gestohlenen Sachen hatte zurückgeben müssen. Nur der Staat – also der Steuerzahler – war für Wiedergutmachung verantwortlich gewesen. Warum eigentlich? Warum war beispielsweise dieses Bild nicht an die Überlebenden der Familie Altmann zurückgegeben worden? Dann beantwortete sie die Frage selbst: weil zu viel geraubt worden war, es wäre unmöglich gewesen, alles zu belegen, zu katalogisieren, manches, wie Wäsche oder Geschirr, war inzwischen wertlos oder kaputt, zudem war im Krieg viel zerstört worden. Deswegen wurde beschlossen, die Sache pauschal zu handhaben und die einzelnen Objekte, wie auch die arisierten Geschäfte den neuen Besitzern zu überlassen. Egal, ob sie dem Regime nahegestanden hatten oder nicht.

Als sie sich setzten, sagte Annette: »Sie fragten, ob ich mit Altmanns verwandt war. Die Antwort ist ja. Hermann und Eva waren meine Urgroßeltern.«

Frau Kurzmann gestikulierte mit den Händen. »Natürlich! Sie sind der Judith wie aus dem Gesicht geschnitten! Sie haben ihre nussbraunen Augen, die dichten Augenbrauen, ihr ovales Gesicht!«

»Sie kannten meine Großmutter?«

»Wie soll ich meine beste Freundin nicht gekannt haben? Wir gingen zusammen in die Schule. Damals hieß ich Christine Maasdorf. Ich war oft bei ihr – vor ... na, Sie wissen schon ... sie kam selten zu uns, wegen dem Essen – die Altmanns aßen koscher, sie hielten sich an die religiösen Speiseregeln. Lebt Judith noch?«

»Ja. In einem Altersheim.«

Christine Kurzmann schüttelte bedauernd den Kopf darüber, dass sie den Kontakt verloren hatte, fragte aber nicht nach der Adresse, und Annette bot diese auch nicht an. Stillschweigend akzeptierten beide, dass es unmöglich war, jetzt noch an etwas aus der dunklen Vergangenheit anzuknüpfen. Nach einigen Minuten sagte Frau Kurzmann: »Judiths Mutter war die schönste Frau in ganz Burghofen. Frau Eva Altmann, meine ich. Jeder bewunderte sie, ihr langes dunkles Haar, ihre schönen schwarzen Augen. Judith war hübsch, aber ihre Mutter war eine Schönheit! Man sagt, manche Frauen erreichen mit Ende dreißig den Höhepunkt ihrer Schönheit. Das traf auf Frau Altmann zu, auch wenn ich das erst viel später begriff. Sie hatte etwas Besonderes, Attraktives – heute spricht man von Ausstrahlung. Schwer zu erklären, was genau, ich denke an das Lächeln, diese kleinen Falten um den Mund und die Grübchen in den Wangen ... Ich weiß nicht, wie ich es beschreiben soll. Es lag nicht daran, dass immer etwas unter dem Ladentisch war für uns Kinder, es war einfach ein angenehmes Gefühl, wenn man mit ihr zusammen war.«

Annette wusste natürlich, was mit Eva Altmann geschehen war, auch wenn nie viel in der Familie über die schlimme Zeit gesprochen wurde. »Tragisch, dass meine Urgroßmutter sich das Leben nahm. Vor allem für den kleinen Hans – den Jakob – muss das furchtbar gewesen sein.« Sie wiederholte nicht, was sie von ihrem Vater, Tobias Lipman, erfahren hatte: dass Hermann Altmann nie über den Verlust seiner Familie hinweg kommen konnte und nie sein Schuldgefühl überwunden hatte. Etwas, das seine Tochter Judith schwer belastet hatte, sagte er. Sie war auf einer Seite traurig, auf der anderen wütend, dass ihr Vater nicht verstand, wie sehr sie seine Zuneigung brauchte. Das Schicksal des Bruders war grauenhaft – aber der Vater hatte noch eine Tochter, die lebte. Das schien er völlig zu vergessen! Ihre Bemühungen, zu dem Vater liebevoll zu sein, ihm zu zeigen, dass er noch andere Familie hatte, gelang ihr nicht. Sie war fest davon überzeugt, dass Hermann Altmann sie dafür verantwortlich machte, dass seine Frau ins Gefängnis gekommen war. Und dort starb. Sie hatte der Mutter das Geld geschickt, das der Gestapo den Vorwand für eine Verhaftung lieferte. Sie grübelte darüber nach, was damals geschehen war, konnte natürlich keine Antwort finden. Ihren Gram über den Tod der Mutter, den Verlust des Bruders, auch die Trauer über die Großmutter, die sie geliebt hatte – und vor allem die Enttäuschung über den verbitterten, introvertierten Vater machten ihr das Leben zur Qual.

»Das hat sie zu einer zänkischen, unzufriedenen Frau gemacht. Erst im Alter wurde sie ausgeglichener«, hatte der Vater gesagt. »Das Zusammenleben mit ihr in meiner Kindheit war – schwierig. Mein Vater hat viel Verständnis für sie aufgebracht! Das war bitter nötig. Meine Schwester hat sehr jung geheiratet, ich bin überzeugt, dass sie nur von unserer Mutter weg wollte! Nur gut, dass sie zufrieden ist.« Das konnte Annette bestätigen, das Haus in Golders Green, in dem ihre Tante über ihren Mann und ihre große Familie regierte, war ein Haus voller Leben.

Sie stand auf und bat, die Toilette benutzen zu dürfen. Als sie den Raum verlassen hatte, versank Christine Kurzmann in ihre Gedanken. Emily Moore beobachtete sie. Sah, wie zwei Tränen unter den dicken Lidern hervorquollen. Spontan beugte sie sich zu der Frau und fasste ihre Hand. »Man kann nur die Täter schuldig sprechen, Frau Kurzmann. Sie waren damals ein Kind.«

Die Frau blickte auf, suchte ein Taschentuch. »Ein Kind? Ich war alt genug, Frau ... Miss ... ich wusste nicht genau, um was es ging, aber ich war feige und hörte auf, Judith zu besuchen. Schon lange bevor sie nach England ging! Und dann, als ihre Mutter verhaftet wurde – und das Geschäft in andere Hände kam, da war ich alt genug, um zu wissen, wie man mit Juden umging. Ich hab so wenig aufgemuckt wie die anderen.«

»Schlimm, dass Frau Altmann Selbstmord beging.«

Christine Kurzmann fuhr auf. »Selbstmord! Ja, das wurde behauptet!«

»Stimmt es etwa nicht?« Emily hielt den Atem an. »Das hat man der Familie so gesagt.«

Die Frau saß ganz still. Als sie erneut zu sprechen begann, war ihre Stimme kaum hörbar. Wieder musste sie ihre Tränen zurückdrängen. »Es war anders. Ganz anders. Meine Mutter, sie sprach vor ihrem Tod, Miss ... Sie war Jahrgang 1900. Jahrzehntelang hatte sie geschwiegen – und dann ...«

»Sie wusste, was geschehen war?«

»Der Vater wusste es. Der Wachtmeister Eugen Maasdorf.« Wieder blickte sie die Engländerin an, sah eine alte Frau, wie sie selbst es war, mit Tränensäcken unter den kleinen, aufmerksamen Augen, spürte Emilys Sympathie und Wärme. Sie begann leise zu sprechen.

»Er konnte es nicht für sich behalten, und nun, vielleicht dachte die Mutter an das Himmelreich, als sie bettlägerig war und ich neben ihr saß, da begann sie zu reden. Eva Altmann wurde im Laden von der Polizei verhaftet. Sie sollte am nächsten Tag in die Kreisstadt gebracht werden. Dort kam sie aber nie an. Sie wurde in der Nacht hier vor Ort verhört. Von SA-Männern. Denselben, die schon '33 zwei Kommunisten auf dem Gewissen gehabt hatten. Damals, vor den Wahlen, waren die von der SA festgenommen und zum Polizeirevier geschleppt worden. Die Polizisten waren hilflos, sie wussten, dass die zwei so gequält und geschlagen worden waren, dass sie starben.

Der Vater war ein ganz normaler Polizist. Der wusste viel, was so vor sich ging. Und weil er es nicht ertragen konnte, redete er darüber mit Mutter. Ich erinnere mich genau, was sie sagte.

Einer der Männer fragte die Frau Altmann: ›Wie heißt du, Judensau?‹, und als sie antwortete: »Eva Altmann«, schlug er zu und brüllte: ›Du verhöhnst den Führer!‹. Damals wussten nicht viele, dass Eva Braun die Freundin vom Führer war. Aber dieser Mann war auf dem Parteitag in Nürnberg gewesen, dort hat's ihm jemand verraten. Er fragte noch einmal nach Frau Altmanns Namen und als sie wieder versuchte, Eva zu sagen, prügelte er auf sie ein. Er und ein anderer. Und dann – ihr Kleid war durch die Misshandlung zerrissen. Das scheint ihn in Rage gebracht zu haben – aber eben nicht nur in Rage –, es reizte ihn, sodass er sich an ihr vergriff. Riss ihr die Kleider vom Leib und ... Rassenschande hätte man es genannt, wenn man das erfahren hätte. Die anderen fielen dann ebenfalls über sie her.«

Christine Kurzmann verstummte. Sie erinnerte sich an das, was die Mutter erzählt hatte, aber sie brachte die Worte nicht über die Lippen, die diese damals benutzt hatte: »Der kannte sie natürlich. Ich bin sicher, er, wie die anderen Männer am Ort, hatte ihr nachgeschaut, wenn sie an ihm vorbeigegangen ist! Er wollte sie schon immer haben, und nun hatte er sie. Rassenschande haben die ja immer gesagt, wenn was zwischen einem Juden und einem Christen war. Sie haben's verboten. Aber die Männer damals, es war noch vor dem Krieg und den Deportationen, die haben das Frau Altmann angetan. Rassenschande ... oh ja, die haben Schande über uns gebracht!«

Emily Moore goss Wasser in ein Glas und reichte es Christine, hoffte, dass Annette nicht zurückkam. »Starb Eva an den Verletzungen?«

Die Frau hörte nicht auf die Frage. Sie leerte das Glas, dann sagte sie tonlos: »Alle sind sie über sie hergefallen. Mehrmals, sagte die Mutter. Die waren wild – wie im Rausch, sagte sie. Als sie schrie, hielten sie ihr den Mund zu. Erstickt ist sie, einer hatte die Hände um ihren Hals ... und hat zugedrückt.«

Eine schreckliche Geschichte. Emily, die viel Schlimmes in ihrem unruhigen Leben erfahren hatte, schauderte. Wie aus der Ferne hörte sie, wie Christine flüsterte: »Frau Altmann nahm sich nicht selbst das Leben. Als es vorbei war, riefen sie den Erwin Winter, den Doktor. Der half ihnen, alles zu vertuschen. Das durfte nicht bekannt werden, es wäre schlimm gewesen, wenn's ein Gerichtsverfahren gegeben hätte. Schlimm für die Partei. Für die Polizei. Wissen Sie, das war vor dem großen Töten, es war das Jahr 1938.«

Sie schwieg. Beide Frauen saßen, ohne zu sprechen, nebeneinander. Als Annette zurückkam, erhob sich Miss Moore.

6. Kapitel
21. September
Thörne-Haus

Während Emily Moore sich mit Annette auf den Weg zu den ehemaligen jüdischen Wohnungen machte, blieb Veronica Lee noch eine Weile mit Mary Thomson zusammen, die sie in ein Café unweit des Marktplatzes einlud. Sie hatte inzwischen alle Geschichten gelesen, die Mary für eine Dokumentation zusammengestellt hatte. Daraus ergaben sich einige Fragen über die Deportation aus dem Judenhaus. Es war das erste Mal, dass die beiden Frauen miteinander redeten, und sie fanden Gefallen aneinander. Mary war beeindruckt vom detaillierten Wissen der Doktorandin und hätte sich gern noch länger mit ihr unterhalten. Sie hatte jedoch noch etliches zu erledigen, sodass Veronica beschloss, sich die Stadt allein anzusehen. Sie versprach, genau neunzig Minuten später am Parkplatz zu stehen, um sich mit ihr und den anderen zum Mittagessen zu treffen.

Sie überquerte den Markt, um das Rathaus näher zu betrachten. Die Türen der Läden standen einladend offen, und sie betrat ein Reisebüro, an dessen Fenster »Meer für Meer und Mehr« stand. Sie wollte sich nach einem Flug nach London erkundigen, eventuell wollte sie einige Tage länger bleiben als Emily Moore und Annette Lipman.

Ein älterer Mann stand hinter der Theke und lächelte freundlich. Sie wollte gerade ihr Anliegen vorbringen, als sie eine Uhr bemerkte, die in einer geschlossenen Vitrine an der Wand hing. »Das sieht aus wie eine sehr alte Schwarzwälder Kuckucksuhr!«, entfuhr es ihr, worauf der Mann sagte: »Ja, das liegt wohl daran, dass es eine sehr alte Schwarzwälder Kuckucksuhr ist. Anfang 19. Jahrhundert. Da hatte man schon den Spindelbohrer und den Zahnstuhl erfunden, sodass die Produktion ziemlich schnell ging.«

Veronica fragte interessiert: »Sie sind Uhrmacher?«

»Nein. Aber mein Vater, Gustav Meer.« Nicht erläuterte er jedoch, dass er die Lehre selbst aufgegeben hatte, als er und auch der Vater erkannten, dass sie mit Uhren nicht genug verdienen könnten und keiner von ihnen eine Juwelierausbildung hatte. In den späten 1960er Jahren hatten sie ein Reisebüro eröffnet, was sich als gute Entscheidung herausgestellt hatte. Die Kuckucksuhr hatte Meer aus der Bernstein-Sammlung des Juweliergeschäfts behalten. Zur Erinnerung.

Zu Meers Verblüffung sagte die Frau: »Ach, Sie sind – Ihr Vater übernahm das Bernstein-Geschäft!«

Überrascht antwortete Dirk Meer. »Ja. Woher ...«

Veronica entschuldigte sich. »Ich wollte nicht ... Ich bin Veronica Lee, ich schreibe meine Dissertation über Denkmäler wie die Stolpersteine. Ich habe es in den Akten gelesen.« Gustav Meers Name war dabei nicht zu übersehen gewesen, hatte er doch als Bernsteins Geselle den Laden »arisiert«.

Meer stellte sich vor und lud Veronica ein, sich das Bernstein-Haus sowie die Stücke der Sammlung anzusehen. Sie bedankte sich, meinte, sie würde darauf zurückkommen, und ging, ohne nach einem Flug zu fragen. Und ohne sich noch einmal umzudrehen, sodass sie nicht sah, dass ihr ein alter Mann, der sie beobachtet hatte, während sie sich mit Dirk Meer unterhielt, nachdenklich hinterherschaute.

Veronica Lee hatte eigentlich nicht nach Bernsteins Nachfolger gesucht, so wie sie den Kontakt zu anderen Nachkommen aus jener Zeit ebenso nicht direkt suchen wollte, es war eine Zufallsbegegnung gewesen. Beklommen ging sie weiter. Nicht zum ersten Mal fragte sie sich, warum sie den anderen ihr besonderes Interesse an Burghofen vorenthalten hatte. Sie hätten es doch verstanden! Nun würde sie einen passenden Augenblick abwarten müssen, um darüber zu sprechen. Warum hatte sie sie nicht sofort davon unterrichtet? Sie wusste, dass es ihr schwerfiel, ihre Emotionen unter Kontrolle zu halten. Hatte sie nicht schon mehrmals das ganze Projekt aufgeben wollen? Sie hatte sich öfter gesagt, sie brauche keinen Doktortitel! Und sei nicht einmal sicher, ob sie eine akademische Laufbahn einschlagen wollte ... Aber bislang hatte Vernunft – oder Wissbegier? – gesiegt, und sie hatte sich weiter mit der umfangreichen Lektüre über das Dritte Reich und seiner Menschenvernichtungspolitik beschäftigt. Ihrer Mutter hatte es nicht gefallen, aber sie hatte sowieso nie richtig Zeit für ihre Tochter gehabt und deshalb nie lange über etwas diskutiert.

Veronica war überwältigt gewesen, als sie auf der Website entdeckte, dass eine Steinlegung in Burghofen stattfinden würde. Zuerst wusste sie nicht, ob sie sich wirklich traute, dieser beizuwohnen. Würde es nicht zu aufregend sein? Dann war ihr Dr. Lipman eingefallen, und sie hatte Annette angerufen und sie darauf aufmerksam gemacht. Eine Mary Thomson recherchiere über die Opfer der damaligen Zeit, hatte sie Annette mitgeteilt, die sofort hellhörig wurde. Durch ihre eigene Arbeit wusste Veronica schon lange, dass Dr. Lipman aus einer ehemaligen Burghofener Familie stammte. Sie hatte das Thema nie angesprochen, sie scheute sich davor, weil sie meinte, dann müsste sie auch über die eigene Familie reden, und dazu war sie noch nicht bereit.

Veronica freute sich, als Annette sie einlud, sich ihr und der alten Miss Moore anzuschließen. In Gesellschaft würde es leichter sein, Gefühle zu ertragen.

Veronica beabsichtigte, das Archiv aufzusuchen, um die Akten einzusehen, sicher gab es dort weitere Informationen. Sie war geschult, Dokumente zu studieren, und hatte sich vorgenommen, ihre eigenen Notizen mit Marys Geschichten zu vergleichen. Sollte sie mehr daraus lesen, als Mary aufgezeichnet hatte, würde sie es ihr sagen. Und dann endlich zugeben, warum sie sich bedeckt gehalten und trotzdem beschlossen hatte, nach Burghofen zu reisen.

Sie brauchte sich nicht so lange im Rathaus aufzuhalten, wie sie befürchtet hatte. Die bereitwillige Archivarin hatte Kopien der Akten über die ehemaligen jüdischen Bürger angefertigt und erklärte, sie erwarte wegen der Steinlegung mehrere Anfragen. Sie schlug vor, Miss Lee sollte die Kopien durchsehen, daraus würden sich wahrscheinlich weitere Nachfragen ergeben. Und sie sei selbstverständlich bereit, sich damit zu befassen.

Zufrieden machte sich die junge Frau auf den Weg zur Gartenstraße, auch sie wollte die Häuser der ehemaligen jüdischen Bürger in Augenschein nehmen. Als sie um die Ecke der Baumgasse bog, weckte die Nummer 4 ihr Interesse. Sie überquerte die Straße, um sich das Haus näher anzusehen, ein kleines Gebäude, das sich über drei hohe Stockwerke erstreckte. Dort hatte die Familie Thörne mit dem Polizisten Matte gewohnt.

Am Haus angelangt, blickte sie interessiert zu dem steil aufragenden Giebel hoch, wo der Schriftsteller Mendel versteckt gewesen war, als plötzlich drei junge Männer mit einem Mädchen die Straße entlangkamen. Sie wandte den Kopf. Das Mädchen trug enge Jeans, hohe Reitstiefel, wirre blonde Haare und war auffällig mit grellrotem Lippenstift geschminkt. Zwei der Männer waren glatzköpfig, auch sie trugen hohe Stiefel sowie Bomberjacken, wie sie unter Neonazis üblich waren. Der dritte, der ebenfalls das Aussehen eines Europäers hatte, war mit der Robe und der Kopfbedeckung eines streng gläubigen Muslims bekleidet. Eine merkwürdige Verflechtung, dachte Veronica, wobei ihr einfiel, dass Neonazis durch den Hass auf Juden etwas mit extremen Muslimen – also mit Islamisten – gemeinsam hatten.

Sie drehte sich um und wollte weitergehen, als einer der Glatzköpfe sie anrempelte, ob absichtlich oder versehentlich, erfuhr Veronica nie. Die Mappe, in die sie die Kopien der Archivakten gesteckt hatte und die auch andere Urkunden enthielt, fiel zu Boden. Der Skinhead bückte sich, hob sie auf und öffnete sie zu Veronicas Ärger. Laut las er vor: »Stolpersteinlegung«, ließ die Hand sinken und funkelte Veronica böse an. Einige Sekunden lang standen sie sich gegenüber, dann sagte der Mann leicht verunsichert: »Kenn' ich dich?«

Veronica sagte ruhig: »Nein, wie sollten Sie auch. Geben Sie mir meine Mappe!«

Er hielt diese in die Höhe und höhnte: »Geben Sie mir die Mappe, sagt sie! Ha! Warum sollte ich? Das sind doch alles nur Lügen, diese Märchen von endlosem Morden!« Er ließ die Hand sinken und zischte verbissen: »Ich sag dir was – kein einziger Stein wird hier gesetzt! Und wenn ihr es wagt, dann werden wir sie zerschlagen! So wie man euch alle ausschalten sollte, die Gutmenschen und die Juden!«

Veronica trat einen Schritt zurück. Der Mann hatte getrunken, sein Geruch nach Bier und Schweiß war ihr mehr als unangenehm. »Ich weiß nicht, wovon Sie reden. Geben Sie mir die Mappe, bitte!«

Er hielt die Papiere hoch. »Ha, sie spricht gut Deutsch! Und sagt „bitte"! Gut so! Sieh mal ihre schwarzen Augen ... Ich glaub, sie ist nicht nur eine Ausländerin, sondern eine der Auserwählten! Wie heißt du, Sarah?« Er drehte den Kopf zu dem Mädchen und sagte: »Weißt du, Heike, die heißen immer alle so – Sarah!«

Das Mädchen spuckte ihren Kaugummi vor Veronica aus, stemmte die Arme in die Hüften und lachte. »Meinst du, die is' 'ne Jüdin? Eine, die man vergessen hat zu vergasen?« Sie trat näher an Veronica heran und zeigte ihr den Mittelfinger.

Das gefiel dem zweiten Glatzkopf nicht, der versuchte, sie von Veronica wegzuziehen und seinen Freund zu beschwichtigen. »Lass den Unsinn, Heike! Du auch, Horst! Komm schon, wir müssen weiter, der Michael wartet! Die hat dir doch nichts getan, gib ihr das Zeug!«

Horst ließ sich nicht ablenken, sondern blätterte in der Mappe. »Sieh mal einer an, Lenni! Das soll dich auch interessieren! Anklage der Eva A. wegen Devisenschmuggel ... immer dasselbe, was? Devisenschmuggel! Immer mit Geld seid ihr zugange! Diese Steinlegung, das ist doch nur wieder was, um Geld zu machen!« Er schüttelte den Arm seines Freundes Lenni ab und näherte sich Veronica drohend. »Denkst du, wir sind blöd? Willst wohl mehr Wiedergutmachung, was? Dem braven Steuerzahler noch mehr Geld abschwatzen?«

Veronica überlegte, wie sie wegkommen könnte, sie war von den vier umringt, auch wenn der zweite Neonazi gutwillig war und der Muslim kein Wort sagte, nur wie ein Klotz neben seinen Freunden stand. Das Mädchen stand ihr praktisch auf den Zehen. Sie hätte sie beiseite stoßen und weiterlaufen können, aber sie wollte ihre Mappe nicht verlieren. Dieser Horst wurde nicht von seiner Freundin unterstützt, sein glatzköpfiger Freund versuchte sogar, das Mädchen wegzuziehen. Veronica fasste Mut. Außerdem, hatte sie nicht lange genug Karate gemacht?

»Geben Sie mir sofort mein Eigentum«, sagte sie leise und redete sich zu, sie müsste ganz ruhig bleiben, nur tief atmen, die Fassung nicht verlieren: »Wenn Sie mich weiter belästigen, rufe ich die Polizei.«

Horst fand das beleidigend. »Die Bullen? Was sollen die tun? Das Judenmädchen beschützen? Das wär' doch gelacht!« Er streckte die Hand nach Veronica aus, etwas, worauf sie gehofft hatte. Sie reagierte blitzschnell, fasste gekonnt den Arm ihres Widersachers, drehte sich behände um die eigene Achse, sodass der Junge das Gleichgewicht verlor, durch die Luft wirbelte und heftig gegen das Mädchen stieß, die hinfiel und wie er auf dem Bürgersteig landete, wobei ihm die Mappe aus den Händen glitt.

Zu ihrem Erstaunen vernahm Veronica lautes Lachen und Applaus hinter sich, sie hatte nicht gemerkt, dass mehrere Leute stehen geblieben waren. Sie hob ihre Mappe auf, schritt an dem Muslim und dem zweiten Skin vorbei und überquerte die Straße, ohne sich noch einmal umzusehen. Und ohne jemand ihre Angst gezeigt zu haben.

Dezember 1969

Dass ich eine Kammer für mich allein hatte, wurde mir bald leid.

Eines Abends – einen Monat vor meinem sechzehnten Geburtstag, der natürlich genau so wenig gefeiert wurde wie alle meine anderen Geburtstage – als ich gerade eingeschlafen war, spürte ich jemand neben mir. Meine Decke wurde hochgehoben, er schob sich neben mich, ich hörte das Gestell quietschen. Ich wollte schreien, als sich eine schwere Hand auf meinen Mund legte. »Sei still«, hörte ich, »sei ganz ruhig. Es wird dir gefallen.«

Gefallen? Ich wusste nicht, was das sollte, versuchte ihn aus dem Bett zu werfen, das ärgerte ihn. »Na, denn auf die schnelle Art«, sagte er. Im nächsten Moment lag sein ganzes Gewicht auf mir, ich merkte, wie er mein Nachthemd hochhob, sich zwischen meine Beine zwängte. Seine linke Hand, nicht sein Glied nahm mir die Jungfräulichkeit, während er noch immer meinen Mund mit der Rechten zuhielt. Der Schmerz war fast unerträglich, da stützte er sich auf seine Ellbogen und begann das, wozu er gekommen war. Ich war fast ohnmächtig und ließ ihn gewähren. Als er fertig war, rollte er keuchend von mir herunter und blieb einige Zeit neben mir liegen.

»Du wirst dich dran gewöhnen«, sagte er: »Das nächste Mal wird's besser für dich.« Im nächsten Moment hörte ich das leise Knarren der Tür, als er sich hinausschlich. Ich schluchzte hemmungslos. Ich war kein naives Stadtmädchen. Ich wusste, was geschehen war. Und weiter geschehen würde: dass ich nun nämlich nie einen anständigen Mann bekommen würde.

Das nächste Mal ... Nein, es würde kein nächstes Mal geben, dachte ich. Ich schlief ein, und als ich aufwachte, war es noch dunkel. Ich zog das Laken von der Matratze, nahm es mit hinunter zur schmutzigen Wäsche und ging zur Pumpe, wie jeden Tag, wusch und säuberte mich. Ich zog das zerschlissene Kleid aus – ich hatte nur Lumpen zum Anziehen – und warf mein Sonntagskleid über den Kopf, das ich für die Kirche benutze, nahm die Tasche, in der ich das Wenige hatte, das ich besaß, meine Bibel, eine Unterhose, Taschentücher, einen Umhang, Schuhe. Nur in der Kirche und im Winter trug ich Schuhe. Aus der Vorratskammer nahm ich Käse, Wurst und Brot. Dann machte ich mich auf den Weg.

Ich entschloss mich, aus Burghofen fortzugehen. Im Nachbarort war heute Markt, ich wollte dort einen der Kaufleute ansprechen, vielleicht würde mich jemand als Magd anstellen.

Jedes Mal, wenn ein Karren aus Richtung Burghofen über die holprige Landstraße rumpelte, versteckte ich mich im Graben oder hinter einem Baum. Einmal machte ich halt, lief zu einem kleinen Teich und verzehrte etwas von meinem Proviant. Es war Herbst, das Wetter angenehm, das machte das Lau-

fen leichter. Trotzdem war ich bald müde, ich hatte in der Nacht wenig geschlafen. Ich lief den ganzen Vormittag und wurde immer müder. Endlich sah ich die ersten Häuser, hatte keine Probleme, den Markt zu finden, sah aber bald ein, dass ich kein Glück haben würde. Die Verkäufer waren mit ihren Kunden beschäftigt und versuchten, ihre Aufmerksamkeit zu erlangen. Keiner würde sich mit mir abgeben.

Ich wandte mich ab und überlegte, was ich unternehmen könnte. Da sah ich ein Gebäude, das wie eine Scheune aussah, und ging darauf zu. Vielleicht war dort jemand, mit dem ich reden konnte. Als ich die Tür öffnete, sah ich, dass es eine Art Gemeindesaal war, in der Mitte standen Bänke wie in der Kirche, davor ein Pult mit einer glitzernden Decke bedeckt. Ein Mann sammelte Bücher von den Bänken, er sah mich nicht.

Vielleicht würde er nicht lange bleiben, dachte ich, duckte mich hinter eine Bank und wartete. Ich hatte Glück, er stapelte die Bücher, blickte sich um, schien zufrieden, dass alles in Ordnung war, und verließ den Raum. Er tat noch etwas, womit ich nicht gerechnet hatte: er verschloss die Tür! Ich war gefangen. Die Fenster waren zu hoch, ich konnte nicht hinaufklettern. Ich legte mich unter eine Bank, wickelte mich in meinen Umhang und schlief ein.

Ich wachte auf, weil ich Stimmen hörte, setzte mich auf und stieß dabei mit dem Kopf gegen die Bank. Die Stimmen erstarben sofort, jemand lief hastig durch den Raum und blickte hinter jede Bank. Natürlich entdeckten sie mich. Ich kauerte ängstlich am Boden. Zwei Paar Augen blickten auf mich herunter. Zwei Männer, einer mit langem Bart. Plötzlich verstand ich! Juden. Ich war in eine Judenkirche geraten.

Ich stand auf und versuchte zu erklären, dass ich eingeschlafen war. »Ich suche Arbeit«, sagte ich: »Ich bin eine gute Arbeiterin.«

»Ein Kind«, sagte der bärtige Mann. »Bist du deiner Familie weggelaufen?«

Ich schüttelte den Kopf. »Dem Bauern bin ich weggelaufen.«

Sie schienen zu verstehen, was ich meinte. Dass ich bei einem Bauern gearbeitet hatte. Das gefiel ihnen nicht. Wieder sagte einer: »Ein Kind!«

Sie redeten untereinander, ich verstand nicht, was sie flüsterten, bis einer mich am Arm fasste und sagte, ich sollte mit ihm kommen, seine Frau würde sich um mich kümmern. Ich war erleichtert. Eine Frau war nicht so gefährlich wie ein Mann.

7. Kapitel
21. September
Münze-Hof

Emily Moore dachte zwar mehrmals an Gertrude Meers Verdacht, dass Eva Altmann ermordet worden war, aber sie konnte nur mit Mary darüber sprechen. Am Nachmittag half sie zusammen mit den anderen Frauen, jede Spur von jenem Einbruch zu beseitigen.

Mary war es gelungen, eine neue Tapete zu kaufen, und Veronica und Annette bestanden darauf, das zu übernehmen. Schließlich seien sie beide Frauen, die ihre Studentenwohnungen selbst hergerichtet hatten, erklärten sie. Mary räumte mit Emilys Hilfe Küche und Vorratskammer auf, sodass am Ende wenig Zeit blieb, bevor sie sich für den Abend auf dem Münze-Hof umziehen konnte. Das bedeutete, dass sie sich kaum über die Erlebnisse des Vormittags austauschten.

Der Erste, der Mary Thomson und die drei Engländerinnen begrüßte, als sie nach kurzem Weg entlang der Felder mit Marys großer Taschenlampe den Münze-Hof betraten, war ein hochgewachsener Mann Ende zwanzig mit sonnenverbrannter Haut und dem kantigen Kinn und Gesicht eines Holländers. Oder, wie Emily erriet, eines Afrikaaners oder Buren, dieser weißen Volksgruppe in Südafrika und Namibia, die von Holländern, auch Deutschen und Franzosen abstammte.

Er hielt ein Glas Sekt in der Hand, verbeugte sich vor Mary und sagte mit leichter Ironie: »Ah! Die englische Kusine mit der Lampe!«, worauf Mary die Lampe löschte, »der afrikanische Vetter mit dem Sekt!« antwortete und ihn als Martin, Birgits Bräutigam, vorstellte. Sein Lächeln erschien Emily Moore gekünstelt, genau wie seine förmliche Verbeugung, nach der er sein Glas abstellte, ihren Arm umfasste und sie durch einen Nebeneingang in eine weitläufige Tenne führte. Eine bunte Szene erwartete sie. Ilse und Heribert Münze saßen mit Familienangehörigen an einer langgestreckten Tafel, während einige Gäste an kleineren Tischen saßen und andere sich auf der Tanzfläche bewegten. Kellner mit Platten, Tabletts und Weinflaschen liefen geschäftig umher.

Nachdem die Neuankömmlinge die Gastgeber begrüßt hatten, begleitete Martin sie zu einem Tisch, auf dem eine Karte mit »MARY« stand, und wies einen der Kellner an, sich um die Gäste zu kümmern. Wenige Minuten später sahen sie ihn und seine Verlobte mitten unter den Tanzpaaren.

Emily Moore bemerkte ein Gesicht an einem Tisch, das ihr bekannt vorkam. Natürlich, der alte Scheffer. Interessant, dass er umgeben war von jungen Männern und zwei jungen Frauen. Vielleicht war ein Enkel darunter. Dann erinnerte sie sich, dass Gertrude Meer gesagt hatte, er kümmere sich um die Jugendlichen im Heim. Sie wollte ihn nicht anstarren und sah stattdessen den Tänzern zu. Unterhaltung bei dem Lärmpegel fand sie schwierig, also wandte sie sich den angebotenen Speisen zu. Sie hatte sich gerade ihren Teller gefüllt, als Martin mit Birgit am Arm an Marys Tisch trat. Er sagte galant: »Ich denke, es ist meine Pflicht, meine schöne Braut mit anderen schönen Frauen bekanntzumachen!«

Mary gab sich verwundert: »Aber Birgit kennt mich doch schon!«

Martin spielte mit. »Du wirst Birgit doch nicht Miss Moore vorenthalten wollen!« Wieder machte er seine steife Verbeugung. »Die schönste ältere Dame im Raum!«, worauf Mary klatschte und Annette und Veronica einfielen.

»Wo liegt die Farm Ihrer Eltern in Namibia?«, fragte Miss Moore. Martins Antwort weckte ihr Interesse, sie kannte die Gegend, und eine solche Bemerkung gab dem Namibier zu verstehen, dass die alte Dame sich in seinem Geburtsland auskannte. Es entspann sich ein angeregtes Gespräch zwischen ihnen, während Birgit, eine große Blondine, sich mit den anderen Frauen über ihre Hochzeitspläne unterhielt. Doch dann ließ Martin eine Bemerkung fallen, die der alten Frau wenig gefiel. Es sei unwahrscheinlich, dass er je die Familienfarm übernehmen könne, meinte er. »Die Bantu stehlen doch den Weißen überall ihre Farmen! Für mich wird das schwer sein. Ich meine – nicht jeder, der auswandert, kommt zurück und erbt einen Hof – den er nicht mal führen kann!«

Emily Moore schwieg betreten. Sie wollte sich weder über die schlechten Sitten der Weißen im südlichen Afrika ärgern, noch wollte sie mit einer missbilligenden Bemerkung die Feier stören. »Bantu« war ein abfälliges Wort für Afrikaner, auch wenn es nicht ganz so beleidigend war wie »Kaffer«. Über die notwendigen Landreformen wollte sie ebenfalls nicht diskutieren, auf keinen Fall mit diesem jungen Weißen, der sich anscheinend an die neuen Verhältnisse nicht gewöhnt hatte.

Außerdem – es war unverschämt, dass der Namibier Mary beleidigte. Miss Moore sagte leise: »Man kann der Erbin keinen Vorwurf machen. Der das Testament machte, hatte sicher seine Gründe.«

»Wieso kann man einer Erbin keinen Vorwurf machen? Wenn sie alles tut, um die rechtmäßigen Erben auszubooten?«

Mary war in die Beschreibung eines Hotels in den Highlands vertieft, über das Birgit gelesen hatte und das sie für die Flitterwochen in Erwägung zog. Sie hörte Martins und Emilys Gespräch nicht zu. Miss Moore sagte: »Wen meinen Sie mit rechtmäßigen Erben?«

»Meine Großmutter. Ihre Schwester. Warum hat die jüngste Tochter alles geerbt? Da sollte man mal genauer hinsehen, ob das auch rechtens ist ... Der Alte war vielleicht nicht ganz zurechnungsfähig! Nachdem ihr Mann sie verlassen hatte, war sie doch nur zu ihrem Vater gezogen, weil sie den Alten umgarnen wollte! Das ist ihr gelungen! Und dann, anstatt den Kindern ihrer Schwestern den Hof zu vererben, hinterlässt sie alles einem Mann, der Familie und Land verlassen hat.« Er holte Luft und leerte sein Glas, ehe er hervorstieß: »Ich verstehe nicht, wie man das alles so hinnehmen konnte.«

Emily Moore dachte, dass der junge Mann nur wiederholte, was wohl oft in seinem Beisein gesagt wurde. Er hatte schließlich weder seinen Urgroßvater noch seine Großtante gekannt. »Hat Ihre Großmutter nicht dasselbe getan?«

Martin antwortete heftig: »Nein! Hat sie nicht! Sie ...« Er entspannte sich und beendete den Satz mit: »Sie hatte keine Wahl.« Er schluckte, er schien bemerkt zu haben, dass er zu offen zu einer Fremden gesprochen hatte. Trotzdem machte er weiter wie ein trotziger Junge. »Es ist auch nicht richtig, dass jemand einen Hof pachten muss, der ihm vielleicht zusteht.«

Emily glaubte zu verstehen, was er damit andeutete, doch ehe sie nachhaken konnte, trat ein junger Mann an Marys Tisch, einen großen Krug Bier in der Hand. Einer vom Tisch des Herrn Scheffer, wie die alte Frau erkannte. Er blickte in die Runde, fragte herausfordernd: »Ich darf mich doch setzen?«, und rückte einen Stuhl neben Annette. Emily Moore sah, wie diese zusammenzuckte und versuchte, etwas beiseite zu rücken. Auch ihr war der angetrunkene Mann kaum sympathisch, mit dem kahl rasierten Kopf, den Tätowierungen, die von den Schultern über den Nacken liefen. Sie fragte sich, was er wollte. Und wie viel Bier er schon getrunken hatte.

»Ich bin der Horst Matte«, sagte er. »Meine Freunde nennen mich Champion. Und Sie?« Er hatte nur Augen für Veronica, aber es war Mary, die antwortete: »Darf ich meine Gäste vorstellen – Miss Moore, Dr. Lipman, Miss Lee. Und wir kennen uns, Herr Matte.«

Er grinste. »Habe die Ehre – Miss Lee, meine verehrte Dame ...« Er fasste nach Veronicas Hand.

Veronica rückte weg von dem Betrunkenen und entwand ihm ihren Arm. »Danke, aber ich möchte nicht tanzen, Herr ... Matte.«

Er grölte. »Aber ich! Und zwar mit dir!« Horst Matte hatte nicht bemerkt, dass Heike hinter ihm aufgetaucht war. Sie hatte die Jeans gegen eine Hose in schottischem Stil getauscht und grelles Make-up aufgelegt, das ihr das Aussehen eines Clowns gab. Sie krallte die schwarz lackierten Nägel unsanft in Horsts Arm und zischte: »Was willst du von der Schlampe, Mensch. Tanz mit mir, wenn du tanzen willst!«

»Ich tanz', mit wem ich will!« Er löste ihre Finger, schob sie beiseite und kümmerte sich nicht weiter um sie. Heike drehte sich wütend um und mischte sich unter die Tänzer, wo sie sofort einen willigen Partner fand. Was sie nicht hinderte, die Szene am Tisch weiter zu verfolgen. Im Gegenteil, sie und ihr Partner bewegten sich auf diesen zu und umkreisten ihn.

Mary versuchte Frieden zu stiften. »Veronica, möchtest du nicht doch eine Runde mit Herrn Matte tanzen? Wir kennen uns, er hat mir einige interessante Geschichten über seinen Onkel erzählt.«

Horst Matte war keineswegs beruhigt. Er lehnte sich in seinem Stuhl zurück und hob seinen Krug. »Prost alle miteinander! Ja, mein Onkel, der gute Polizist! Das war er doch, oder?« Er betrachtete alle mit zusammen gekniffenen Augen, setzte den Krug ab und schmetterte seine Faust auf den Tisch, dass die Gläser tanzten und Miss Moore zusammenfuhr. »War er nicht! Ein Schwein war er! Ein Verräter! Davon wusste mein Vater – sein Bruder – ein Lied zu singen! Der hatte 'ne beschissene Zeit in der Schule nur wegen seinem Scheißbruder, dem Judenknecht! Und an wem hat der seine Wut ausgelassen, eh? Natürlich an mir! Und wer hat daran Schuld, wer? Er, der gute Bulle!«

Andere Gäste waren auf Matte aufmerksam geworden. Birgit beugte sich über den Tisch und rief: »Lass das sein, Horst!« Auch dem Brautvater Heribert schien Horsts Wutausbruch wenig zu gefallen. Er beobachtete ihn missbilligend und warf einen vorwurfsvollen Blick auf seinen Sohn. Dann stand er auf, ein hagerer Mann mit schütteren grauen Haaren, und hob sein Glas in die Höhe. Offensichtlich fand er, es sei ein guter Zeitpunkt für Ansprachen. Martin stand ebenfalls auf, fasste den Freund um die Schulter und ging mit ihm zum Haupttisch, wo er ihn auf einen Stuhl setzte. Birgit folgte ihnen, tastete nach Martins Hand, ehe beide ihre Plätze zwischen den Eltern einnahmen.

Jeder lauschte den üblichen Floskeln und Glückwünschen, erhoben sich nach einem Tusch, um dem Brautpaar alles Gute zu wünschen. Heribert Münze wartete, bis der Lärm abgeflaut war, dann klopfte er nochmals an ein Glas und sagte: »Ich habe ein kleines Geschenk für das Brautpaar! Ab sofort biete ich meinem zukünftigen Schwiegersohn an, auf dem Münze-Hof zu arbeiten!«

Er wurde von Klatschen und Raunen unterbrochen. Martin war offenbar überrascht und erfreut. Er stand auf, wollte etwas sagen, aber Heribert fuhr fort: »Das Haus ist groß genug für mehrere Familien. Für viele Kinder! Und der Betrieb kann einen Landwirt brauchen mit besonderen Qualifikationen aus einem anderen Land! Es wird sich lohnen, dafür mehr Land zu kaufen.«

Emily Moore hatte zufällig ihren Blick auf Vogt Münze gerichtet, der neben seiner Mutter saß. Bei den Worten des Vaters schnellte der runde Kopf in die Höhe, er warf erst einen Blick auf Martin, dann wandte er sich Mary zu und richtete seine blutunterlaufenen Augen auf sie. Horst Matte war nicht der Einzige, der dem Alkohol zugesprochen hatte. Der Hass, der in Vogt Münzes Blick lag, war erschreckend. Und bedrohlich.

Emily Moore lehnte sich zufrieden zurück und holte Luft. Sie hatte zwei Kandidaten gefunden für die Rolle der Einbrecher. Auch wenn sie nicht wusste, wonach sie gesucht hatten.

8. Kapitel
22. September
Marys Scheune

Am Morgen nach der Verlobungsfeier stand Miss Moore wie immer früh auf und machte sich eine Tasse Tee. Wie es ihre Gewohnheit war, wenn sie nachdenken wollte, steckte sie einen kleinen Schreibblock in die Tasche, ehe sie sich auf ihren Spaziergang machte. Als sie aus der Tür trat, schnupperte sie die frische Luft und sog dabei unerwartet einen Geruch ein, der an Medizin erinnerte. Doch nach wenigen Sekunden war er verweht.

Der frische Wind begleitete sie, als sie sich dem Kanal näherte. Gemächlich schlenderte sie am Ufer entlang, erneut beeindruckt von der Ordnung und Sauberkeit, die überall herrschte. Auf einem Nebenfluss der Themse hatte sie öfter das Wochenende auf dem Hausboot eines Kollegen verbracht. Es lag in einer Biegung des Flusses unter einer alten Weide und Akazienbäumen. Manchmal lösten sie die Leinen und fuhren einen Tag den Fluss entlang, genossen die liebliche Landschaft, die vorbeigleitenden Boote, Schwäne, Moorhühner und Enten. Emily Moore hatte das geruhsame Leben der Bootsbewohner kennengelernt, eine Welt für sich, zu der ihr Kollege nicht wirklich gehörte. Eine Welt, die hier an diesem deutschen Kanal nicht vorstellbar war.

Sie bog ab und nahm den Pfad landeinwärts zurück zu Marys Haus. Ihr Ziel war ein kleiner See, von dem Mary ihr berichtet hatte, der unweit eines Waldes lag. Ein beliebter Ausflugsort für Familien aus dem Ruhrgebiet, hatte sie gesagt. Emily Moore sah in der Nähe den Wald, wandte sich aber ab. Sie erreichte den See nach einer Viertelstunde, fand eine üppige Eiche, unter die sie sich setzte, und blickte auf die Uhr. Kurz nach sieben. Sie schloss einige Minuten die Augen. Ihre Gedanken kreisten um den gestrigen Abend, vor allem um Horst Matte. In der Ferne hörte sie plötzlich Geräusche. Schüsse? Schon möglich. Warum sollte es keine Jäger geben? Sie kannte die Jagdvorschriften nicht genau, dachte gelesen zu haben, dass Rotwild in dieser Gegend zwischen August und Januar gejagt wurde.

Sie blickte auf. Instinktiv hatte sie auf ihren Block »Martin Münze-Gruber« gekritzelt. Ob der junge Mann glaubte, seine Familie hätte einen Anspruch auf den Münze-Hof? Dass die Münze-Tochter Felizitas diesen zu Unrecht geerbt hatte? Hoffte er, dass etwas Schriftliches vorlag, das darauf hinwies oder, noch besser, dies bewies? Das würde den Einbruch in Marys Scheune erklären. Doch was könnte das sein?

Es musste ein Testament gegeben haben. So wie Mary den Bauern beschrieben hatte – ein aufrechter Mann, der auf Gottes Ordnung baute – hatte der vor seinem Tod bestimmt alles sorgfältig geregelt. Wenn der junge Mann von seinen Ressentiments getrieben war, klammerte er sich vielleicht daran, dass etwas zu finden sein musste.

Dann dieser Horst Matte. Ebenfalls ein Junge mit Ressentiments. Er hasste die Juden – hatte er nicht von Judenknechten gefaselt? –, weil sein Vater in der Schule wegen des Bruders, der gegen Hitler opponierte, Probleme hatte? Das war nach dem Krieg! Anscheinend gefiel es seinen Mitmenschen nicht, dass er Recht hatte. Es handelte sich also um einen jüngeren Bruder des Polizisten, diesem Matthias Matte. Emily Moore seufzte. Wie verblendet wir waren! Damals hatten wir, die Alliierten, gedacht, wir hätten die Deutschen von den Nazis befreit. Aber es war so wie in Irak, wo die Amerikaner meinten, sie hätten die Iraker von Saddam Hussein befreit. Eine Fehleinschätzung wie bei den Deutschen: die große Mehrheit wollte wohl gar nicht befreit werden. Sprachen sie denn nicht von Kapitulation statt von Befreiung? Verständlich. Jahrelang hatten sie den Mann gefeiert, hatten seine Siege bejubelt. Als sich das Blatt wendete, glaubten viele noch immer an die Wunderwaffe, den Endsieg. Die alte Frau schauderte. Sie hatte sich an etwas erinnert, an Leichen, die an einem Baum hingen. Sogenannte Deserteure, die von fanatischen Nazis ermordet wurden, als das Dritte Reich in den letzten Zügen lag. Arme junge Kerle, die nur nach Hause zu ihren Müttern wollten, die erkannt hatten, dass der Krieg hoffnungslos verloren war.

Aber noch nach dem 8. Mai '45 wurden Gegner des Diktators wie dieser Polizist als Verräter bezeichnet. Waren sie vielleicht zutiefst beschämt, dass sie selbst nicht zum Widerstand fähig oder willig gewesen waren? Möglich. Hinzu kam die Enthüllung der Verbrechen der Nazizeit, das Entsetzen der Weltöffentlichkeit, die alle Deutschen verdammte und verachtete. Keiner kann Verachtung ertragen. Dieser wütende Junge fühlte sich sicher aus Trotz zu Neonazis hingezogen, er wollte seinen Vater, sich selbst als Opfer und nicht als Täter sehen.

Könnte ihn das zum willigen Komplizen von Münze-Gruber machen? Auch das schien möglich. Merkwürdig, wie er sich auf Veronica Lee gestürzt hatte. Hielt er sie für eine Jüdin? Er hatte sie angesprochen, als ob er sie kennen würde, das konnte nicht sein, wahrscheinlich war es ihr nur so erschienen.

Und was war mit Münze? Glaubte auch er, dass Felizitas Münze ihre Schwestern irgendwie übervorteilt hatte? Was Mary Thomson zugutekam? Könnte er der Komplize des Namibiers sein?

Sie versuchte ihre Gedanken zu ordnen. Sie war überzeugt, dass der Einbruch in der Scheune nicht der letzte Versuch gewesen war. Mary war gefährdet! Da sie nicht die Polizei alarmiert hatte, wäre es sinnvoll, mit diesen drei Männern zu sprechen. Mit oder ohne Marys Wissen.

Dann gab es diese interessante, um nicht zu sagen sensationelle Aussage von Frau Meer, dass Eva Altmann vergewaltigt und ermordet worden war. Von Polizisten und SS-Männern! Warum hatte sie das all die Jahre für sich behalten? Sie beantwortete sich die Frage selber: weil sie es erst sehr spät, kurz vor dem Tod der Mutter in den Neunzigerjahren erfahren hatte. Wem konnte oder sollte sie es denn berichten? Wer hätte das ernst genommen? Erst jetzt, nachdem die Stolpersteine das Thema Holocaust erneut auf die Tagesordnung gesetzt hatten, war es ihr wieder eingefallen. Die Frage war, ob es auch jemand anders eingefallen war – und ob das der Grund war, Mary Thomson als diejenige, die dazu etwas herausfinden könnte, aus dem Weg zu räumen.

Emily steckte den fast unbeschriebenen Block ein und richtete sich auf, sie war schon länger unterwegs, als sie geplant hatte. Sie würde auf der Landstraße langsam zurückgehen, entschied sie, das wäre eine Abkürzung, sie musste sich eingestehen, dass ein längerer Weg beschwerlich für sie war.

Sie kam auf dem Radweg gut voran, sie begegnete nur wenigen Radfahrern, denen sie ausweichen musste. Auf der Straße herrschte nun mehr Verkehr. Kurz bevor sie den Pfad zur Scheune nahm, raste ein VW-Kombi an ihr vorbei, sie hatte den Eindruck, dass er aus einer Seitenstraße herausgekommen war, hatte das aber nicht bemerkt. Sie hörte grölenden Gesang, verstand einige Worte, die Melodie erinnerte sie an vergangene Zeiten. Durch das offene Autofenster sah sie mehrere kahl geschorene Köpfe, dazu eine Punkfrisur, rot und gelb gefärbt, mit Gel zu einem Hahnenkamm modelliert.

Mary und Annette, die beim Frühstück saßen, begrüßten ihre alte Freundin freudig. Während Emily es sich bequem machte, fragte Annette, ob sie Veronica begegnet sei, die am Abend zuvor gesagt hatte, sie würde am Morgen joggen gehen. Emily verneinte. »Dann schläft sie wohl noch«, meinte Annette. »Das Bad hat sie jedenfalls noch nicht benutzt.«

»Annette hat mir von eurer Begegnung mit Frau Kurzmann und den anderen erzählt. Ihr habt ja einen aufregenden Tag gehabt!«

Mary goss ihrer Freundin Tee ein. »Ja. Annette sagt, sie würde sich Veronicas Aufnahmegerät ausborgen, um ein Interview mit Christine Kurzmann aufzuzeichnen.« Ein Gedanke kam ihr plötzlich, erstaunlich, dass ihr das nicht sofort eingefallen war: Mord verjährte nicht. Könnten jetzt noch der oder die Mörder vor Gericht gestellt werden? Würde die Steinlegung einen Mordprozess anstoßen? Sie dachte an Frau Meers Bemerkung, dass ›er ihr nachschaute, wenn sie an ihm vorbeigegangen ist‹ ... wusste sie, wer ›er‹ war? In einer Kleinstadt wie diesem Burghofen kannte sicher jeder jeden. Und wusste, wie der andere damals gedacht hatte. Ein Mordprozess. Würde Annette, würde ihre Familie das verkraften können? Und Mary? Würde man es ihr nicht übelnehmen, dass sie Unruhe in die Stadt gebracht hat?

Emily Moore fragte: »Übrigens – welchen Beruf hatte dieser Parteigenosse Scheffer? Weißt du das?«

Mary nickte. »Ja, das habe ich in den Akten gelesen. Der war nicht nur ein PG, sondern ein SS-Mann und Polizist. Sein älterer Bruder Kurt ebenfalls, der war bei der Eisenbahn.« Sie überlegte. »Soweit ich weiß, konnte er nach dem Krieg nicht als Polizist arbeiten, weil er am Bein schwer verletzt war. Er wurde Wachmann in einem Warenhaus. Jedenfalls so etwas Ähnliches, habe ich gehört.«

Miss Moore warf einen Blick auf Annette, fragte sich, ob und wie sie ihr mitteilen sollte, was Frau Meer gesagt hatte – dass SS-Männer und/oder Polizisten ihre Urgroßmutter vergewaltigt und ermordet hatten. Dieser Franz Scheffer, der könnte vielleicht bei der grauenhaften Sache dabei gewesen sein? Sein Bruder jedenfalls war ein Schreibtischtäter gewesen – er war einer der vielen gewissenhaften Beamten, die dafür sorgten, dass Millionen korrekt mit der Bahn in den Tod befördert wurden.

Annette erhob sich und murmelte, dass sie Veronica wecken wollte, die hätte lange genug gefaulenzt. Die beiden Älteren saßen schweigend nebeneinander, jede mit den eigenen Gedanken beschäftigt, dann richtete sich Emily auf und wandte sich ihrer Freundin zu. Sie wollte gerade von Gertrude Meers Behauptung berichten, als Annette sich über das Treppengeländer lehnte und zu ihnen hinabrief: »Veronica! Sie ist nicht da! Sie muss doch früh aufgestanden sein. Aber vom Joggen müsste sie längst zurückgekommen sein, wir sitzen schon über eine Stunde zusammen! Wo kann sie nur sein?«

Eine Frage, die keine der Frauen beantworten konnte. »Vielleicht war sie nicht joggen, sondern hat einen Spaziergang gemacht und nicht auf die Zeit geachtet«, meinte Mary und stand auf. »Ich hab einen Termin bei dem Komitee, wenn ihr Lust habt, könnt ihr mitkommen.« Sie hatten Lust, hinterließen eine Nachricht für Veronica, falls sie inzwischen zurückkäme, und machten sich gemeinsam auf den Weg.

Dezember 1969

Der Mann hieß Herr Levi und brachte mich zu seiner Frau, sie wohnten in einem kleinen Reihenhaus mit einem winzigen Garten. Frau Levi war schwarzhaarig, rund und redselig, sie sprach ununterbrochen. Ich weiß nicht mehr, was sie alles sagte! Aber sie begriff auch, dass ich hungrig, müde und erschöpft war. Es hat sich noch nie jemand so um mich gesorgt, wie diese Frau es tat.

Erst bekam ich eine wunderbare Mahlzeit, eine dicke Suppe mit Brot, danach Kartoffelbrei, Gemüse und ein großes Stück Fleisch. Sie erklärte, der Freitagabend sei der Beginn des Sabbat, ihr Mann würde bald wieder weggehen, zur Synagoge – wie sie die Judenkirche nannte – um mit den anderen Männern zu beten.

Ich verstand das, ich hatte doch die Bibel gelesen. Die Frau hatte Wasser heiß gemacht, sie füllte eine Wanne in der Küche damit, sodass ich mich waschen konnte. Nach einer Weile kam sie zurück, schüttelte den Kopf und meinte, ich sei viel zu dünn und die dunklen Flecken auf der Haut sähen nicht gut aus. Ich wollte nicht sagen, die kommen vom Bauern, als er mich gestern Nacht festhielt. Noch weniger wollte ich verraten, dass er mir meine Jungfräulichkeit geraubt hatte. Ich antwortete nicht, sondern schlüpfte brav in das Nachthemd, das sie mir hinhielt.

Danach führte sie mich in einen kleinen Raum mit zwei Betten, da hatten ihre Kinder geschlafen, die kamen noch oft zu Besuch, nun mit eigenen Kindern. Ich sah ein Regal mit Büchern und fragte, ob ich eins lesen dürfte, und sie antwortete, Bücher seien dazu da, dass man sie liest. Ich holte mir ein Buch, aber ich schlief bald ein.

Als ich aufwachte, war es schon hell. Auf einem Stuhl lag Kleidung – alles Mögliche, Unterwäsche, Strümpfe, Schuhe, ein Rock, mehrere Blusen, ein Pullover und ein Kleid, blau mit Schleifen. Frau Levi musste etwas gehört haben, sie öffnete die Tür und als sie sah, dass ich wach war, kam sie herein. Die Kleidung hätte ihrer Tochter gehört, sagte sie, doch die sei längst verheiratet, sie hätte es nur nicht fertiggebracht, alles weg zu tun, man konnte nie wissen, ob jemand es brauchen könnte. Ich könne das alles haben, sie hoffte, es würde mir passen. Ich wusste nicht, was ich sagen sollte und musste weinen. Sie nahm mich in den Arm, da weinte ich noch mehr. Die Schwester hatte so was nie getan!

Der Mann war schon wieder zum Beten gegangen, er kam erst zum Mittagessen zurück und brachte Besuch mit, die Schwester von Frau Levi und deren Mann sowie noch eine alte Frau. Frau Levi erlaubte mir nicht zu helfen, sie sagte, niemand dürfte am Sabbat arbeiten, sie und ihre Schwester hätten alles vorbereitet, und sie holte die Schüsseln mit Huhn, Kartoffeln und Gemüse aus dem Ofen, wo sie warmgehalten wurden.

Ich saß neben der alten Frau, die mir mehrmals etwas auf den Teller legte. Ich hörte zu, wie sie ein langes Tischgebet in ihrer Sprache sangen, danach sagte Frau Levi, sie würde Sabbatruhe halten. Das tat ich auch, ich setzte mich in das kleine Zimmer und las.

Der Tag darauf war Sonntag. Frau Levi fragte, ob ich das Kloster der heiligen Anna kenne, das in der Nähe der Kirche lag. Dort würden mir die Schwestern sicher helfen. Das sagte mir zu. Herr Levi brachte mich bis an die Kirche, gab mir den Koffer mit den Kleidern und verabschiedete sich. Ich blieb zur Messe und zum Abendmahl. Danach machte ich mich auf den kurzen Weg zum Kloster. Ich sah es von weitem, ein dunkelgelbes, fast bräunliches Gebäude mit länglichen Fenstern und einem großen Tor, an dem eine Glocke hing, die ich behutsam läutete. Es dauerte nicht lange, da erschien die Pförtnerin und blickte mich an. Ich knickste und sagte, ich sei gekommen, weil ich nicht wisse, wo ich sonst hingehen könnte.

Frau Levi hatte recht gehabt, ich wurde freundlich aufgenommen. Natürlich dauerte es seine Zeit, ehe ich von der Pförtnerin in einen Empfangsraum und nach weiteren Gesprächen zu Schwester Beate gebracht wurde. Eine jung aussehende Frau mit gütigen Augen unter ihrer strengen Haube. Sie hörte ruhig zu, als ich noch einmal erzählte, warum ich von dem Hof weggelaufen war. Dann sagte sie, das müsse alles untersucht werden, erst dann würden sie überlegen, wie sie mir helfen könnten. Inzwischen dürfte ich bei ihnen bleiben, sie hätten immer Raum für Menschen in Bedrängnis. Ich fragte schüchtern, ob sie eine Schule hätten, worauf die Schwester nickte und sagte, ja, eine Klosterschule für junge Mädchen. Ich betete, dass ich dort aufgenommen würde!

Es wurde mir ein Bett in einer kleinen Zelle zugeteilt. Ich blieb drei Tage bei den Schwestern und half sofort in der Küche, obwohl niemand mich darum gebeten hatte. Auf diese Weise sah ich Schwester Beate wieder, die dort Dienst tat. Ich empfand sie als eine herzensgute, kluge Frau.

Am Abend des dritten Tages wurde ich in das Empfangszimmer gerufen, wo ich das erste Mal mit den Schwestern gesprochen hatte. Dort saß der Pfarrer, ein älterer Mann, der mich streng ansah. Neben ihm stand der Bauer.

Der Pfarrer meinte, ich hätte alles erfunden oder übertrieben, wenn ich sagte, dass ich gezwungen wäre, von früh bis nachts zu schuften, dass ich nur Lumpen zum Anziehen hätte, keinen Lohn erhielte und nur einmal im Jahr einen alten Rock der Schwester zum Anziehen. Er ließ mich nicht zu Wort kommen, sondern ermahnte mich, keine Lügen mehr zu erzählen, ich befände mich in Gottes Hand. Ich begann zu weinen, was er anscheinend für gut hielt, denn er legte die Hand auf meinen Kopf und sagte, ich sollte in mich gehen. »Kind, ich weiß alles. Du hast ein ungestümes sinnliches Wesen und ein heißes Temperament. Der Teufel hat dich zu seinem Werkzeug gemacht, du hast Männer in Versuchung geführt!«

Ich konnte kaum glauben, was er dann behauptete: »Du bist mit frevlerischer Absicht zum Bauern in den Stall gekrochen, um ihn zu verführen.«

»Das ist nicht wahr!«, schrie ich: »Der Bauer lügt!« Ich versuchte, zur Tür zu laufen, aber der Bauer fing mich ein. »Da sieht man, wie sie ist. Eine kleine Wildkatze!«, sagte er und erklärte, er würde mir verzeihen und dafür sorgen, dass ich nicht ganz und gar verdorben würde. Der Pfarrer gab ihm seinen Segen und sah zu, wie der Mann mich zum Wagen schleppte und mir den Koffer nachschleuderte. Ich weinte nicht. Ich wusste, dass ich erneut versuchen würde, wegzulaufen. Nur, das nächste Mal würde ich Geld stehlen. Und weit weg fahren.

9. Kapitel
22. September
Veronica

Das Komitee beeindruckte Emily und Annette mit seiner sachlichen Vorgehensweise. Vor allem gefiel ihnen Gabriele Scheffer, in deren Haus das Treffen stattfand. Es war ein kleines Reihenhaus mit einem sorgsam gepflegten Garten in einem Siedlungsgebiet aus den 1980er Jahren. Das Wohnzimmer, in dem für das Treffen mehrere Klappstühle aufgestellt waren, war in skandinavischem Stil eingerichtet. Es war schnell klar, dass Frau Scheffer, die als Lehrerin an einem Gymnasium Biologie unterrichtete, Routine darin hatte, mehrere Personen bei kleinen Sitzungen zu bewirten.

Emily Moore schätzte, dass Frau Scheffer auf die Sechzig zuging. Eine kleine, energische Frau mit kurz geschnittenen grauen Haaren, deren steife, aufrechte Haltung und präzise Sprache ihre Persönlichkeit widerspiegelte. Sie nahm vielleicht das Leben etwas zu ernst, urteilte Miss Moore, auch wenn sie es bewundernswert fand, wie geordnet die Sitzung ablief und wie exakt Protokoll geführt wurde. Punkt für Punkt wurde die Agenda abgehakt: die Bestätigung der Persönlichkeit, die das Vorwort der Dokumentation schreiben sollte, die Reihenfolge, in der die Steine gesetzt werden würden. Die Stadtverwaltung sollte noch mal daran erinnert werden, dass am Tag zuvor vor den jeweiligen Häusern Steine aus dem Bürgersteig ausgegraben werden mussten, damit die neuen leicht eingesetzt werden konnten.

»Die jüdische Gemeinde der Kreisstadt schickt einen Vertreter«, sagte sie. »Der Kantor wird ihn begleiten, er wird bei jedem Stein das Gebet sprechen. Kaddisch, das jüdische Gebet für die Toten.«

Eines der Mitglieder bestätigte, dass der Direktor einer der Schulen mit seiner Oberstufe teilnehmen würde. Die Jugendlichen hätten Gedichte vorbereitet, und zwei wollten eine schottische Melodie spielen, ein Klagelied.

Nachdem die Sitzung beendet war, unterhielt sich Gabriele Scheffer mit den Besuchern. »Ich interessierte mich seit meiner Kindheit für jene Zeit«, sagte sie auf Annettes Frage, wie es zu der Stolpersteinaktion gekommen war: »Ich wurde 1947 geboren, also zwei Jahre nach Kriegsende, und erlebte, dass die Eltern nicht darüber sprachen. Ich war zwölf, als ich das erste Mal in der Schule davon hörte. Ich hab mich aufgeregt, man hatte uns Bilder gezeigt, auch von Kindern – das brauch' ich Ihnen nicht zu erklären! Auf dem ganzen Heimweg hab ich geheult. Mein Vater war wütend, als ich zu Hause damit herausplatzte, wie grauenhaft alles war. ›Was soll dieser Unsinn, den man dir in der Schule beibringt‹, hat er geschimpft und mir verboten, ihm je wieder mit diesem falschen Mitleid zu kommen. Es war, wie es war, und alles, was er und andere getan hatten, war ihre Vaterlandspflicht gewesen! Er weigerte sich, mir ein Buch zu kaufen, das in der Schule empfohlen wurde. Mir war scheußlich zumute. Ich verstand das einfach nicht. Ich schämte mich. Ich weiß nicht mehr, ob wegen des Vaters oder wegen des Buches, das ich von einer Schulkameradin ausborgen musste.

Seitdem ließ mich das Thema nicht mehr los. Als ich von den Stolpersteinaktionen erfuhr, suchte ich die Website und trat sofort mit dem Künstler in Kontakt. Dann suchte ich nach Verbündeten.« Sie lächelte und fügte hinzu, der einzige Mann unter ihnen sei der Pfarrer, aber der war an diesem Morgen nicht anwesend. »Ohne Mary wäre alles viel schwieriger gewesen«, ergänzte sie: »Ihre Recherchen erforderten Zeit und Hingabe, für die wir sehr dankbar sind.«

»Ich bin einem Franz Scheffer begegnet«, bemerkte Miss Moore: »Ist er ein Familienmitglied?«

Frau Scheffer blickte auf. Ihr kleiner Körper versteifte sich. »Das ist mein Vater«, antwortete sie kurz. »Wir sind immer noch oft unterschiedlicher Meinung.« Es war klar, dass sie das Thema nicht weiterverfolgen wollte, und Emily fragte sich, ob der Alte so heftig gegen die Aktion wetterte, weil seine Tochter sie ins Leben gerufen hatte. Oder hatte Gabriele sich dafür eingesetzt, weil sie wusste, es würde den Vater ärgern?

Veronica war noch immer nicht im Haus, als die Frauen nach zwei Stunden zurückkamen. Diesmal waren sie besorgt und beschlossen, sich auf die Suche zu machen. Es musste der jungen Frau auf ihrem Spaziergang etwas zugestoßen sein, eine andere Erklärung gab es kaum. Wenn sie sich verlaufen hätte, dann hätte sie jemand gefragt. Es war ein schöner Tag, angenehm warm, viele Leute waren unterwegs, zu Fuß oder mit dem Rad, auch Arbeiter auf den Feldern.

Mary entschied sich, ihr Auto zu nehmen. Annette wollte in Richtung Felder gehen, aber es schien Miss Moore ratsam, im Wald zu suchen. »Wenn Veronica wirklich etwas passiert ist, dann, so scheint mir, im Wald! Auf offenem Feld wäre sie doch bereits gefunden worden, oder?«

Annette sah die Logik ein. Sie folgte Emily, die sich einen Stock holte und auf ihre Uhr blickte. »Wir sollten überlegen, wie weit sie gelaufen sein kann, wenn sie joggen war«, meinte sie und Annette nickte. Sie betraten zusammen den Wald, stießen nach ein paar Schritten auf einen Hochsitz, der Miss Moore an die Jäger am frühen Morgen erinnerte. Sie gingen weiter, empfanden den Frieden, den Bäume und Büsche ausstrahlten. Der Duft der Nadelbäume, das Zwitschern der Vögel, alles war bezaubernd. Sie blickten sich um, wollten sich vergewissern, aus welcher Richtung sie gekommen waren, sie wollten vermeiden, sich zu verirren.

Sie folgten einem kleinen Pfad, denn in der Ferne sahen sie eine Lichtung. Wenn Veronica hier joggen gewesen war, dann hätte sie diesen Weg genommen, sie war eine vernünftige Frau, sie wäre kaum unbesonnen losgerannt.

Kurz vor der Lichtung blieb Emily Moore stehen, sie musste Luft holen. Es war doch für eine alte Frau viel verlangt, kurz hintereinander zwei längere Spaziergänge zu machen. Auch Annette blieb stehen und blickte sich um. Es schien ihr, als ob jemand vom Pfad abgebogen und tiefer in den Wald gelaufen sei. Emily folgte ihrem Blick. Das gesamte Terrain sah aus, als ob eine Herde Tiere durch das Unterholz gepflügt war, überall lagen abgebrochene Zweige, das Gras war zertreten, kleine Büsche ausgerupft. Annette wollte darüber laufen, als Miss Moore ihren Arm ergriff. »Lass uns diese Stellen umgehen!«, schlug sie vor, »Dort drüben ist ein anderer kleiner Pfad!«

Sie fasste ihren Stock fester und ging weiter, mit Annette an ihrer Seite. Nach wenigen Minuten blieben sie stehen. Vor ihnen ging es jäh bergab. Sie liefen vorsichtig weiter, bis sie sich am Rand eines alten Steinbruchs befanden. Annette bückte sich, um hinabzuspähen, auch Emily stützte sich auf ihren Stock und blickte in den Abgrund, dessen Boden mindestens dreißig Meter unter ihnen lag.

Sie sahen es fast zur selben Zeit, das knallgelbe T-Shirt, die dazu passenden Hosen. Veronica Lee lag auf der rechten Seite, der Rücken ihnen zugewandt. Annette verdrehte die Augen, sodass Emily sie am Arm zerrte, weg von der schroffen Felswand vor ihnen. Obwohl ihre Augen längst die alte Schärfe eingebüßt hatten, hatte sie erkannt, dass sie der jungen Frau dort unten nicht mehr helfen konnten.

10. Kapitel
22. September
Polizeirevier

Dem grauhaarigen, vierschrötigen Hauptkommissar Konrad Krause war Mary Thomson aus der Lokalzeitung bekannt. Es gefiel ihm nicht, dass eine Besucherin, die etwas mit diesen Stolpersteinen zu tun hatte, umgekommen war. Eine Engländerin namens Veronica Lee, laut den Zeugen. Leider würde das die Presse interessieren. Und dem Ruf der Stadt schaden. Krause, ein gebürtiger Burghofener, war feuriger Lokalpatriot, auch wenn er in der etwas entfernten Kreisstadt seinen Arbeitsplatz hatte. Gut, dass er in seinem Büro war, als die Burghofener Polizeiwache anrief.

Der dort zuständige Polizeioberkommissar Karl-Heinz Kloß hatte sofort seine Vorgesetzten informiert, nachdem die Alte von ihrem Handy aus angerufen hatte. Er wusste, dass er weder genug noch die richtigen Leute vor Ort hatte. Der gewaltsame Tod einer Fremden war etwas für das Hauptkommissariat. Kloß, dessen hagere Gestalt keineswegs seinem Namen entsprach, war ein gewissenhafter Beamter, der mit seiner Akribie am richtigen Platz war. Er passte als zweiter Mann perfekt in jedes Team. Er kannte sein Revier gut, war Mitglied des wichtigsten Stammtisches am Ort und erfreute sich allgemeiner Beliebtheit. Ein guter Grund, einen heiklen Fall einem Außenstehenden zu überlassen.

Er war erleichtert, dass sein Kamerad Krause, mit dem er die Polizeiausbildung gemacht hat, entsandt wurde, um die Ermittlung zu leiten. Er kannte dessen Ruf, arrogant, reizbar, aber äußerst erfolgreich zu sein.

Krause hatte angeordnet, die Zeugen nicht umherlaufen, sondern genau dort warten zu lassen, wo sie waren. Ob es sich um einen Unfall- oder einen Tatort handelte, war noch ungewiss. Während der Hauptkommissar zusah, wie sein Team, angeführt von den Kommissaren Schröder und Huber, in Aktion trat, spürte er Genugtuung lediglich darüber, dass die Alte die Spuren im Unterholz nicht verwischt hatte. Vorerst ließ sich nicht zu deuten, warum das Unterholz dermaßen durchwühlt war. Trotzdem fragte er sich, warum sie so vorsichtig gewesen war, diese Alte. Wäre es nicht logisch gewesen, genau dort zu gehen, wo das Unterholz geglättet war? Wieso hatte sie das nicht getan? Hatte sie etwas Unheilvolles vermutet? Wenn ja, warum – hatte sie etwas mit dem Unfall zu tun? Krause konnte sich nicht vorstellen, dass diese kleine Person Erfahrung mit Polizeiarbeit hatte, er würde sich später mit ihr befassen. Jetzt war nicht der richtige Augenblick, erst musste die Routinearbeit erledigt werden. Vor Ort und auf der Polizeiwache. Krause notierte, dass die englischen Behörden informiert werden mussten, sie benötigten die Personalien der Toten. Wenn es Mord war, könnte der Täter seinem Opfer von England aus gefolgt sein. Schließlich war sie erst seit einem Tag in Deutschland.

Der Kommissar, der für seine schroffe Art unter den Kollegen bekannt war, mochte keine klugen Laien, die meinten, alles besser zu wissen als ein erfahrener Kriminalbeamter. Schüsse hätte diese Miss Moore am frühen Morgen gehört, hatte sie dem Diet Schröder zu Protokoll gegeben. Sollte sich herausstellen, dass ihre Freundin durch eine Kugel ums Leben gekommen war, dann wäre das etwa um zehn Minuten nach sieben geschehen, hatte sie erklärt. Sie hatte genau beschrieben, was sie am frühen Morgen getan hatte und zudem erwähnt, dass sie auf dem Rückweg zur Scheune einen VW Kombi mit mehreren Skinheads gesehen hatte. Eigentlich sehr früh für Skinheads, hatte sie gesagt, die seien eher als Langschläfer bekannt. Sie hatte das Gefühl, dieser VW sei aus einer Seitenstraße auf die Landstraße gefahren, also vom Wald her gekommen.

Krause schnaubte über die Bemerkung. Gefühle hatten in Zeugenaussagen nichts zu suchen. Es ärgerte ihn auch, dass Schröder beeindruckt war von Miss Moores klarer Aussage und ihrem guten Deutsch. Junge Leute waren leicht zu beeindrucken, dem Alter nach könnte sie eine dieser Emigranten sein, die als Kind Deutsch gesprochen hatten.

Auch diese Vermutung verstärkte seinen Unmut. Sollte sie stimmen, würde die Alte sicher mit der Presse quatschen und denen von ihrer wichtigen Rolle als »Zeitzeugin« erzählen. Hoffentlich stammte sie nicht aus der Gegend und streute den Verdacht aus, der Tod hätte was mit jener unwürdigen Vergangenheit zu tun. Unsinn, das denke ich mir nur aus, sagte er sich in dem Versuch, seine schlechte Laune zu überwinden. Die Tote, die ihr Ende im Steinbruch gefunden hatte, war eine Fremde, die so unvorsichtig gewesen war, durch einen ihr unbekannten Wald zu rennen. Dabei ärgerte er sich sofort, als ihm einfiel, dass die Augen der Alten scharf genug waren, um zu sehen, dass die linke Hand der Toten ein Handy umklammert hielt. Und sie hatte sogleich angemerkt, Veronica sei nicht normal gejoggt, sie sei gejagt worden, niemand würde wie verrückt durch unbekanntes Terrain mit einem Handy in der Hand rennen, wenn er keine Heidenangst hätte. Veronica hatte wohl gehofft, mit dem Handy Hilfe holen zu können, aber es war eine vergebliche Hoffnung gewesen. Sie hatte beim Rennen mehr auf das Handy als auf den Weg geachtet und war gestürzt.

Das genügte ihm. Er brauchte niemand, der ihm seine Vermutungen und Analysen mitteilte. Er hatte natürlich die Zeugen nach Hause geschickt, die Alte und die andere, die junge Frau, die unter Schock stand und nur weinte. Er würde sich später mit ihnen befassen. Und nun hieß es, wie immer, warten. Auf alles. Auf den Arzt, die Spurensicherung, die Identifizierung, dann die Laborergebnisse, zuletzt die Autopsie. Der Wagen, der die Leiche in die Pathologie fahren sollte, wartete ebenfalls.

Nur gut, dass die Stelle dort unten, wo die Tote lag, von keinem verunreinigt wurde, die Zeugen, die sie gefunden hatten, waren oben geblieben. Krause hasste es, die Kleider derjenigen, die mit der Leiche in Kontakt gekommen waren, untersuchen zu lassen. Das war heutzutage notwendig, aber es den lieben Leuten klarzumachen, war immer mühselig.

Krause runzelte noch immer die Stirn, während er beobachtete, wie einer aus dem Spurensicherungsteam sich abseilte und vorsichtig die Felsenwand untersuchte. Die Frau hatte beim Sturz vielleicht den Felsen gestreift. Oder – wenn geschossen worden war –, könnten sich dort Kugeln eingebohrt haben.

Er konnte der nächsten Aufgabe nicht ausweichen. Wohl oder übel musste er Mary Thomsons Haus aufsuchen, die Scheune, wie es genannt wurde, um eingehend mit den Zeuginnen zu reden. Er hatte sich bereits zu seinem Wagen gewandt, als einer aus dem Spurensicherungsteam ihn mit seinen Handschuhen am Arm ergriff und eine kleine Plastiktüte hochhielt. »Geschenk für Sie, Herr Hauptkommissar!« Ungläubig sah er auf die Tüte. Es war also wirklich geschossen worden, genau wie die Alte gesagt hatte?

»Vielleicht finden wir noch mehr«, sagte der Polizist zufrieden. »Ob das Opfer getroffen wurde, ist erst im Labor festzustellen. Der Arzt ist eben gekommen.« Er hob noch einmal die Tüte hoch. »Diese jedenfalls gingen daneben.«

Krause brummte seinen Dank, rief Kommissar Schröder zu, dass er mit ihm kommen sollte, und stapfte zum Wagen, um zur Scheune zu fahren. Im Wagen schwieg er. Er überlegte, was möglicherweise geschehen war. Es wurde geschossen. Auf die Frau? Jedenfalls hatte sie Angst, sie versuchte zu fliehen, nahm im Rennen ihr Handy in die Hand, das sie wohl am Gürtel ihrer Shorts befestigt hatte, zusammen mit ihrer Wasserflasche, übersah den Abgrund und stürzte in den Tod.

So könnte es gewesen sein. Wie die Alte angedeutet hatte.

In der Scheune trafen sie auf einige Experten der Spurensicherung, die bereits Veronicas Zimmer untersuchten. Und auf Mary, die allen Kaffee machte und sich dann im Wohnzimmer den Polizisten gegenübersetzte. Mary war bestürzt und erregt, hatte noch immer nicht ihre Fassung wiedergefunden. Sie hatte Mühe, sich zu beherrschen, um nicht loszuheulen. Sie erklärte, was sie getan hatte. Sie war mit dem Auto suchen gefahren, hatte mehrmals angehalten und Leute auf den Feldern gefragt, ob sie am frühen Morgen eine junge Frau beim Joggen gesehen hatten, und war fast zur selben Zeit wie Emily und Annette zurückgekommen. Annette war ins Badezimmer gestürzt, Emily berichtete ihr, was geschehen war. Kurz und sachlich, wie es ihre Art war.

»Wem gehört das Jagdrevier, Frau Thomson?«

Mary blickte den Polizisten an, als ob sie ihn nicht richtig verstanden hatte. »Wem das Jagdrevier gehört? Mir.« Sie sah die hochgezogenen Augenbrauen des Polizisten und fügte hastig dazu: »Ich verpachte es an Heribert Münze, der auch die Äcker gepachtet hat.«

»Ah.« Krause kannte sich mit Burghofener Familien aus, ihm war bekannt, dass Marys Vater ein Münze war, aber nicht eigentlich mit dem Heribert Münze verwandt. Ein Verhör des Bauern wäre sowieso angesagt gewesen, da der Münze-Hof an den Wald grenzte und er feststellen musste, ob dort jemand ebenfalls Schüsse gehört hatte. Er ließ sich von Mary noch einmal genau berichten, was an diesem Vormittag geschehen war, während Diet Schröder gelegentlich eine Zusatzfrage stellte und Notizen machte. Zuletzt sagte Krause etwas widerstrebend: »Ich muss noch einmal mit Miss Moore und mit Frau Dr. Lipman sprechen.«

Mary antwortete zu seinem Erstaunen, dass Dr. Lipman sich hingelegt habe, Miss Moore hätte ihr eine Beruhigungstablette gegeben. Und mit Miss Moore zu sprechen sei im Augenblick nicht möglich. »Nachdem sie sich um mich und Annette gekümmert hatte, hat sie gesagt, dass einiges zu klären sei. Sie wollte zum Münze-Hof gehen, weil sie meinte, dass ...«

Krause unterbrach sie. »Was sagen Sie?«

»Emily ist nicht hier, Herr Hauptkommissar. Sie dachte, auf dem Münze-Hof sind vielleicht einige Antworten zu finden. Sie hat mir nicht gesagt, auf welche Fragen.« Sie sah, dass ihre Antwort den Hauptkommissar verärgert hatte und er rot wurde. Sie griff nach ihrem Glas Wasser und glaubte zu erkennen, dass der Polizist um Fassung kämpfte. Unter anderen Umständen hätte es sie amüsiert, wie der junge Polizist seinen Vorgesetzten besorgt beobachtete, als ob der einem Herzinfarkt nahe sei. Der Hauptkommissar öffnete mehrmals den Mund, sagte aber nichts, stand auf und ging mit kurzen Gruß zur Tür hinaus. Kommissar Schröder lächelte verlegen, ehe er ihm folgte. Hätte sie gewollt, so hätte Mary Thomson den beiden aus langer Erfahrung sagen können, dass Miss Moore oft bei Behörden diesen Effekt erzielte. Ohne dass sie es bemerkte. Emily Moore war stets von ihren Vorhaben überzeugt. Und erreichte meistens genau das, was sie erreichen wollte.

11. Kapitel
22. September
Vogt

Miss Moore war nach einer Tasse starkem Kaffee sofort von der Scheune über das Feld zum Münze-Hof gegangen. Natürlich wusste sie, die Polizei würde noch einmal mit ihr sprechen wollen. Sie verdächtigten immer zuerst den, der einen Ermordeten gefunden hatte. Aber da weder Annette noch sie selbst Veronica umgebracht hatten, kümmerte es sie nicht. Sie tat, was sie für richtig hielt. Sie wollte den Männern auf dem Münze-Hof gern selbst die schreckliche Nachricht überbringen und beobachten, wie sie darauf reagierten.

Bei der Ankunft auf dem Hof war sie von dessen Größe und professioneller Organisation, die sie nun bei Tageslicht sah, recht beeindruckt. Das langgestreckte Bauernhaus mit zwei Flügeln war größer, als sie am Abend der Party geglaubt hatte. Nun verstand sie, warum Heribert Münze meinte, es sei für mehrere Familien gedacht. Jan Münze, Marys Großvater, hatte das Richtige getan, als er sich ein kleineres Haus baute, nach dem Tod des ältesten Sohnes, und die Äcker verpachtete.

Was allerdings noch immer nicht die unbequeme Frage beantwortete, warum er seinen in England lebenden Sohn nicht zu sich geholt hatte. Mary hatte ihr erklärt, dass die westfälischen Bauern im Lauf des Krieges und in der Nachkriegszeit vor der Währungsreform reich wurden. Die Städter hätten Perserteppiche, Wertgegenstände und Pelze zum Austausch gegen Schinken, Wurst und Milchprodukte in die Höfe getragen. »Jan Münze hat den Hof erweitert, indem er einen kleineren hinzunahm. Es war ein beachtliches Erbe, deswegen fand ich, eine Stiftung sei das Richtige in meinem Fall«, hatte sie hinzugefügt.

Was Emily Moore sah, zeigte ihr, dass der Hof von Jan Münzes Nachfolger gut geführt wurde. Die Scheunen und Ställe waren mit Vorbedacht gebaut.

Vogt Münze hatte von einem Stall aus die Alte beobachtet und trat nun neben sie.

»Ausgezeichnete Planung«, sagte sie anerkennend, was er grinsend zur Kenntnis nahm.

Sie sah ihm voll ins Gesicht. »Ich bin hier, um Ihnen etwas mitzuteilen, Herr Münze.« Sie sah ein Flackern in seinen Augen. Besorgnis? Interesse? »Heute Morgen ist ein Unglück passiert. Veronica Lee – Sie erinnern sich bestimmt, die junge Frau mit den kurzen Haaren, sie hat am Verlobungsabend ein rotes Band getragen, von derselben Farbe wie ihr Kleid. Veronica ist heute um kurz nach sieben joggen gegangen. Dabei ist sie in Ihrem Wald verunglückt.«

»Verunglückt?« Sie sah sein Entsetzen.

»Sie ist tot.«

Vogt sagte erschrocken: »Um Himmels willen, wie ist das passiert?«

»Das ist noch nicht klar. Vielleicht ein Jagdunglück. Jagen Sie?«

»Natürlich, es ist unser Jagdrevier – aber nicht heute. Ich war hier.«

»Und Ihr Vater?«

»Der auch.« Er winkte ihr, ihm zu folgen. »Kommen Sie! Er ist im Pferdestall.« Ohne ein weiteres Wort ging er voran, um sie zu Heribert zu führen. Dieser stand vor einem Pferd, das ein Knecht gerade striegelte, und drehte sich erstaunt um, als sein Sohn mit der alten Frau erschien. Vogt wiederholte, was er von Emily Moore erfahren hatte. Der Bauer zeigte keinerlei Regung, fragte nur: »Wo genau ist das passiert?«

»Im Wald. An einem Steinbruch.« Emily Moore musste sich anstrengen, beide Bauern sprachen zwar Hochdeutsch, oder was sie unter Hochdeutsch verstanden, aber der Dialekt der Gegend war hörbar, und einige Wörter bereiteten ihr Mühe.

Heribert war blass geworden. »Ich hoffe, man macht uns nicht deswegen ... Ich meine, der Steinbruch ist schon lange nicht mehr ... Außerdem ist ein Warnschild auf dem Pfad angebracht ...«

»Keiner würde Sie deswegen verantwortlich machen. Wenn Sie nicht auf die Frau geschossen haben.«

»Warum sollte ich ... Sie meinen, dass jemand ...« Er blickte seinen Sohn an, und ehe Miss Moore fragen konnte, ob er am frühen Morgen unterwegs gewesen war, sagte Vogt: »Sie will wissen, ob einer von uns auf der Jagd war.«

»Heute? Nein.«

»Und Martin?«

Vogt war es, der antwortete. »Der war mit uns zusammen.«

»Kann ich ihn sprechen?«

Vogt beantwortete auch diese Frage: »Er ist mit meiner Schwester in der Stadt. Ich muss ebenfalls weg, ich muss eine Ladung Schweine zum Schweinemarkt im Nachbarort fahren.«

Miss Moore war enttäuscht. »Ich hätte mich gern mit Ihnen unterhalten!«

Er zuckte die Schultern unter dem Arbeitskittel. »Ich hab' keine Zeit, ich hätte schon längst weg sein müssen. Sie können mitfahren, wenn Sie wollen.«

Zu seinem Bedauern sagte sie sofort zu, er hatte gehofft, sie hätte etwas dagegen, mit zum Tode bestimmten Tieren zu fahren. Aber die Alte hatte starke Nerven. Miss Moore folgte Vogt zu dem Lastwagen und ließ sich von ihm auf den hohen Sitz helfen, denn es fiel ihr nicht mehr so leicht, wie sie es gerne gehabt hätte.

Kaum hatten sie die Landstraße erreicht, sagte sie: »Ich nehme an, es war eine große Überraschung für Sie, als Joseph Münze hier auftauchte? Es muss etwa 1983 gewesen sein, als Jan Münze im Alter von fast neunzig starb.«

»Überraschung? Wieso?«

»Sein Bruder war lange vorher verunglückt, aber Joseph blieb damals in England, er übernahm den Hof nicht. Ihre Familie kaufte das Bauernhaus, Scheunen und Ausrüstung und pachtete die Felder. Und nun kam er, um sein Erbe zu beanspruchen.«

Vogt bog um eine Kurve, dann fuhr er etwas schneller. »Ich hab mir keine großen Gedanken darüber gemacht, wozu? Ich war damals noch ein junger Bursche.«

»Sie haben sich auch keine Gedanken gemacht, als Mary die Scheune erbte? Und die Pacht?«

Das Gespräch war ihm nicht angenehm. »Schon. Ne Fremde, kommt einfach daher – hätten Sie das gern? Wenn Sie 'nen Hof in England hätten, und da kommt einer und setzt sich rein?«

»Sie hat auch vor Felizitas' Tod dort gewohnt.«

Er lachte kurz. »Felizitas – das ist was anderes.«

Emily Moore sah aus dem Fenster und betrachtete die satten Maisfelder. Ein reiches, fruchtbares Land. »Aber Mary gehört zu Jans Familie, genau wie Felizitas.«

»Nicht genauso! Der Jan is' hier fremd gewesen. Die Tochter noch mehr.«

Das gefiel Emily nicht. »Ist Martin nicht auch fremd?«

»Ich weiß nicht, worauf Sie hinauswollen, Frau – Miss –, aber der Martin, der is' wie einer von uns. Auch wenn sein Deutsch holprig is' und so – er hat dieselben Ideen wie unsereins.«

»Über Schwarze, Juden, Homosexuelle und dergleichen Gesindel, meinen Sie das?«

Vogt würde wütend. »Sie legen mir Worte in den Mund, Miss ... Ich meine – wir sind uns einig über vieles – auch über die Familie! Es war nicht recht, dass der alte Münze den Töchtern nur Geld vermacht hat und der Felizitas alles – und es ist ein himmelschreiendes Unrecht, dass die danach der Mary alles überlassen hat!«

»Sucht Martin deswegen nach etwas, das darauf hindeutet, dass Felizitas den Vater beeinflusst hat? So etwas wie Briefe – Tagebücher? Hat Felizitas vielleicht Tagebuch geführt?«

»Und wenn? Wär' das nicht verständlich, der Martin ist der Enkel von der Sanne ...« Er stockte, erschrocken, dass er zu viel gesagt haben könnte.

Miss Moore ließ sich nicht anmerken, dass sie glaubte, ihr Ziel erreicht zu haben. Sie war nun überzeugt, dass Martin in die Scheune eingebrochen war, weil er dachte, Mary sei weggefahren. Er hatte gehofft, das Haus durchsuchen zu können, in der Hoffnung, etwas zu finden. Ja, er war einer der Einbrecher gewesen. War er der Mann, den sie verletzt hatte? Und war Vogt der zweite gewesen? Eins war klar: Sie musste dem Polizisten, diesem schlecht gelaunten Hauptkommissar, von dem Einbruch berichten.

Der Wagen hielt an einer Ampel, und als Vogt wieder anfuhr, um in eine Seitenstraße einzubiegen, sah Emily etwas, das ihr einen entzückten Ausruf entlockte. Rosen! Eine Pracht von Rosen, die sich über eine große Fläche erstreckten.

»Das Kloster der heiligen Anna, der Mutter der Heiligen Jungfrau«, erklärte Vogt. »Dort leben fast nur alte Nonnen. Früher war das anders. Sie haben schon immer Rosen angepflanzt, sie sind dafür bekannt.«

»Würden – denken Sie, man würde mir den Garten zeigen?«

Vogt blickte in den Spiegel und lenkte den Wagen vorsichtig an die Seite. »Ich denke schon. Gehen Sie nur hin und klingeln Sie. Ich bin in zwei Stunden wieder da und hol' Sie ab.«

Ein Vorschlag, den Miss Moore weder abschlagen konnte noch wollte.

Dezember 1969

Es war nicht so leicht, an Geld zu kommen. Der Bauer rechnete sehr genau. Er drehte jeden Pfennig mehrmals um und gab der Schwester kaum etwas für den Haushalt, er behauptete, sie bräuchte nicht viel, schließlich hätte sie Wurst, Eier, Milch, Butter, Käse, Kartoffeln vom Betrieb. Gemüse und Kräuter für Gewürze pflanzte sie selbst an. Marmelade machte sie aus Wald- und Wiesenbeeren, die ich pflückte. Manchmal holte ich Pilze aus dem Wald.

Natürlich ging er selbst zum Markt mit seinen Tieren, aber die anderen Erzeugnisse verkaufte die Schwester an ihrem Stand. Vielleicht konnte sie manchmal einige Pfennige abzweigen, aber ich bekam nie etwas davon zu sehen. Zwar hatte ich entdeckt, wo der Bauer sein Geld aufbewahrte, ehe er zur Bank ging, nämlich in einem Verschlag hinter der Küche in einer großen Truhe. Doch war die mit einem riesigen Schloss abgesperrt. Außerdem war ich nie allein dort.

Ich musste mich damit abfinden, dass ich kein Geld würde stehlen können.

Ich war verzweifelt. Er kam weiter zu mir nachts, vor allem wenn die Schwester schwanger war. Ich drohte ihm, es ihr zu sagen, da hat er nur gelacht und gemeint, dass sie es bestimmt wusste und froh war, dass ich ihr die eheliche Pflicht abnahm, wie so viele andere Arbeit auch. Als die Schwester mit der Jüngsten schwanger war, die durch die Operation geboren wurde, da kam er jede Nacht. Ich konnte kaum mehr laufen, so sehr nahm der Bauer mich in Anspruch. Das war die Zeit, wo er anfing, sich zu ändern. Einmal hat er so was wie eine Entschuldigung gestammelt: Ich hab sie lieb, die Schwester, wirklich lieb, das hier mit dir, ich weiß nicht, ich kann nichts dafür, der Herr hat mich so gemacht, wie ich bin.

In der Keksbüchse liegt ein Armreif, den hat er mir am nächsten Tag vom Markt mitgebracht. Dumm von ihm. Wann hätt' ich den tragen sollen? Was hätte die Schwester wohl dazu gesagt? Aber 'ne Entschuldigung war es schon.

12. Kapitel
22. September
Münze-Hof

Heribert Münze war bei den Pferden, als die Kommissare eintrafen. Er kam nur widerwillig ins Haus, wo er die Männer in das Zimmer hinter der Küche führte, in dem er sein Büro eingerichtet hatte. Münzes längliches Gesicht zeigte keine Regung, als Schröder ihm mitteilte, worum es ging. Er wusste es bereits.

»Die Alte war hier, die hat mit Vogt geredet. Warum kommt die Polizei deswegen zu mir?«

Schröder blieb geduldig. »Sie haben die Jagd gepachtet. Und sind überhaupt für den Wald verantwortlich. Sie holzen den doch ab. Wir haben Spuren gefunden, die darauf hindeuten, dass Leute öfter Picknick im Wald machen. Hat in der Nacht vom 21. zum 22. jemand dort ein Lager aufgeschlagen?« Hunde der Spurensicherung hatten mehrere Stellen gefunden, an denen Müll vergraben war, aber keine von diesem Morgen.

Münze wurde ärgerlich. »Woher soll ich das wissen?«

»Sie sind für den Wald zuständig! Waren Sie heute Morgen mit dem Gewehr unterwegs?«

»Nein, war ich nicht, Vogt auch nicht, und Martin ebenfalls nicht, das hat die Alte auch wissen wollen. Ich war bei den Kühen wie immer frühmorgens, der Vogt auch. Wir jagen keine Engländerinnen. Auch wenn's keine schlechte Idee wäre.«

»Inwiefern?« Krause nahm sich vor, ein ernstes Wort mit Miss Moore zu reden und überließ Schröder die Fragen.

»Weil diese Stolpersteine nur Gerüchte schüren und Unruhe. Der Streit hat deswegen angefangen, neulich mit Martin, ich meine, keiner hat sich davor um die alten Geschichten gekümmert, die kennt doch jeder!«

Schröder räusperte sich. »Ich nicht. Was soll gewesen sein? Wer ist Martin?«

»Martin Münze-Gruber, der Zukünftige der Tochter. Der hat sich am letzten Samstagabend im ›Löwen‹ mit dem Scheffer gezankt. Kein Wunder, dass der Scheffer nach dem Auftritt nicht zur Verlobungsfeier kommen wollte. Wenn der nicht dreimal so alt wär wie der Martin, hätte er ihn fertiggemacht. Der Scheffer hat sich volllaufen lassen und sich völlig danebenbenommen. Wenn ich da gewesen wär', hätt ich ihm in die Fresse gehauen, ist doch verständlich!«

Diet Schröder fand es keineswegs verständlich. »Warum?«

»Hat den alten Gruber einen Feigling genannt, der zu den Negern gerannt wär'. Der hätte zu Hause bleiben sollen, um dafür zu sorgen, dass der Geist der nordischen Rasse im Nachkriegsdeutschland erhalten bleibt – so ähnlich hat er sich ausgedrückt, sagt Martin. Er, wie all die anderen, die damals getürmt sind, hätten alte Kameraden wie ihn im Stich gelassen.«

Schröder hakte nach: »Martin war also beleidigt?«

»Und wie. Er schrie den Scheffer an. Sein Großvater habe wenig Lust gehabt, irgendwo hinter Gittern zu sitzen. Dann warnte er Scheffer, dass diese Nachkommen, von denen in der Zeitung die Rede war, vielleicht was zurückfordern würden, was sich der eine oder andere angeeignet hatte damals. Der Scheffer gibt oft an mit seinen Zinnsoldaten, die hat er damals gekauft, als der alte Bernstein, der Uhrmacher, sie abliefern musste. Der Martin ärgert sich schon lange über die Steinlegung, das hat er mit dem Scheffer gemeinsam. Also haben sie sich doch zusammengesetzt und einen getrunken, sie meinten beide, es müsse was unternommen werden, auch wenn es schon spät ist. Die Steinlegung sollte von der Stadt verboten werden.«

Krause hakte schnell nach: »Und weil es dafür schon zu spät ist, knallt man einen Nachkommen ab, damit doch nichts draus wird?« Er hatte noch nicht feststellen können, ob Veronica Lee von einer der jüdischen Familien abstammte, und machte sich eine Notiz, ausführlich mit Mary Thomson darüber zu reden.

»Unsinn!«

»Wird sich herausstellen, ob es Unsinn ist. Was hat der Vater, ich meine der Großvater von Martin, damals gemacht, dass er türmen musste?«

»Na, was schon. War als guter Polizist einem Sonderkommando zugeteilt. Hat so einiges auf dem Gewissen, Juden, Zigeuner, die hat seine Einheit massenweise umgelegt, das gehörte zur Tagesordnung.«

»Das hat der Gruber erzählt?« Schröder war entsetzt, er hatte bislang niemand verhört, der von diesen Gräueln so redete, als ob sie gestern geschehen wären.

»Den Gruber kannte ich eigentlich nicht, der ist nicht von hier, den hat die Sanne – die Susanna vom Jan Münze – woanders kennengelernt. In dem Lager, in dem sie Aufseherin war, Außenlager nannten sie es. Von diesem Auschwitz. Die hat manchmal zu viel gesoffen, da hat sie halt geredet. Später ist sie dem Kerl nachgefahren, nach Südwestafrika. Der hat auf einer Karakulschaf-Farm gearbeitet, später hat er eine gekauft. Seit 2000 geht es mit diesem blutigen Geschäft wieder aufwärts.«

»Blutiges Geschäft?«

Münze war Schröders Frage unangenehm. »Hätt' ich vielleicht nicht so sagen sollen. Sie wissen schon, in Südwest haben sich viele weiße Farmer drauf spezialisiert. Karakulschaf – die Wolle von schwarzen persischen Fettschwanzschafen, die wird zu teuren Pelzen verarbeitet. Von neugeborenen Lämmern. Manche Farmer nehmen die Lämmer vor der Geburt aus den Leibern der Schafe, nachdem sie denen den Hals durchgeschnitten haben. Sagt Martin.«

Wirklich ein blutiges Geschäft. Wie konnte eine Frau einen derartigen Pelz tragen? Münze fügte hinzu: »Männern gefällt ein schwarzer Pelz auch.« Schröder wollte keine weiteren Einzelheiten hören und fragte: »Wo ist der Martin?«

Münze war ungeduldig. »Ich sagte schon, der war auch nicht auf der Jagd heute früh, der war zusammen mit uns bei den Kühen. Dann ist er mit Birgit in die Stadt. Und der Vogt ist mit der alten Engländerin weggefahren. Zum Schweinemarkt ins Nachbardorf. Wann die zurück sind, kann ich nicht sagen.«

Diet Schröder hatte sich Notizen gemacht, er überflog sie und fragte: »Was war das mit der Verlobungsfeier? Waren die Engländerinnen dabei?«

Münze hatte genug, er wandte sich ab, in dem Versuch, das Gespräch zu beenden. »Leider. Der Matte hat sich mit einer angelegt, er war angetrunken, die wollte nicht mit ihm tanzen. Da musste ich dazwischenfunken.«

»Was heißt das? Das müssen Sie genauer erklären. Welche Engländerin war das?« Schröder ließ nicht locker.

Unwillig schilderte Heribert Münze den Vorfall. Keiner verstand, warum der Horst Matte sauer auf die Fremde war, er schon gar nicht. Jedenfalls hatte seine Ansprache an die Verlobten der Szene ein Ende gesetzt.

Diet Schröder klappte sein Notizbuch zu, als sein Vorgesetzter den Bauern bat, eine vollständige Gästeliste zusammenzustellen. Die würden sie alle befragen müssen, nun, da sie erfahren hatten, dass die Tote doch in der kurzen Zeit ihres Aufenthalts mit etlichen Burghofener Bürger zusammengekommen war. In der Stadt und auf dem Münze-Hof.

13. Kapitel
22. September
Polizeirevier

Die Polizeiwache war in einer Sackgasse in der Innenstadt in einem nüchternen Gebäude aus dem späten 20. Jahrhundert untergebracht. Hauptkommissar Krause fand es, wenn er an seinen eigenen Bereich im Hauptkommissariat in der Kreisstadt dachte, unangemessen, sich mit einem Zimmer nahe der Kantine und der Toiletten begnügen zu müssen. Aber es wäre der einzige Raum, der frei und geeignet sei, war ihm mitgeteilt worden.

Am Nachmittag des Tages, an dem die Tote gefunden wurde, saß er mit seinem Team zur Lagebesprechung zusammen. Polizeioberkommissar Karl-Heinz Kloß war ebenfalls anwesend, auch der uniformierte Holgar Höchst, der alle Anwesenden mit seiner Breite und Größe überragte und den Kloß angewiesen hatte, im Team mitzuarbeiten. Und ihm natürlich regelmäßig Bericht zu erstatten, schließlich musste er wissen, was in seinem Bereich vor sich ging. Auf Höchst konnte er sich verlassen.

Vor dem Konferenztisch stand eine Tafel, an der Fotos von Veronica Lee befestigt waren, eins war die Kopie des Passfotos, das wie alle dieser Art wenig über die Person aussagte, das andere war nach dem Tod aufgenommen worden. Das üppige Haar schien heller auf dem Passfoto und war zu einem Pferdeschwanz zusammengebunden, sodass die hohe Stirn und die großen Augen sichtbar waren. Kurz bevor sie aus England abgefahren war, hatte sie die Haare kurz geschnitten.

Krause fasste für das Team den bisherigen Verlauf zusammen.

»Aus ihrem Pass wissen wir, dass es sich bei der Toten um Veronica Catherine Lee handelt, geboren in Wimbledon am 4. April 1983.

Lee war Doktorandin an der Sussex Universität. Laut Zeugenaussagen reiste sie nach Burghofen wegen ihrer Arbeit an einer Dissertation. Sie wollte an der bevorstehenden Stolpersteinlegung teilnehmen. Sie kam in Begleitung von zwei anderen Engländerinnen, der einundachtzigjährigen Miss Emily Moore und einer Dr. Lipman, achtundzwanzigjährig, am 20. September in Burghofen an. Alle drei waren auf dem Gutshof untergebracht, in der sogenannten Scheune von Mary Thomson.

Am folgenden Tag, also am 21. September, war sie in die Stadt auf den Markt gegangen, in Begleitung der Gastgeberin Thomson und der beiden anderen Besucherinnen. Einige Stunden ging sie allein durch die Stadt. Am Abend war sie zusammen mit den anderen drei Frauen Gast auf dem Münze-Hof, wo die Verlobung der Münze-Tochter stattfand. Sie stritt sich dort mit Horst Matte, der bei den Burghofen Kollegen als Raufbold gut bekannt ist.« Er nickte Kloß zu, schließlich war er für Burghofen verantwortlich. Ein jüngerer, hochgewachsener hagerer Mann, der erleichtert war, dass die Kollegen so prompt auf seine Bitte geantwortet hatten und der nur zu bereit war, sie zu unterstützen.

»Heute, also am 22., verließ sie gegen halb sieben Uhr morgens das Haus der Mary Thomson und ging joggen. Sie kannte die Gegend nicht, Mary Thomson hatte ihr von dem Wald erzählt und ihr gezeigt, wie sie dorthin kam. Thomson selbst ist ebenfalls Joggerin, an diesem Morgen blieb sie zu Hause. Lee muss sich verlaufen haben, denn sie erreichte den Wald erst nach etwa 40 Minuten. Die alte Engländerin, diese Emily Moore, war spazieren gegangen. Sie behauptet, sie hätte zehn Minuten nach sieben Schüsse gehört. Vom Wald her.

Lee wurde in der Scheune vermisst, sodass die drei Frauen auf die Suche gingen, da war es bereits nach zwölf Uhr. Emily Moore und die Engländerin Annette Lipman fanden eine Leiche im Wald, die sie als Veronica Lee identifizierten. Sie war in den Steinbruch gestürzt. Wir müssen den Laborbericht abwarten, um die genaue Ursache des Todes zu erfahren. Lee war anscheinend vom Weg abgekommen und in Richtung Steinbruch gerannt. Von der Stelle, wo Lee den Weg verließ, sind es ungefähr vier Minuten zum Steinbruch. Weder an der Stelle noch auf dem Stück bis zum Steinbruch gibt es eine klare Spur von ihr. Eine große Gruppe hat dort Spuren hinterlassen, wahrscheinlich sind sie im Wald spazieren gegangen. Wir werden einen Aufruf nach Zeugen starten. Die Frage, ob Lee vor oder nach dieser Gruppe vom Weg abkam und zum Steinbruch rannte, ist ungeklärt. Hat jemand sie bedroht? Ist sie in Panik gerannt? Kollege Brückner hat bei der Spurensicherung herausgefunden, dass es schwierig ist, direkt zum Steinbruch zu joggen, es stehen zu viele Büsche auf dem Weg und es gibt viel Unterholz. Brückner ist noch mit der Auswertung anderer Spuren befasst.

Vermutlich lief die Joggerin den Weg entlang, bis sie aus einem unbekannten Grund abgezweigt und dann so schnell sie konnte waldeinwärts gerannt ist. Wie gesagt, wahrscheinlich in Panik.

Wir müssen diese Gruppe finden. Die Frage ist, wer oder was die Joggerin so erschreckt hat, sodass sie die Flucht ergriff. Folgte ihr jemand? Wurde auf sie geschossen, bevor oder nachdem sie in den Abgrund gestürzt war? Emily Moore spricht von Schüssen, die hintereinander erfolgt sind. Also ist eine weitere Frage, ob der Angreifer von dem Steinbruch wusste. Hat er die Joggerin bewusst dorthin gehetzt und gehofft, dass sie stürzen und umkommen würde? Was hatte sich abgespielt? Nach den bisherigen Ergebnissen wissen wir, dass Schüsse abgegeben wurden, die ihr Ziel verfehlten. Mehrere Kugeln sind aus der Felswand entfernt worden und werden von Ballistik-Experten geprüft.

Natürlich gibt es noch keinen Bericht darüber, aber wir wissen, dass eine Geschosshülse in der Nähe des Pfades gefunden wurde. Hat der Schütze andere Hülsen entfernt und diese übersehen, weil sie in dichtes Moos gefallen war? Wir wissen noch nicht genau, wann die Schüsse abgegeben wurden. Wir stehen also noch vor der Frage – Unfall oder Mord.«

Krause wies auf einige Namen, die auf die Tafel geschrieben waren.

»Diese Personen haben mit der Sache irgendwie zu tun. Mary Thomson, Besitzerin des Waldes und des Jagdreviers. Die Tote war zu Besuch bei ihr. Die weiteren Besucherinnen sind, wie schon erwähnt, Dr. Annette Lipman und Miss Emily Moore, sie haben die Leiche gefunden. Heribert Münze ist Pächter des Geländes, Vogt Münze ist sein Sohn. Auf dem Münze-Hof wurden fünf Gewehre sichergestellt, die nun im Labor untersucht werden. Wenn die Befragungen beendet sind, werden wohl weitere Namen dazukommen.

Von einer heißen Spur kann kaum die Rede sein. Deswegen können wir uns kein Bild von einem Motiv machen.«

Andrea Brügge, die Assistentin, hatte sich eifrig Notizen gemacht. »Die Gruppe, könnten das diese Skinheads sein?«

Sie war äußerst attraktiv, eine Brünette mit tiefblauen Augen und beneidenswerter Figur, der Schröder vom ersten Tag an gern nähergekommen wäre. Aber ein ähnliches Verlangen nach einer Kollegin hatte ihn schon einmal in Schwierigkeiten gebracht, denen er sich kein zweites Mal aussetzen würde. Sie blickte nicht von ihrem Notizbuch auf, als sie sagte: »Diese Miss Moore hat von einer Gruppe Skinheads geredet.«

»Die an ihr vorbeigefahren sind. Streich das. Sie hat sie nicht am Tatort gesehen.« Krause fand Brügges Eifer so irritierend, wie er sie anziehend fand. Wie so oft, wenn er sie erlebte, musste er daran denken, dass sie eine Großnichte des Polizeioberrats Thomas Brügge war. Das war kein Vorteil, was ihre Karriere betraf, wie er wusste. Jeder von Andreas Vorgesetzten würde sich stets dreimal überlegen, ob er sie befördern würde, um sich nicht dem Verdacht auszusetzen, sie wegen ihrer Verwandtschaftsbeziehung vorgezogen zu haben.

Kommissarin Dora Huber, eine Dreißigjährige mit krausen Haaren und bemerkenswertem Verstand, sagte: »In der Zeugenaussage der Emily Moore stehen einige interessante Hinweise. Sie meint, man müsste die Beziehungen zwischen dem Münze-Hof und der Familie von Mary Thomson genau unter die Lupe nehmen und ...«

Krause unterbrach sie. »Ich weiß, was Miss Moore meint. Sie meint sehr viel. Wir sollten uns unsere eigenen Gedanken machen, wie immer.«

Dora Huber widersprach: »Aber sie sagt auch, die Sache mit den Stolpersteinen sollte in Betracht gezogen werden, auch wenn Lee keine direkte Verbindung zu Burghofen hätte. Die bevorstehende Zeremonie hätte viel Altes aufgewühlt und ...«

»Schon gut, Frau Kommissarin. Also, wollen wir mit unserem Brainstorming beginnen?«

Die Kommissarin wechselte einen kurzen Blick mit Benno Brückner, einem älteren Kollegen, der im Team für alles Technische zuständig war, und überlegte, dass es ratsam war, sich nicht weiter auf diese Zeugenaussage zu beziehen. Sie wies also nicht darauf hin, dass Moore drei Namen von Personen genannt hatte, die nach ihrem Ermessen der Polizei einiges sagen könnten, Namen, die noch nicht auf der Tafel standen: Vogt Münze, Martin Münze-Gruber, Horst Matte.

Dora Huber sagte: »Ich würde gern mit dieser Mary Thomson sprechen. Ich sehe, dass sie und ihre zwei jungen Gäste identische Joggingkleidung gekauft haben.« Sie erwähnte nicht, dass sie das der Aussage von Emily Moore entnommen hatte. »Ich würde gern wissen, was Mary Thomson nach Burghofen verschlagen hat. Jemand, der hier länger gelebt hat, könnte sich Feinde gemacht haben. Das kann man von der Toten und den beiden anderen Engländerinnen nicht behaupten, die waren erst einen Tag hier. Liegt vielleicht eine Verwechslung mit Mary Thomson vor? Es scheint möglich, dass der Anschlag ihr gegolten hat.«

Krause nickte zufrieden. Ein konkreter Vorschlag. »Nimm sie dir vor, mit dem Kollegen Schröder. Frag' in ihrer Umgebung nach. Stell' fest, was es mit dieser Steinlegung auf sich hat. Warum sie und die anderen sich in diesem Komitee engagieren. Brückner soll sich den Münze-Hof genauer ansehen. Vorher setz' dich mit England in Verbindung, wir müssen mehr über die Tote erfahren. Ich werde morgen noch mal mit der alten Emily Moore reden.« Was keineswegs so einfach war, wie er es sich vorgestellt hatte.

Januar 1970

Ich bin doch nicht über Weihnachten fertig geworden mit dem Schreiben. Jetzt sitze ich noch immer dran.

Als die Schwester wieder schwanger wurde, damals im Jahr 1928, da weinte ich noch immer, wenn er gegangen war und mich allein ließ. Ich ertrug es nicht. Die Schande. Die Qual. Und immer wieder musste ich daran denken, dass ich nie einen eigenen Mann haben würde. Ich gehörte ihm, mit Haut und Haar, bis zum Ende meines Lebens.

Und dann kam diese schwere Geburt. Die Schwester tat mir leid, sie hatte auch kein einfaches Leben mit dem Mann, jetzt hatte sie so furchtbare Schmerzen, das Kind kam und kam nicht! Wir waren alle verzweifelt. Dann brachte der Älteste den Arzt mit, und das Wunder geschah – beide überlebten, die Schwester und ihr Kind.

Es war wunderbar, ihm dabei zuzusehen, wie sein ganzes Wesen konzentriert war, während die Hände mit den langen Fingern geschickt arbeiteten. Als alles vorbei war und er mir ins Gesicht sah, um mir für meine Hilfe zu danken, wurde mir schwindlig. Ich hatte noch nie so schöne Augen gesehen, große, braune Augen, die in meine Seele blickten!

Am folgenden Tag kam er am Morgen mit einem einspännigen Wagen, den er, wie er sagte, von einem Verwandten geborgt hatte, und versprach, nach dem Abendessen noch einmal vorbei zu kommen. Er war nicht ganz mit der Schwester zufrieden, sie erholte sich nur langsam und hatte Schmerzen. Am Abend öffnete ich ihm die Tür, ich war am Morgen beschäftigt gewesen, und er grüßte mich sehr freundlich, fragte, ob der Schwester das Medikament helfe, das er am Vormittag mitgebracht hatte – und ob ich mich von der Anstrengung erholt hätte. Niemand hatte mir je eine derartige Frage gestellt. Ich wandte den Kopf ab, antworten konnte ich nicht.

Nachdem er mit der Untersuchung fertig war, kam er in die Küche, wo ich den Abwasch machte, und bat um ein Glas Wasser. Ich begleitete ihn zu seinem Wagen und dem Stall, wo das Pferd stand, der Bauer hatte es ausgespannt und versorgt. »Sie wird doch nicht sterben, die Schwester?«, fragte ich. Ich hatte geweint, weil er sehr lange oben war, ich dachte, wenn die Schwester stirbt, dann bin ich dem Mann ganz ausgeliefert. Nein, antwortete er, es geht ihr besser. Sie hat Glück, eine jüngere Schwester zu haben, die sie so gut umsorgt.

Ich konnte den zärtlichen Ton in seiner Stimme kaum ertragen. Ich verstand plötzlich, warum ich geweint hatte. Ich wollte jemand wie ihn lieben! Einen jungen, gutaussehenden Mann, für den ich eine junge Frau war und keine unscheinbare Magd! Ich wollte umarmt und geliebt werden – und nicht von einem mir widerlichen dickwanstigen Kerl mit schmierigen Händen einfach benutzt. Dabei kam mir ein listiger Gedanke: Ich hätte ihn in Versuchung geführt, hatte er zu dem Pfarrer gesagt, sinnlich sei ich und ungestüm! Nun gut! Ich würde versuchen, ob ich dieser Unterstellung gerecht werden könnte.

»Kein anderer hätte tun können, was Sie vollbracht haben«, sagte ich, streckte die Hand aus – und küsste ihn sanft auf die Wange. »Wir sind Ihnen zu großem Dank verpflichtet. Sie sind ein wunderbarer Mensch!«

Ich musste gar nichts tun, um ihn in Versuchung zu führen. »Wunderbar? Nein, das bin ich nicht!«, sagte er lächelnd, ergriff meine beiden Hände und zog mich an sich. Ich spürte sein Verlangen und küsste ihn wieder, diesmal auf die schön geschwungenen Lippen. Wir landeten im Stall auf dem Heu. Wie das so schnell kam, ich weiß es nicht!

Es war das schönste Ereignis in meinem Leben. Er löste mein Kleid ganz vorsichtig, während er mich liebkoste und mir zuflüsterte, dass ich es ihm sofort angetan hätte, mit meiner schüchternen Schönheit, er sei nur wegen mir am Abend noch einmal gekommen, weil er mich am Morgen nicht gesehen hatte. Dann waren Worte überflüssig.

14. Kapitel
23. September
Mary

Dora Huber war eine gewissenhafte Polizistin. Sie hatte aus Polizeiakten und Internet alles über Mary Thomson herausgesucht und dem Kollegen Schröder eine Kopie gegeben, ehe sie sich beide am Samstagmorgen zur Scheune aufmachten.

Sie wusste also, mit wem sie es mit Mary Thomson zu tun hatte, nämlich mit der geschiedenen Frau eines Colin Thomson und Tochter von Helen und Joseph Münze, im Mai 1958 in Oxfordshire geboren. Sie hatte in Oxford als Sekretärin gearbeitet, vor ihrem Umzug nach Burghofen. Ihre englische Nationalität hatte sie behalten. Sie war Mitglied der evangelischen Gemeinde, sang im Kirchenchor und setzte sich mit anderen für Geflüchtete ein.

Dora Huber fand nur einen interessanten Eintrag in den Burghofener Akten: Marys Vater Joseph Münze hatte sich zwei Jahre vor seinem Tod mit Vogt Münze gestritten und war handgreiflich geworden. Beide wurden wegen Unruhestiftung verwarnt. Bei der Schlägerei im Wirtshaus war die Theke beschädigt worden und etliche Gläser waren zu Bruch gegangen, worauf der Wirt Anzeige erstattet hatte. Wahrscheinlich wegen der Versicherung. Ein Grund für den Streit war nicht angegeben.

Mary empfing die Polizisten gefasst aber mit geröteten Augen. Sie servierte ihnen Kaffee, und ehe sie mit Fragen beginnen konnten, berichtete sie, dass vor einigen Tagen, am 20. September, bei ihr eingebrochen worden war. Ja, das war am Tag der Ankunft ihrer Gäste gewesen. Und ja, diese hätten von dem Einbruch gewusst. Nein, sie hatte es nicht gemeldet, es war nichts gestohlen worden. Die Polizisten baten sie, davon etwas ausführlicher zu erzählen, und das tat sie. Beide machten sich Notizen.

Dora Huber war überrascht und unzufrieden. »Ihre Gäste haben Sie entdeckt, nachdem Sie eingesperrt worden waren? Sie hätten es melden müssen!«

Mary blieb ungerührt. »Sicher haben Sie recht. Aber ich hatte keine Lust darauf! Stellen Sie sich die Situation vor: Ja, ich bin überfallen und eingesperrt worden, aber das alles dauerte nicht lange, schon bald erschienen meine Gäste, die mich befreiten. Ich wusste, dass sie kommen würden, deshalb war ich nicht verzweifelt, verstehen Sie. Nachdem sie da waren, ging es mir wieder gut, abgesehen von einem trockenen Mund und etwas zittrigen Gliedern ... Sie sagten mir, die Männer hätten nichts in der Hand gehabt – es herrschte nur eine heillose Unordnung, die wir bald beseitigten. Meine Gäste sollten es doch gemütlich haben. Sie hatten eine lange Reise hinter sich. Und nun dieser Schock bei der Ankunft! Nein, ich fand es unnötig, die Polizei zu alarmieren.«

Die Kommissarin versuchte Mary Thomson einzuschätzen. Eine Frau, die wenig aus sich machte, die nicht viel Zeit vor dem Spiegel verbrachte, entschied sie. Eine nüchterne Frau, die das Leben so nahm, wie es war. Konnte sie diejenige gewesen sein, auf die der Mörder es abgesehen hatte – wenn es sich als Mord herausstellte? Sie sagte bestimmt: »Wir müssen nach unserer Unterhaltung mit Ihren Gästen sprechen. Über den Einbruch und nochmals über die Entdeckung der Toten. Sie waren mit den Eindringlingen in direktem Kontakt. Sie können sicher mehr über sie aussagen. Es ist nicht ausgeschlossen, dass der Einbruch mit dem Unfall von Miss Lee in Verbindung steht.«

»Dazu kann ich nichts sagen. Annette ist oben in ihrem Zimmer. Miss Moore ist nicht hier.«

Dora Huber fand das schade, sie hätte gern die Dame kennengelernt, die offensichtlich den Hauptkommissar ziemlich nervte. Sie stellte ihre nächste Frage ohne Umschweife: »Frau Thomson, haben Sie Feinde?«

Die Antwort war überraschend. »Viele. Ich schätze, die Hälfte der Stadtbevölkerung.«

»Sie müssen die Frage ernst nehmen«, mahnte die Polizistin.

»Das tu ich, glauben Sie mir. Sie werden selber feststellen, dass 50 Prozent der Burghofener die Stolpersteinaktion ablehnen. Und viele machen mich als Engländerin dafür verantwortlich. Sie sagen, wir Engländer wollen, dass die Deutschen die Niederlage nie vergessen und ich hätte deshalb bewusst die Sache mit den Stolpersteinen aufgegriffen. Doch das stimmt nicht. Ich kam erst später dazu, es war die Idee von Frau Scheffer.«

»Haben Sie Namen von denjenigen, die gegen die Stolpersteine protestieren?«

»Eigentlich nicht. Vielleicht kennt Frau Scheffer den einen oder anderen. Trotzdem kann ich mir nicht vorstellen, dass mich jemand deswegen umbringen will. Der Einbruch – ach nein, es ist einfach zu abwegig.« Mary schüttelte den Kopf.

Dora Huber bat sie, es doch auszusprechen, was immer sie verschluckt hatte. »Diskretion gehört zum Beruf, Frau Thomson.«

Mary zögerte. Dann sagte sie: »Ich habe überlegt, ob die Einbrecher an meine Recherchen gelangen wollten. Ich speichere in meinem Computer alles, was ich über die Lebensgeschichten der Burghofener Opfer aus der Nazizeit erfahren habe. Außerdem habe ich in meinem Arbeitszimmer einige Unterlagen, die ich zusammentragen konnte, auch Fotos. Es ist aber nichts angefasst worden. Ich sagte Ihnen schon, sie sind durch die Ankunft meiner Bekannten gestört worden.« Wieder schüttelte sie den Kopf. »Aber ich habe nur das zusammengetragen, was bereits längst bekannt ist. Deswegen kann ich eigentlich kaum glauben, dass der Einbruch etwas damit zu tun hat.«

Die Polizisten wechselten Blicke. Dann sagte Schröder: »Wir müssen alles einsehen, was sie aufgeschrieben haben.«

Mary war verunsichert. »Wenn Sie das mitnehmen, dann ... Sie müssen verstehen, es soll alles in einer Dokumentation veröffentlicht werden – wir bereiten das gerade vor. Ich arbeite noch an einigen Geschichten – ich habe zum Beispiel mit Emily, mit Miss Moore, noch nicht richtig gesprochen, sie erwähnte kurz, dass ein Fall vielleicht zu einer Mordermittlung führen könnte.«

»Mordermittlung?«, fragten die Polizisten gleichzeitig.

Die Engländerin machte eine beschwichtigende Handbewegung. »Ach, nichts Aktuelles, nur diese alten Geschichten, dabei soll etwas passiert sein, das nicht in den Protokollen steht. Miss Moore hat von jemandem erfahren, dass ein Opfer, eine Jüdin, die laut Akten damals in der Haft Selbstmord begangen hatte, vergewaltigt und ermordet worden sein soll. Es gab ein Cover-up – ein ...«

Dora Huber meinte: »Wir wissen, was ein Cover-up ist, Frau Thomson. Wer ist dieser Jemand, der darüber Bescheid weiß?«

»Sie sprachen von Diskretion!« Mary war empört.

»Wir würden die Dame oder den Herrn sehr diskret ansprechen.«

Mary seufzte. »Sie müssen Miss Moore fragen. Sie hat mir einer Dame darüber gesprochen. Übrigens – ist das nicht alles veraltet? Was damals geschah, war damals.«

»Mord verjährt nicht, Frau Thomson.« Schröder sagte das eigentlich nur, weil er die Frau provozieren wollte, er dachte nicht im Traum daran, etwas zu bearbeiten, was nicht einmal unter den ungeklärten Fällen gespeichert war. Genau wie die Dora Huber, so fand auch er es unerhört, dass die Thomson den Einbruch nicht gemeldet hatte, und glaubte ihrer Erklärung nicht. Es musste etwas anderes dahinterstecken, etwas, das, wie Dora Huber sagte, mit dem Mord zu tun haben könnte. Er entschied barsch, dass sie mit den Unterlagen und Computer-Files beginnen sollten, und zwar sofort.

Sich selbst verwünschend, weil sie die Recherchen überhaupt erwähnt hatte und dadurch auf jene Bemerkung gekommen war, die Emily über Eva Altmann gemacht hatte, führte Mary die Polizisten in das Arbeitszimmer. Sie bot an, Kopien ihrer Dokumente anzufertigen, damit die Arbeit an der Dokumentation nicht verzögert würde. Während sie unter Schröders scharfen Blicken die Daten auf einer CD speicherten, fragte Kommissarin Huber: »Warum hat Ihr Vater den Vogt Münze angegriffen und sich mit ihm geprügelt?«

Mary wurde dunkelrot und schlug mit der Hand auf ihren Stahlschreibtisch. »Sie graben wirklich alte Fälle aus!«

Dora Huber blieb ungerührt. »Wenn es sein muss. Also?«

Mary war noch immer verärgert. »Ich sehe nicht ein, warum es sein muss, über etwas Belangloses zu reden. Aber gut: Vogt und Dad waren nachher schnell darüber weg. Sie hatten beide getrunken, und Dad fühlte sich beleidigt, weil Vogt plötzlich von dem Erbe sprach, das Dads Vater der Schwester vermacht hatte. Vogt nannte sie eine Erbschleicherin und erklärte, sie sei illoyal der Familie gegenüber gewesen.«

Die Kommissarin hatte sich genau kundig gemacht. »Vogt nahm es Jan Münze übel, seiner Tochter Felizitas alles, also praktisch den Hof und die Scheune, zu vererben? Ich nehme an, es gefiel ihm auch nicht, dass sie alles Ihrem Vater vermachte?«

»Genau. Später fand Dad Vogts Ärger völlig unverständlich. Sie müssen verstehen, der Familienname ist derselbe, aber wir sind nicht verwandt. Was Felizitas geerbt oder vererbt hat, das sollte den Vogt gar nicht stören, mit ihm und seiner Familie hatte das nicht das Geringste zu tun. Aber er und sein Vater hatten sich aus irgendeinem Grund mit den älteren Schwestern von Dad solidarisiert. Die waren der Meinung, sie wären in Jan Münzes Testament nicht gut weggekommen. Dabei hatten sie beide eine gute Mitgift und dazu Geldgeschenke erhalten. Jan Münze konnte sein Testament gestalten, wie er wollte. Heribert Münze könnte im besten Fall erwarten, dass ihm Jan Münzes Testament erlaubte, das Land zu kaufen.«

»Das wäre ihm wichtig gewesen?«

»Allerdings. Die Münzes möchten das auch jetzt noch.«

Dora machte sich Notizen. Die Moore hatte recht gehabt, Vogt würde der Polizei etwas zu erzählen haben. Aber diese alte Erbsache wäre doch für Vogt kein Grund, die Thomson zu töten! Wie sie sagte, die Familien waren nicht verwandt. »Ich vermute, dass Vogt nicht Ihr Erbe ist, Frau Thomson.«

»Ihre Vermutung ist korrekt.« Mary beantwortete die ungestellte Frage: »Mein Vermögen wird nach meinem Tod einer kleinen Stiftung für wohltätige Zwecke zugutekommen, Frau Kommissarin. Abgesehen von einigen kleinen Geschenken.«

Dora Huber, die Mary aufmerksam betrachtete, sah, wie sie plötzlich den Kopf hob und sich langsam über das Haar strich. Was war ihr eingefallen? Sie fragte Mary: »Hat Vogt je diese Sache angesprochen?«

»Vogt? Warum sollte er? Nein, hat er nicht.« Mary wandte sich leicht verwirrt wieder ihrem Computer zu. Mit den Polizisten wollte sie nicht mehr reden. Aber Emily, mit der könnte sie das besprechen. Die hatte die Gabe, Nebensächliches auszuklammern und das Wesentliche zu erkennen. Sie unterstrich: »Vogt geht das alles nichts an. Nach dem Streit mit Dad hat sein Vater nochmals ein Angebot für das Land gemacht, aber Dad weigerte sich, er dachte damals noch, dass ich ...« Sie errötete leicht und hackte eifrig in die Tastatur. »Ich hätte noch mal heiraten können.«

Kandidaten hatte es gegeben. Mehrere der Ansässigen hatten ein Auge auf den Münze-Hof und die Erbin geworfen, aber Mary hatte alle abgewiesen. Nun hatte sie sich unerwartet an eine Bemerkung erinnert, die Vogt damals gemacht hatte: nämlich, dass das Land nicht in fremde Hände gegeben werden sollte. Hatte er bereits an Birgit und Martin gedacht? Doch nur, falls die sich schon gekannt hatten! Und – das war es, was ihr eingefallen war: Birgit war einmal auf einer langen Reise gewesen. Da sie mit der jüngeren Frau nicht eng befreundet war, hatte sie nie daran gedacht. War Birgit in Namibia gewesen – und hatte Martin kennengelernt? Schon möglich. Sie versuchte sich zu erinnern, wann das gewesen war. War das nicht kurz vor Felizitas Tod ...

Ihre Gedanken wurden von der Kommissarin unterbrochen. »Der Hauptkommissar möchte mit Miss Moore sprechen. Er wird vorbeikommen.«

»Ach ja? Sie hat schon eine Aussage gemacht.«

»Aber nicht gegenüber dem Hauptkommissar.«

Marys Lächeln war zuckersüß, sie schien zu verstehen, dass der Hauptkommissar Miss Moore wenig schätzte. »Dann muss er sich etwas gedulden. Meine Freundin ist nach England gereist. Sie meinte, da sei einiges zu klären, und sie hofft, dass sie damit zu den Ermittlungen beitragen kann.«

Eine Antwort, nach der beide Polizisten sie sprachlos anschauten.

Januar 1970

Mein Glück dauerte eine Woche. Er kam noch zwei Mal zu einem Hausbesuch, danach traf ich ihn am Samstagabend in Burghofen. Ich hatte es geschafft, den Bauern zu überreden, mir frei zu geben! Auf dem Markt fand das jährliche Stadtfest statt und ich bestand darauf, hinzugehen. Ich sagte, ich wollte auch einmal frei sein, ich wollte feiern und tanzen! Ich könnte bei den Eltern des Arztes schlafen, behauptete ich, am Sonntag würde ich zurückkommen. Die Schwester fand, dass ich es verdient hätte, und er willigte ein.

Nach der Geburt hatte er sich von meiner Kammer ferngehalten.

Der Abend und die Nacht sind mir unvergesslich. Wir blieben nicht lange auf dem Fest. Er hatte in einem Nachbardorf ein Hotelzimmer gemietet und uns als Herr und Frau Klute eingetragen, warum Klute, weiß ich nicht! In dieser Nacht erzählte ich ihm vom Bauern und von meiner Scham. Ich sagte, dass ich hasste, was der mir antat, ich redete von meiner Abscheu und der Ohnmacht davon, dass ich mich nicht wehren könne. Ich verriet ihm nicht, dass der Bauer meinte, die Schwester ahne etwas ...

Er war wütend. Du musst weg von dort, sagte er. Das ist unfassbar. Unerträglich! Ich kann dir eine Stelle bei meinen Eltern oder bei Freunden meiner Eltern verschaffen! Er hielt mich fest im Arm und sagte, dass er mich liebte. Wir redeten nicht vom Heiraten, wussten wir doch beide, dass das unmöglich war. Ich wäre in meiner Familie und in der Gemeinde abgelehnt worden. Und obwohl sie mich nicht gut behandelten, so war es doch meine Familie. Und er wäre von seinen Eltern verstoßen worden, ein Jude musste eine Jüdin heiraten, oder die Braut müsste Jüdin werden. Ich war gläubige Katholikin, ich konnte mir nicht vorstellen, zum Judentum überzutreten.

Am Montag musste er zurück nach Berlin. Ich würde mir überlegen, ob ich bei einer der jüdischen Familien arbeiten wollte, sagte ich ihm beim Abschied. Er versprach, so rasch wie möglich zurückzukommen, er wollte mich bald wiedersehen, er würde die Eltern besuchen.

Ich war traurig, als er ging. Aber die Tatsache, dass ich geschätzt und geliebt wurde, änderte mein Leben. Ich hatte plötzlich mehr Selbstvertrauen, und als der Bauer wieder zu meiner Tür schlich, fand er diese fest verriegelt.

15. Kapitel
25. September
London

Emily Moore wollte Sir Jeremy zum Frühstück im eleganten viktorianischen Frühstücksraum ihres Klubs empfangen, in dem sie am liebsten in London wohnte. Nach ihrer Rückkehr aus Burghofen hatte sie nur kurze Zeit in der Scheune verbracht. Sie hatte sich mit ihrem guten Freund Jeremy in Verbindung gesetzt, dann das Zimmer im Klub und eine Flugverbindung für den frühen Morgen gebucht sowie einen Mietwagen, der sie zum Düsseldorfer Flughafen brachte. Ihre Erklärung war so knapp gewesen, wie Mary Thomson sie den Polizisten wiedergegeben hatte – unnötig zu erwähnen: zu Hauptkommissar Krauses maßloser Wut.

Sie gönnte sich den Sonntag, um zu entspannen, einen Spaziergang im Hyde Park zu genießen, sich Notizen zu machen und am Abend mit einer ihrer jüngeren Freundinnen aus der Oxford-Zeit, erst in der Bar bei einem Gin Tonic, dann im Speiseraum bei einem schmackhaften Imbiss, einigen Universitätsklatsch auszutauschen.

Am folgenden Morgen um acht Uhr war sie für ihr Frühstück und für Sir Jeremy bereit. Er war von seiner Wohnung aus durch Green Park gelaufen. Im Gegensatz zu seiner ehemaligen Untergebenen und alten Freundin war er kein begeisterter Frühaufsteher, aber Emilys Wunsch war ihm Befehl. Er wusste, worum es ging, denn sie hatte ihm eine E-Mail mit einigen Bitten geschickt, denen er sofort nachgekommen war. Nun hörte er Emilys Ausführungen zu, während er ein Glas frisch gepressten Orangensaft genoss.

Er fragte, was die deutsche Polizei zu ihren Ideen zu sagen hatte.

»Die deutsche Polizei ist wahrscheinlich damit beschäftigt, festzustellen, ob es sich um eine Verwechslung handelt. Ob Mary Thomson und nicht Veronica Lee sterben sollte.«

Sir Jeremy nippte an seinem Glas. »Ich nehme an, du hast ihnen den Hinweis gegeben, dass das eine Möglichkeit sei. Angesichts der Tatsache, dass alle drei Frauen dieses Jogging-Outfit erstanden hatten und dass schließlich Miss Lee erst kurz zuvor in Burghofen angekommen war. Und du hast betont, dass nichts auf einen Raubüberfall hindeutet, denn Jogger tragen selten ihre Handtaschen bei sich. Sicher konnten die deutschen Behörden dir gar nicht genug für deine Unterstützung danken, da sie von selbst nie so weit gekommen wären.«

»Jerry, Sarkasmus passt nicht zu dir! Du bist schlecht gelaunt, nur weil du dein weiches Bett etwas früh verlassen musstest. Das heißt doch, dass du pünktlich ins Büro gehen kannst. Länger als sechzig Minuten brauchen wir nicht. Ich denke, du solltest eine Tasse Kaffee trinken, das hilft dir, aufzuwachen. Außerdem muss ernstlich in Betracht gezogen werden, dass Mary das Opfer sein sollte. Schließlich ist sie die Einzige von den drei Joggerinnen, die am Ort lebt.«

Er seufzte, trank den Saft aus und goss sich Kaffee ein. »Nun gut, erklär mir, wie du den Fall siehst. Den Fall Thomson meine ich.«

»Da muss man zwei Spuren verfolgen. Nein, eigentlich drei. Die englische Polizei wird routinemäßig Veronicas Apartment durchsuchen, vielleicht ergibt sich daraus etwas. Schließlich behandelte sie in ihrer Dissertation ein heikles Thema. Man muss also sehr genau ihre Arbeit lesen. Und – ihre Familienverhältnisse müssen geklärt werden! Ich möchte selbst einiges recherchieren.

Zweitens, die deutsche Polizei muss diese Familie Münze unter die Lupe nehmen. Ich habe den Stammbaum aufgezeichnet. Jan Münze, 1893 geboren – wie auch seine Frau Elisabeth – war der Erbe seines Vaters Johannes. Der Hof ist seit dem 18. Jahrhundert im Besitz der Münzes. Jan und Elisabeth heirateten 1916 und hatten sechs Kinder, drei Jungen und drei Mädchen. Als Bauer und ältester Sohn musste Jan nicht in den Ersten Weltkrieg, auch Jans Ältester, Hagen, blieb im Zweiten Weltkrieg auf dem Hof. Der zweite Sohn fiel. Zu Beginn dieses Krieges war Jan 46, Hagen 22, Joseph, der Jüngste, zehn. Hagen starb 1969, da war Jan Mitte 70, Joseph, Marys Vater, 40.« Sie hielt inne und blickte Sir James erwartungsvoll an.

Der runzelte die Stirn. »Marys Vater erbte den Hof damals nicht. Sonst wären sie nach Westfalen gezogen, und du hättest Mary nie kennengelernt.«

»Genau. Und warum nicht? Das ist die Frage. Der Vater verpachtete den Hof an andere Leute, ebenfalls mit dem Namen Münze, die aber nicht mit ihm verwandt sind. Er baute eine Scheune um und zog in diese mit Frau und einer Tochter, die nach gescheiterter Ehe wieder zu Hause lebte.«

James verstand. »Merkwürdig. Der alte Bauer übergab den Hof nicht dem einzig überlebenden Sohn. Er muss es ihm sehr übelgenommen haben, dass er in England geblieben ist. Oder haben sie sich wegen etwas anderem entzweit?«

»Das weiß ich nicht – noch nicht. Ich muss herauskriegen, ob sie sich gestritten haben, als Joseph 1969 zu Besuch kam. Mary meint, er ist zum Begräbnis des Bruders in Deutschland gewesen. Damals noch

Westdeutschland. Ist damals etwas vorgefallen, was den Vater bewogen hat, ihn zu enterben?«

Sir James meinte stirnrunzelnd: »Dann bist du hier nicht am richtigen Ort. Den Grund kannst du nur in Westfalen herausfinden. Wenn überhaupt.«

Emily sagte mit zufriedenem Lächeln. »Das überlasse ich diesem blonden Helden, Hauptkommissar Krause. Der schafft das schon. Vielleicht löst er beide Rätsel – warum Joseph enterbt wurde und warum seine Schwester ihm dann doch den Hof überlassen hat. Hauptkommissar Krause ist in Burghofen geboren, sagt Ilse Münze. Das ist die Frau des Pächters. Sie wollte übrigens das Rezept der englischen Pasteten haben. Ich habe ihr von deiner Haushälterin erzählt, und dass sie aus Cornwall stammt, und da kamen wir auf Pasteten ...«

»Schon gut! Ich werde Mrs. Tresco bitten, etwas für dich aufzuschreiben! Und die dritte Spur?«

»Danke, Jerry ... Die dritte Spur hat mit der ersten zu tun, mit Veronicas Arbeit, also mit der Nazizeit. Mary hat sich intensiv mit den Lebensgeschichten der Personen aus Burghofen beschäftigt, die damals deportiert wurden und umgekommen sind. Der Einbruch – ich bin nicht sofort darauf gekommen, und Mary hat auch nichts erwähnt –, weißt du, wir standen alle unter Schock, vor allem Mary, die ja überfallen und eingesperrt wurde! Mary hat wichtige Papiere in ihrem Arbeitszimmer, sie stand in Kontakt mit Überlebenden, ich meine Emigranten, und mit Nachkommen der Opfer. Gibt es da etwas, was jemanden veranlasst haben könnte, einzubrechen? Schließlich haben auch Täter überlebt, die nie belangt wurden. Oder ihre Nachkommen wollen nicht, dass etwas an die Öffentlichkeit dringt.«

James war nicht überzeugt. »Deswegen bringt man doch niemand um.«

»Meinst du? Ich erfuhr durch eine beiläufige Bemerkung, dass im Jahr 1938 eine Frau auf der Polizeiwache vergewaltigt und ermordet worden ist. Von mehreren Männern. Natürlich wurde das vertuscht, da das Opfer eine Jüdin war. Das wäre auch heute noch, nein, heute erst recht, ein Fall für die Justiz! Und das ist jemandem oder einer Familie sicher mehr als unangenehm, wenn das öffentlich wird. Auch wenn keine Täter genannt werden, so wüssten die Einheimischen doch, um wen es sich handelt. Die Alten, die das damals alles miterlebten, wissen sehr wohl, wer Parteigenosse war, wer in der SA oder in der SS war.« Triumphierend hielt sie inne.

Sir Jeremy musste zugeben, dass seine Emily wieder einmal recht hatte. »Du meinst also, dass der Mörder es auf Mary abgesehen hatte – weil ihre Enthüllungen ihn bedrohen!«

»Ist doch möglich, ja. Er konnte nicht wissen, welche Beweise sie herausgefunden hat. Oder er war auf Annette aus: Die damals Ermordete war eine gewisse Eva Altmann, Annettes Urgroßmutter. Ich möchte gern mit Judith, ihrer Tochter und Annettes Großmutter, sprechen.« Sie lächelte honigsüß, wie Sir James mit leichter Bestürzung bemerkte. »Unter anderem ... ich werde einiges zu tun haben.«

Sir James bat um eine zweite Tasse und fragte: »Kann ich dir dabei behilflich sein, Emily?«

»Das warst du schon, lieber Jerry. Ohne dich könnte ich das alles nicht bewältigen. Ich hatte ein interessantes Gespräch mit einer alten Nonne. Davon möchte ich dir berichten. Ich glaube, da gibt es das ein oder andere aufzuspüren. Ich fasse mich kurz. Du wirst noch pünktlich in dein Büro kommen.«

Als sie ihren Bericht beendet hatte, dachte James, dass Miss Moore tatsächlich auf etwas gestoßen war. Auch, wenn nun einiges überprüft werden musste.

Januar 1970

Vielleicht wäre ich als Dienstmädchen oder Köchin zu den Juden gegangen. Das hätte später im Dritten Reich Probleme gebracht, solche Angestellten wurden dann Judenknechte genannt. Die Gruber-Anni, die bei einer Familie Köchin war, hat man mit Steinen beworfen, weil sie dabei erwischt wurde, wie sie im Judenhaus heimlich Essen auf die Treppen gelegt hat.

Jedenfalls kam ich nicht dazu, mich für eine Stelle zu bewerben. Ungefähr zwei Monate nach jenem 11. November, also Ende Januar 1929, merkte ich, dass mit mir etwas nicht richtig war. Ich fühlte mich schlapp und hatte wenig Appetit. Dann setzten meine Blutungen aus. Ich erschrak. Keiner musste mir sagen, was vor sich ging: Ich wusste es – ich war schwanger.

Ich überlegte, was ich nun tun sollte. Kein Arzt würde mir helfen können. Sollte ich zur Hebamme gehen? Man sagte, dass sie bestimmte Kräutertränke kannte, die eine Schwangerschaft beendeten. Unentschlossen schleppte ich mich von einem Tag zum anderen. Dann entschloss ich mich, zu handeln.

Nachdem die Kinder zur Schule gegangen waren, suchte ich nach dem Bauern. Er war im Schweinestall, wo er die Ferkel für den Marktgang aussuchte. Er blickte erstaunt auf, als ich am Eingang stand. Zu meiner Erleichterung war er allein. »Ich hab ein Problem«, begann ich. »Ich bekomm' ein Kind.«

Er arbeitete weiter und tat, als ob er nicht hörte, was ich sagte.

Ich redete unbeirrt weiter. »Ich hab' es dem Pfarrer schon längst gebeichtet, der weiß, was hier los ist! Nur diesmal, ehe ich zu ihm geh, werd' ich vorher zur Polizei gehen. Ich werd' eine Anzeige machen, wegen Vergewaltigung.«

Da hob er die Mistgabel und schrie: »Schlampe! Wer wird dir glauben?«

»Ich sagte doch, der Pfarrer!«

»Der darf kein Beichtgeheimnis verraten!«

»Nein. Ich werd es ihm auch nicht als Beichtvater sagen, sondern als Zeugen.«

Noch am Abend vor der Geburt seiner Tochter war er bei mir gewesen, das wussten wir beide. Wir starrten uns an. Und er senkte als Erster die Augen. »Du kannst keine Schande über die Familie bringen ... Denk an die Schwester – die Kinder ...«, murmelte er.

Ich lachte. »An die hättest du denken sollen.« Ich stemmte die Arme in die Hüfte. »Aber – ich mach dir einen Vorschlag ... wenn du den annimmst, können wir uns vielleicht verständigen ...«

16. Kapitel
25. September
Burghofener Ermittlungen

»Veronica Catherine Lee. Tochter von Laura Lee und Stephen Farthing. Adresse der Eltern unbekannt. Veronica hatte eine Wohnung in Brighton, in der sie allein lebte.« Der Kommissar warf die E-Mail auf den Konferenztisch. »Wir wissen nicht mal, ob die Eltern noch leben, damit wir sie als die nächsten Verwandten der Toten benachrichtigen können. Dieser englische Stolz, sich gegen Bürokratie zu wehren und keine Anmeldepflicht einzuführen! Wie können die dann überhaupt Verbrecher aufspüren?«

Keiner seiner Kollegen widersprach. Es war in der Tat ärgerlich, dass die englischen Behörden nicht mehr über die Eltern des Opfers aussagen konnten. Obwohl Dora Huber gern eingeworfen hätte, dass die englische Polizei ihre eigenen Methoden haben musste, um ihren Verbrechern auf die Spur zu kommen, da sie eigentlich recht erfolgreich war. Aber sie wollte Krause nicht reizen, legte also stattdessen ein ausgedrucktes Blatt von einer Website auf den Tisch. »Ich hab etwas anderes herausfinden können. Diese Laura Lee ist Schauspielerin. Ziemlich erfolgreich. In der letzten Shakespeare-Saison am Nationaltheater spielte sie die Amme der jungen Julia sowie Hermione, Gattin des Königs Leontes in dem Wintermärchen ... Sie wird leicht aufzufinden sein. Die englische Polizei wird also keine Schwierigkeiten haben, sie über den Tod der Tochter zu benachrichtigen. Soll ich das in die Wege leiten?«

»Ja, bitte. Wie bist du darauf gekommen?« Krause gehörte nicht der Generation an, die mit dem Internet groß geworden war.

Diesmal unterschlug die Polizistin ihre Quelle nicht. »In der Aussage von Miss Moore stand, dass sie von Dr. Lipman erfahren hätte, die Mutter von Miss Lee sei irgendetwas Prominentes. Und siehe da, bei Google war sie mühelos zu finden. Es scheint, als ob wir uns mit diesen alten Geschichten aus der Nazizeit beschäftigen müssen.« Sie unterließ es vorsichtshalber, hinzuzufügen: wie Miss Moore vorgeschlagen hat. »Wir könnten als Erstes mit Dr. Lipman reden. Schröder und ich könnten das nach der Lagebesprechung in Angriff nehmen.«

Krause überlegte nicht lange, sondern bat die Kommissarin, mit den Engländern in Kontakt zu treten. »Die englische Polizei soll bei der Durchsuchung der Wohnung der Toten auf entsprechendes Material achten. Sie sollen sich ihren Computer vornehmen. Besser noch, wir bekämen den, aber da müssen wir abwarten, was sie herausfinden.«

Der Hauptkommissar holte sich eine Tasse Kaffee, Schröder und Brückner taten es ihm nach, Kloß, der bei allen Lagebesprechungen anwesend war, ebenfalls. Sie warteten, während die Kommissarin am Computer den Bescheid der englischen Behörde bestätigte und darum bat, mit der Schauspielerin Verbindung aufzunehmen, um sie über den gewaltsamen Tod der Tochter zu informieren. Zudem bat sie, Burghofen das Ergebnis der Wohnungsdurchsuchung mitzuteilen. Alle Anwesenden waren erleichtert, dass sie von der unangenehmen Pflicht befreit waren, eine Mutter vom Tod ihrer Tochter zu unterrichten. Jeder war sich bewusst, dass das eine der schwierigsten Aufgaben eines Polizisten war.

Als sich Kommissarin Hübner wieder an den Tisch setzte, griff Krause nach dem Dokument, das vor ihm lag. »Die Tote hatte eine leichte Verletzung am Hals, wahrscheinlich wurde ihr eine Kette vom Hals gerissen und zwar vor dem Sturz, laut Laborbericht. Es sind Spuren an der Stelle, die darauf hinweisen, dass sie dort gestanden hat, ehe sie stürzte. Die Schüsse sind in der Tat am Freitag abgegeben worden. Der Schütze hat ganz bewusst auf das Opfer gezielt! Die Patronenhülse und die Kugeln stammen von einem MO3, einem Jagdgewehr, bei dem verschiedene Kaliber benutzt werden. Also – es handelt sich um Mord. Die Todesursache war Genickbruch. Sie fiel auf die rechte Seite, ihr könnt das selbst lesen – mehrere Brüche auf der rechten Körperseite, Schulter, Arm, Hand, Hüfte, Knöchel ...« Er blickte Kloß an und sagte: »Herr Kollege, wir brauchen Ihre Hilfe! Könnten Sie prüfen lassen, wer am Ort eine Lizenz für ein solches Jagdgewehr hat, wie es von der Ballistik beschrieben worden ist?« Er übergab den Bericht dem Burghofener Polizisten, stand auf und ging auf die Tafel zu. »Wir müssen alle Personen genau kontrollieren. Vor allem bei den beiden Münzes nachforschen, Vater Heribert und Sohn Vogt. Sie sollen uns endlich die Namensliste der Gäste von der Verlobungsfeier geben, das kannst du erledigen.«

Kloß nickte. »Ich werde Leute für die Befragungen bereitstellen.«

»Danke.« Krause blickte in die Runde. »Dann müssen wir noch mal mit der Spurensicherung reden, wegen dem zertrampelten Terrain. Heribert Münze war sehr betroffen, als ich ihn danach fragte. Unmöglich, dass das Hirsche waren, sagte er, und andere Tiere gäbe es nicht in diesem Wald. Übrigens, hat man etwas von Miss Moore gehört?«

Huber meldete sich. »Frau Thomson sagt, sie ist in England. In London. Ich hab die Adresse ihres Klubs. Sie wird in zwei Tagen wieder hier sein.«

»Ihres Klubs?« Krause wusste nichts über die Tradition der Clubs in der englischen Gesellschaft, die bis ins 18. Jahrhundert zurückging.

Dora Hübner erklärte es ihm eifrig. »Herren aus der oberen Gesellschaftsschicht gehörten einem Klub an ... wie der fiktive Phileas Fogg, der im Reform Club eine Wette über zwanzigtausend Pfund abschloss, dass er in achtzig Tagen um die Welt reisen könne ... solche Klubs gibt es noch immer, heute nicht so sehr für die Oberschicht, sondern für die Mittelschicht, denke ich – einige nehmen auch Damen auf. Ich habe gelesen, dass es nützlich ist, wenn man wie Miss Moore in einem Klub Mitglied ist, wo man auch übernachten kann.«

»Mit der möchte ich reden, sobald sie wieder in Burghofen ist«, knurrte Krause, bevor er die Sitzung aufhob.

Drei Stunden später informierte Dora Hübner den Hauptkommissar darüber, dass die Londoner Polizei Miss Laura Lee nicht in ihrer Wohnung in Chelsea angetroffen, sich aber mit der New Yorker Polizeibehörde in Verbindung gesetzt habe, da ihr Agent mitteilte, die Schauspielerin befinde sich in New York. Inzwischen hatte die Polizei in Brighton mit der Durchsuchung der Wohnung von Veronica Lee begonnen. Detective Inspector Dale hatte angerufen und mitgeteilt, dass ihnen leider jemand zuvorgekommen sei. Die Polizisten hatten die Wohnung durchwühlt vorgefunden. Zudem war kein Computer in dem Apartment zu finden gewesen. Eine Nachbarin hätte beobachtet, wie jemand der Wohnung einen kurzen Besuch abgestattet und diese mit mehreren Gepäckstücken verlassen hatte. Sie glaubte, darunter sei eine Tasche gewesen, in die ein Computer gepasst hätte. Das Gesicht des Besuchers habe sie nicht gesehen, nur seinen Rücken.

»Verdammt!« Der Hauptkommissar hatte etwas Neues, worüber er sich ärgern konnte. »Da waren wir nicht schnell genug.« Er trommelte mit den Fingern auf die Schreibtischplatte und fragte: »Wissen wir, wann dieser Besucher in der Wohnung war?«

Hübner überflog ihre Notizen. »Um 20 Uhr am Freitag, dem 22.«

Krause sagte grimmig: »Die Engländer müssen diesen Besucher finden! Bestimmt ist die Spurensicherung bei der Arbeit, vielleicht finden sie Fingerabdrücke oder DNA. Wir brauchen den Computer! Oder die Kopien der Dokumente ... Es scheint, Motiv und Täter sind in England zu suchen.« Er klang schon zufriedener. Ein Einbruch in Lees Wohnung. Endlich etwas Handfestes.

Dora Hübner sagte: »Der Täter muss also einen Komplizen haben. Er hat den Mord am frühen Morgen verübt und ...«

»... könnte am Abend in Hove gewesen sein!«, beendete der Hauptkommissar den Satz. »Schließlich gibt es mehrere Flüge täglich nach London! Zeitlich wäre das zu schaffen.« Er grinste. »Die allwissende Miss Moore hätte es aber nicht geschafft, sich den Computer anzueignen, die war hier zu beschäftigt – und sie ist ja erst am 23. nach London geflogen.«

Hätte Mary Thomson die Bemerkung gehört, hätte sie dem Hauptkommissar zu bedenken gegeben, dass es neben Flügen auch Telefon und E-Mail gab. Jemand wie Emily Moore hätte keine Skrupel, ihre Beziehungen zu nutzen, um sich etwas zu beschaffen, wenn sie es für wichtig hielt. Und zweifellos würde sie den Computer und die Unterlagen von Veronica Lee für wichtig halten. Die Frage war, ob sie es für nötig befand, einen Einbruch zu veranlassen. Schließlich hatte sie in Detective Inspector Dale eine großartige Quelle.

Januar 1970

Der Bauer hat natürlich meinem Vorschlag zugestimmt. Konnte schließlich gar nicht anders! Auch wenn er erst tobte, dann brummte. Und die Schwester hat geweint.

Sie kam in mein Zimmer, wohin ich mich zurückgezogen hatte, nachdem ich mit beiden geredet hatte. Sie war außer sich und schien erst jetzt zu verstehen, was mit mir geschehen war. Ja, sie hatte alles geahnt, das gab sie zu. Einmal war sie ihm nachgeschlichen und hatte gesehen, wie er meine Tür öffnete. Sie schluchzte, sie wäre erleichtert gewesen. Die eheliche Pflicht war ihr oft unerträglich! Sie liebte ihn, er sei kein schlechter Ehemann, sagte sie. Aber er war recht ... fordernd, wie sie es ausdrückte. Sie konnte ihn sehr oft nicht ganz befriedigen! Vor allem, wenn sie schwanger war, und das war sie oft, zu oft, fand sie, da hatte sie ihn abgewiesen.

Sie behauptete, dass sie niemals daran gedacht hatte, mich ihm als Ersatz anzubieten, als sie mich von zu Hause geholt hat. Nein, nein, schrie sie mehrmals. Sie wäre nur zermürbt gewesen von den ersten Schwangerschaften und den Kindern, und als sie merkte, dass sie wieder schwanger war, da hatte sie sich entschlossen, die Eltern zu bitten, mich zu ihr zu schicken. Denen ging es nicht gut und die waren sicher froh, eine Esserin weniger zu haben.

Mir hast du sofort viel im Haushalt geholfen, auch wenn du noch ein Kind warst, du hast das Schuften zu Hause gelernt, genau wie ich, sagte sie. Und dann, als du älter wurdest, da hab ich schon gemerkt, dass er dir manchmal nachschaute ... aber es hat mir nichts ausgemacht, als ich ihm nachschlich und sah ... Ja, sie hätte etwas zu ihm sagen sollen! Aber – sie tat es nicht, sie wollte keinen Streit ...

Mehrmals bat sie mich um Verzeihung. Ich verzieh ihr nicht ganz, aber ich fügte mich, auch das hab' ich zu Hause gelernt, das Fügen. Die Schwester begann danach, sich um mich und mein Wohl zu sorgen. Zu spät, um wirklich etwas zu ändern.

Als der junge Arzt bei seinen Eltern war und er auf den Hof kam, angeblich, um nach seiner Patientin und ihrer kleinen Tochter zu sehen, da bat ich ihn, mich zu untersuchen. Weder der Bauer noch die Schwester hatten etwas dagegen. Sie wussten nicht, dass er mich gar nicht untersuchte! Es war das letzte Mal, dass wir uns liebten, damals in meiner Kammer. Ich sagte nichts zu ihm, verriet ihm meine Schwangerschaft nicht. Beschwor ihn nur, dass wir uns nicht mehr treffen dürften. Erzählte, dass ich bei der Schwester bleiben würde, der Bauer würde mich nie mehr belästigen, ich hätte mit ihm und der Schwester geredet. Er akzeptierte meine Entscheidung, wenn auch ungern.

Zum Abschied nahm er seine Uhr ab und legte sie um meinen Arm. Ich möchte, dass du dich jeden Tag an mich erinnerst, sagte er, als er mich küsste. Es ist meine Barmitzwa-Uhr, siehst du, dort steht mein Name auf Hebräisch, zusammen mit dem Datum nach unserem Kalender. Als er gegangen war und ich nicht mehr weinte, legte ich sie in die Keksbüchse.

Zwei Monate später sprach sich herum, dass die Schwester wieder schwanger war. Warum nicht? Sie war erst 33, auch wenn sie nicht sehr gesund war. Sie geriet nach unserer Mutter. Sie ging kaum mehr aus, auch nicht zur Beichte, und im Haus bekam niemand mit, dass die Schwellung bei ihr erst durch ein, dann durch zwei Kissen verursacht wurde.

Ich trug wie immer ein loses Kleid, und da ich stets in Bewegung gewesen war, hatte ich gute Muskeln. Keiner merkte, wie ich dicker wurde. Als ich im siebten Monat war, ging ich wieder zum Bauern und sagte, es sei Zeit für den zweiten Teil des Plans. Er teilte den Nachbarn mit, er werde seine Frau zum Arzt in die Stadt fahren.

In die Stadt fuhren sie, wenn auch nicht zu einem Arzt. Als sie zurückkamen, verkündete er lauthals, seine Frau und auch ich würden nach Rügen fahren, der Arzt hatte gemeint, sie brauche Ruhe, Seeluft sowie gute Betreuung.

Wir suchten und fanden mit Hilfe der Hebamme eine Witwe, die mit ihrer kleinen Tochter lebte und sich durch Putzen ernährte. Sie war überglücklich, mehrere Wochen in einem Haushalt zu arbeiten. Sie gefiel der Schwester und auch mir, sie kam eine Woche vor unserer Abfahrt ins Haus, ich wies sie ein, und nach dem zweiten Tag überließen wir ihr viele Aufgaben, um zu sehen, wie sie zurechtkommen würde. Ob die Schwester sich Gedanken machte, wie der Bauer sie betrachten würde? Ich weiß es nicht. Doch ich glaube kaum, dass er sie begehrte, sie war eine freundliche Person, aber mindestens zehn Jahre älter als der Bauer – und die Tochter Gott sei Dank zu jung für ihn.

Ich schlug vor, dass wir am Tag vor unserer Abreise ein Festessen geben sollten, mit kleinen Geschenken und Spielen, die Kinder sollten sich freuen, dass wir wegfuhren. Ich glaube, das gelang auch. Für die Schwester und mich folgten wunderbare Wochen. Es war der erste und natürlich der längste Urlaub meines Lebens. Auch für die Schwester war es eine großartige Erholung.

Wir teilten uns ein Zimmer in einer kleinen Pension, ich galt als die verheiratete Frau, die Schwester als die Betreuerin. Ein Arzt attestierte mir, dass ich gesund sei, und überwies mich in eine Entbindungsklinik. Täglich lief ich lange spazieren, lernte im Meer zu schwimmen, verbrachte herrliche Stunden am Strand mit Büchern aus der Leihbibliothek. Mit der Schwester sprach ich nun freier und konnte zum ersten Mal meine Wut und Angst ausdrücken.

Sie gab zu, dass sie zuerst traurig, dann eifersüchtig gewesen war, als sie entdeckte, dass ihr Mann mich begehrte und dann zu mir ging. Doch wie sie schon vorher gesagt hatte, im Grunde genommen war sie erleichtert. Ich hätte sie von einer Last befreit, die sie nie als Lust empfunden hatte, meinte sie.

Aber das hat nun ein Ende, sagte ich einmal. Ich bin nicht mehr fünfzehn, ich bin eine erwachsene Frau. Und ich lass mich nicht mehr zur Nebenfrau machen. Wenn das alles vorüber ist, werde ich mir eine Stelle suchen.

Das hörte sie nicht gern. Ich brauch dich, beschwor sie mich. Die Kinder brauchen dich. Und – du kannst doch dein Kind nicht mitnehmen. Willst du es vielleicht allein lassen?

Sie hatte recht. Das wollte ich nicht. Ich dachte jedoch an eine Adoption ... Ich wollte mich nicht für immer an die Schwester binden. Ich wollte meine Freiheit. Und insgeheim hoffte ich noch immer, dass ich doch jemand treffen würde, dem ich vertraute. Jemand, den ich lieben könnte. Auch wenn ich ihn wohl anders als den Vater meines Kindes geliebt hätte.

Braucht nicht jeder jemand, den er liebt – und jemand, von dem er geliebt wird?

17. Kapitel
25. September
Horst Matte

Kommissar Benno Brückner war mit seinem Leben zufrieden. Er hatte als Polizeianwärter während seiner dreijährigen Ausbildung gemerkt, wo sein Interesse lag: im Labor. Er bedauerte aber nur kurz, dass er nicht einmal das Abiturwissen in Chemie und Physik besaß, und begnügte sich damit, bei den Experten so viel wie möglich zu lernen. Das brachte ihm die recht annehmbare Stellung eines Mitglieds der Mordkommission ein, das engen Kontakt zu den Technikern hielt. Er war der Dienstälteste in Krauses Team und bei den Kollegen beliebt, auch wenn Diet Schröder einmal meinte, dass seine leicht verwirrte Art mehr zu einem Professor als zu einem Polizisten passte. Worauf Dora Hübner ihm vorwarf, dass er mit seinen etwas zu langen Haaren und dem herzförmigen Gesicht viel zu strahlend und viel zu treuherzig für einen Polizisten aussah.

Brückner erwiderte, dass er jedenfalls durch seine nicht der Norm entsprechende Erscheinung doch das Vertrauen verdiene, das ihm Verdächtige entgegenbrachten. Er, Kommissar Brückner, sei der ideale Partner in dem alten Guter-Bulle-schlechter-Bulle-Spiel.

Andrea Brügge, die beim Verhör von Horst Matte anwesend war, dachte, dass das in diesem Fall nicht galt. Matte pöbelte unterschiedslos alle Bullen an.

Noch schlampiger angezogen als sonst, war Matte unrasiert und verkatert, als er nach dem Auftauchen der Polizisten in dem gemeinsamen Wohnzimmer der Jugendlichen im Obdachlosenheim erschien. Der Skinhead war der zweite auf der Gästeliste der Verlobungsfeier, den Brückner aufsuchte, zusammen mit Kommissar Holgar Höchster, neben dessen wuchtiger Gestalt er wie ein schmächtiger Jüngling wirkte.

Der hagere Mann, der die Tür des Hauses in der Hafengasse öffnete, war ebenfalls kahlrasiert wie ein Skin und trug eine Fliegerjacke. Er antwortete mürrisch auf Brückners Fragen. Nein, er sei nicht Matte, sein Name sei Leonhard Winter. Er und auch Matte wohnten hier. Mit anderen. Unter den »anderen« befanden sich eine junge Frau mit zu kurzem Rock und zu viel Make-up, die sich wortlos an Winter vorbeischob, und ein Junge mit rot-gelb gefärbten Haaren, der den Polizisten einen hasserfüllten Blick zuwarf, ehe er der Frau auf die Straße folgte.

Das Haus gehöre einer Stiftung und werde vom Sozialamt verwaltet, antwortete der junge Mann unwillig auf Brückners Frage. Ein Haus, das schlecht instandgehalten wird, sagte sich der Polizist und notierte, dass jemand mit der zuständigen Behörde sprechen sollte. Es roch nach Staub, billigen Zigaretten, Drogen und Schweiß. Der Raum, genau wie der Eingang, wirkte dunkel und bedrückend, mit schäbigen Möbeln und zerschlissenen Vorhängen. Über dem Kamin, der aussah, als ob er jahrelang nicht geputzt worden war, hing ein gemaltes Porträt eines stattlichen Mannes im besten Alter, mit kleinen Augen, breitem Schnurrbart und glatter Stirn. Die Amtskette um den dünnen Hals war nicht zu übersehen. Offenbar der Wohltäter der die Stiftung gegründet hatte, überlegte Brückner.

Die Jugendlichen hatten offenbar kein Interesse an ihrer Umgebung. Der verwilderte Garten, die hässlichen Flecken an den Wänden der Räume, die abgeblätterte Farbe trugen wenig zu einer angenehmen Atmosphäre bei. Im Gang hing halb abgerissen ein altes Plakat von einem Heavy-Metal-Konzert, daneben waren einige Zettel an eine Tafel geheftet. Dem Sozialamt fehlte vielleicht das Geld für eine Sanierung, aber mit Hilfe der Jugendlichen wäre viel zu machen gewesen.

Horst Matte setzte sich missmutig auf den Sessel, den Brückner ihm zuschob. Der Polizist ermahnte Winter, im Haus zu bleiben, sie wollten später ebenfalls mit ihm reden. Benno Brückner hatte im Verlauf des ersten Verhörs einige Einzelheiten über den Vorfall zwischen Matte und Veronica Lee vor dem Thörne-Haus erfahren, hatte aber noch keine Zeit gehabt, die Adresse des zweiten Skins oder die Identität des Muslims zu ermitteln. Nun war ihm einige Arbeit erspart geblieben.

Nachdem die Vorstellungsformalität erledigt war, fragte Benno Brückner: »Was sind Sie von Beruf, Herr Matte?«

»Ich bin ein verkanntes Genie, Bulle. Man hat mich aus der Puddingfirma entlassen. Wahrscheinlich waren der Leitung meine Ideen zu weit voraus. Außerdem hab ich für die falsche Partei gestimmt.«

Brückner wurde klar, was er damit meinte. Diese Jungen standen den Neonazis nahe, die kahlen Köpfe waren ein politisches Statement. Er verstand auch, dass er mit der Puddingfirma den größten Arbeitgeber der Stadt meinte, dessen Produkte weit bekannt und gefragt waren. Also arbeitslos. Er zögerte, ob er das Thema Neonazis ansprechen sollte, entschied sich dagegen, fragte stattdessen: »Warum haben Sie Miss Lee angegriffen, Herr Matte?«

»Hab ich nicht. Hab sie eingeladen, mit mir zu tanzen. War so ein Einfall von mir. Dachte, ich tu der 'nen Gefallen.«

»Was meinen Sie mit ›Gefallen‹?« Höchster gefiel die Haltung des Jungen nicht. Seine Frau arbeitete bei der »Puddingfirma«.

»Weil sicher nicht jeder mit so einer getanzt hätte! Wenn du vor 60 Jahren Bulle gewesen wärst, hättest du es verstanden. Weil die zum auserwählten Volk gehörte. Wie dieser Mensch, dem mein bescheuerter Großonkel geholfen hat. Unbegreiflich, so ein schwarzes Schaf in der Familie zu haben.«

Benno Brückner hatte nicht die Absicht, sich durch diese Geschichte, über die er in den Akten gelesen hatte, vom Thema ablenken zu lassen. Er fragte sich, ob der junge Matte meinte, er hätte aufgrund des Verhaltens des mutigen Polizisten Matthias Matte in der Nazizeit gelitten. »Gehörte? Sie sprechen in der Vergangenheit?« Es war Krause gelungen, den Todesfall aus den Medien herauszuhalten, er musste sicher sein, dass erst die Angehörigen in England verständigt worden waren.

Matte kicherte. »Stimmt doch, oder? Die hat das Zeitliche gesegnet, wie es in der schönen Literatur heißt. Jedenfalls hat das jemand erzählt.«

»Wer genau?«

»Was weiß ich ... Man redet mit so vielen im Laufe eines langen Tages.«

Brückner wollte sich nicht bei dieser Frage aufhalten, es war klar, dass sich das in der Stadt herumgesprochen hatte, schließlich war der Mord bereits vor drei Tagen geschehen. »Ist Ihr Freund Winter auch so ein arbeitsloses Genie wie Sie?«

Matte verdrehte die Augen himmelwärts. »Mensch, der ist ein echtes Genie! Mit Computer! Klasse! Nen Job hat er aber nicht wirklich.«

Brückner beschloss, Winter am besten selbst zu befragen. »Und warum haben Sie am Morgen vor der Verlobungsfeier auf der Straße eine Fremde beleidigt?«

Matte funkelte ihn wütend an. »Beleidigt? Ich hab niemand beleidigt. Wir hatten ein Gespräch über diese verdammten Stolpersteine, die vor unser Haus gesetzt werden sollen. Ohne unsere Zustimmung!«

»Aber sicher mit der des Sozialamts. Und wie wir erfahren haben, haben Sie Miss Lee angerempelt, sodass ihre Papiere durch die Gegend flogen. Worauf Sie die Dame beleidigten. Sie mit ›Sarah‹ anredeten und drohten, dass kein Stein gesetzt werden würde.«

»Da hast du einen schlechten Informanten, Mann. Mein Kumpel, der dabei war, der hat bestimmt keine Drohung gehört!«

Höchster warf eine Frage dazwischen: »Wer ist Ihr Freund, der sich als Muslim tarnt?«

Matte sagte gedehnt: »Vorsicht, du beleidigst den Propheten! Ich denke daran, demnächst ebenfalls überzutreten! Diese Leute sind echt politisiert, auf die beste Weise ... Hussein el Salem heißt er. Und ist schon längst nicht mehr in dieser langweiligen Kleinstadt, sondern in Madrid. Oder Paris. Jedenfalls dort, wo er seinen Glauben leben kann.«

Höchster lenkte das Gespräch wieder auf Veronica. Er vergaß die höfliche Anrede: »Miss Lee hat's dir richtig gezeigt, was? Großartig, wie du auf den Boden geknallt bist. Hast du sie deswegen umgebracht? Weil sie dich lächerlich gemacht hat? Vor deinem Kumpel und in aller Öffentlichkeit?«

Nun war es der Uniformierte, den das wütende Funkeln der Augen traf. »Ich soll die umgebracht haben? Ich würde mir die Hände nicht wegen einer Judensau schmutzig machen, Bulle!«

Benno Brückner fand, dies sei die Gelegenheit für seine Schlüsselfrage: »Waren Sie am 22. September früh um sieben im Wald in der Nähe vom Münze-Hof?« Er dachte an Miss Moores Erwähnung eines Kombi. »Haben Sie mit Freunden vielleicht etwas Sport getrieben – also gewildert?«

»Nein.« Die Antwort kam sehr schnell.

»Und wo genau waren Sie am 22. September früh um sieben?«

»Mensch! Bist du bekloppt oder was? Was denkste, was ich um sieben jeden Tag tu? Ich penne! Auch ...«, er ahmte Brückners Ton nach: »um sieben am 22. September.«

»So? Hast du dafür Zeugen?«

»Klar. Meinen Kumpel. Lennie – Leonhard Winter. Der und ich, wir haben uns wegen dem Badezimmer gestritten, das war lange nach sieben, wir sind um dieselbe Zeit aufgestanden.« Er beugte sich zu dem Kommissar und flüsterte: »Ich verrat' dir was. Wenn du denkst, ich hab was gegen Hebräer, dann frag den mal! Und seine Mama, vor allem sein Papa, der ist der reinste Judenfresser. Wegen damals ... weißt du, der hat auch so eine scheiß Familiengeschichte.« Er wies auf das Porträt und kicherte. »Der Mensch dort, der feine Bürgermeister, den der Matte damals festgenommen hat, damit der Jude die Stadt übergeben konnte, das war dem sein Opa. Ein guter Parteigenosse, SA-Mann seit den Pioniertagen!«

Kommissar Brückner verzog keine Miene. »Wir halten nichts von Sippenschuld, was immer Ihre Helden geglaubt haben und was ihr von denen gelernt habt. Wir werden noch mit Ihrem Freund reden.«

»Wir haben etwas Wichtiges gelernt, was ihr Weicheier nicht begreifen wollt! Es ist unsere Pflicht als Arier, unsere nordische Rasse rein zu erhalten. Sie nicht mit Krummnasigen oder Dunkelhäutigen zu vermischen!«

Brückner lachte. »Hat dein Freund, der zum Islam übergetreten ist, ähnliche verworrene Ideen? Die Mehrheit seiner Glaubensgenossen sind sicher dunkelhäutig.«

Matte reagierte trotzig. Es war schwer für ihn, sich auf eine richtige Diskussion einzulassen, darin war er nicht geübt. »Ach, leck mich! Ich erkläre dieses Gespräch für beendet.« Er machte Anstalten, sich aufzurichten, doch Höchster drückte ihn in den Sessel zurück.

»Warum hast du Miss Lee gefragt, ob ihr euch kennt?«

Matte zuckte mit den Schultern. »Weil ich dachte ... Ich glaub noch immer, ich hab sie vorher schon irgendwo gesehen. Dann sind ihre Papiere auf den Boden gefallen, und ich wusste, dass sie mit den Scheißsteinen zu tun hat, da hab ich nicht mehr dran gedacht. Fällt mir auch jetzt nicht ein. Mensch, es ist zum Ausflippen! Eine Schande, dass der Rat es zulässt. Und ihr beschützt die! Das tut ihr ja immer, mit euren Funkstreifen vor jeder Betstube der Hebräer – ihr Feiglinge, schwachsinnige Beschützer und Freunde der Schwachen.«

Brückner stand auf und überlegte, ob es nur Zeitverschwendung wäre, Leonhard Winter zu befragen. Zwei antisemitische Skins, die sich gegenseitig ein Alibi gaben, was war das schon wert? Er fragte: »Kannst du mit Gewehren umgehen?«

»Nee. Sollte ich?«

»Ich hätte gern mit den Eltern von Herrn Winter gesprochen.«

»Da musst du schon gut bei Kasse sein. Der Alte hat einen super Posten in den USA. Und die Dame, die lebt zwar noch – aber du wirst nichts Vernünftiges aus der rauskriegen. Die ist schon lange im Kuckucksland ...« Er machte eine entsprechende Geste.

»Schon gut.« Der Hauptkommissar würde verfügen, ob sie eine Hausdurchsuchung durchführen sollten. Er jedenfalls hielte es für sinnvoll. Auch wenn sie nur Drogen und antisemitische Hetzblätter finden würden, diesen faulen Jugendlichen, die dubiosen Geschäften nachgingen, sollte man das Leben schwermachen. Außerdem hatten Matte und Winter beide ein Motiv. Die Vergangenheit, die ihnen ihrer Meinung nach das Dasein vermieste. Obwohl sie nicht mal der zweiten, sondern der dritten Tätergeneration angehörten. Brückner warf einen letzten Blick auf das Porträt des unglückseligen Bürgermeisters und machte sich mit Höchster auf die Suche nach dessen Enkel.

Leonhard Winter saß in einem kleinen Raum hinter der Küche, wo nur Platz für einen Tisch und einen Stuhl war. Der Ort, von dem Annette Lipman vermutete, dass er dem kleinen Hans zugeteilt gewesen war. Der Junge arbeitete an einem Computer, der den beiden Laien wie der letzte Schrei auf diesem Gebiet erschien. Matte hatte ja gesagt, er sei ein Computerexperte. Dafür hatte die Familie Geld.

Leonhard schob den Computer sofort auf die Seite, aber Brückner hatte es dennoch gesehen: auf dem Deckel stand »88«: der Code für Heil Hitler. Der rasierte Kopf verunstaltete ihn. Mit Haaren wäre er ein gut aussehender Junge gewesen.

Er willigte ein, ins Wohnzimmer zu gehen, wo Brückner nach dem Nazi-Opa, dem Dr. Erwin Winter, fragte. Der junge Winter feixte. »Der hat durchgedreht, nach dem Krieg.«

»Was heißt das?«

»Genau kann ich's nicht sagen. Er und mein Papa haben sich nie verstanden. Der Alte wollte nur noch Gutes tun. Um das Böse, das die Nazis angerichtet hatten, wiedergutzumachen, meinte er. Papa sagt, das ist alles Unsinn, er hat 'nen guten Job als Bürgermeister gehabt. Er war eigentlich Arzt gewesen, ich meine, er hat 'ne Praxis gehabt, aber die Nazis haben ihn zum Bürgermeister gemacht, er war schon lang in der Partei gewesen.«

»Wollte er nicht die Stadt bis zuletzt verteidigen?«

»Ich weiß nicht. Vielleicht stimmt die Geschichte nicht. Vielleicht wollte er aufgeben, der Matte kam ihm nur zuvor. Jedenfalls hat er später ausgesagt, er hat nix gewusst von Lagern und Gaskammern und so. Papa sagt, das ist sowieso alles erfunden. Mir ist Politik scheißegal.«

Brückner war überrascht. Also war der Vater ebenfalls ein Neonazi. »Das mit den Lagern?«

»Genau. Auch das ist mir scheißegal. Ich bin von zu Hause abgehauen, als Mama krank wurde. Papa war froh, ich war ihm nur peinlich, seinen pikfeinen Senatoren gegenüber. Die und er geben viel auf Status und so. Mir gefiel's nicht in Washington.«

»Dein Vater arbeitet in Washington?«

»Der is' Berater für irgendwelche Wichtigtuer.«

Brückner dachte, dass er die Wahrheit sagte. Er hatte davon gehört, dass Winter in Amerika irgendeinen hohen Posten bekleidete. Er fragte: »Wenn dir das alles scheißegal ist, warum gehörst du dann zu den Neonazis?«

»Tu ich das? Beweis es mal.« Leonhard hob die Augenbrauen.

Höchster wurde ungeduldig. »Leonhard, wo warst du vorigen Freitag, am frühen Morgen? Das war der 22.«

Der Junge wurde vorsichtig, der Redefluss endete abrupt. »Hier.« Er sah sich unruhig um. »Ich war hier.«

Brückner hakte nach: »Hast du im Wald gewildert?«

»Hab' ich nicht.«

Die Polizisten waren sich einig, dass sie nicht viel erreicht hatten.

18. Kapitel
25. September
Judith

Das Jüdische Altersheim, in dem Judith Lipman, geborene Altmann, ihr letztes Zuhause gefunden hatte, war ein würdevoller Bau aus dem frühen 20. Jahrhundert und lag geschützt in einem Park in Bournemouth. Miss Moore war beeindruckt von dem hellen Foyer, dem freundlichen Empfangspersonal, der breiten Treppe, die sich nach oben schwang, und den gemütlichen Sesseln mit kleinen Tischen. Es herrschte eine angeregte Stimmung, fast jeder Tisch war besetzt, wobei das weibliche Geschlecht in der Mehrheit war. Miss Moore sah viele bläulich gefärbte Frisuren, geschminkte Gesichter und keinen Mann ohne Krawatte. Offensichtlich war der Fünfuhr-Tee ein gesellschaftlicher Höhepunkt im Heim. Eine freundliche Frau vom Empfang führte Emily zu einem Tisch am Fenster mit Blick auf den Garten. Ein Silbertablett mit Teekanne, Kuchen und kleinen belegten Broten wartete bereits.

Annettes Großmutter hatte Emily Moore zum Fünfuhr-Tee eingeladen. Um 19:30 Uhr nach dem Abendessen hätte sie ein Bridge-Turnier, hatte sie Emily wissen lassen, die das richtig deutete: Mrs. Lipman hatte nur eine Stunde Zeit für sie.

Pünktlich um 17 Uhr trat eine große, hagere Frau aus einem der Aufzüge und entdeckte trotz ihrer dicken Brillengläser sofort die Fremde. Sie ging auf Emily zu, um sie zu begrüßen.

Judith Lipman schenkte mit der Geste einer Gastgeberin Tee ein und forderte Miss Moore auf, sich zu bedienen, dann kam sie sofort zum Thema. »Ein gutes Kind, Annette. Sie besucht mich öfters, obwohl sie immer viel zu tun hat, nur gut, dass Brighton nicht weit weg ist. Sie rief mich sofort an, als Veronica Lee ihr von den Stolpersteinen erzählt hatte. Ich sagte, dass ich nicht hinfahren würde. Ziemlich spät, dass sie sich an uns erinnern.« Sie seufzte. »Das arme Kind! Schrecklich, was Sie am Telefon über den Unfall sagten, furchtbar für die Eltern.«

»Sie kannten die Eltern?«

Mrs. Lipman legte ein Käsebrot auf ihren Teller. »Nein. Ich meine, ich weiß, wer Laura Lee ist. Das erste Mal, als ich sie sah, da war sie noch jung, sie spielte in ›Loves Labour Lost‹ eine der Hofdamen der Prinzessin, ihre erste Rolle, nachdem sie die RADA – die Royal Academy of Dramatic Arts – absolviert hatte. Da war es schon klar, dass sie eine der Großen werden würde. Sie hat enorme Ausstrahlung auf der Bühne. Noch heute. Sie hat nicht viele Filme gemacht, das ist nicht ihr Metier.«

Emily Moore unterdrückte die Versuchung, sich über Film und Theater zu unterhalten, und fragte: »Kannten sie den Vater?«

»Nein. Ich las einmal, dass Laura Lee verheiratet war, der Mann starb oder verschwand, oder sie ließen sich scheiden. Ich weiß es nicht genau. Ich denke nur, wie furchtbar es ist, das einzige Kind zu verlieren. Man sagt, dass die Kinder von bekannten Schauspielern schwierig sind, anmaßend und überheblich, auch wenn sie selbst nichts Besonderes darstellen. Als ob man sich Eltern aussuchen kann! Aber dieses Mädchen war so bescheiden. Dazu klug und bildhübsch. Ich war ziemlich geschockt, als Sie mir von ihrem Tod berichteten.«

Emily war überrascht: »Sie kannten Veronica?«

Judith war ihrerseits erstaunt. »Ja, sie besuchte mich zweimal. Sie hatte viele Fragen zur jüdischen Gemeinde in Burghofen ... Gemeinde ist zu viel gesagt, wir gehörten der Gemeinde im Nachbarort an. Veronica wollte natürlich über meine Mutter sprechen.« Ihre Lippen wurden schmal. »Sie interessierte sich dafür mehr als meine eigene Familie. Selbst Annette mied das Thema. Oder – haben wir versucht, es von den Kindern fernzuhalten? Vielleicht. Ich denke, meine Generation hat es zu sehr belastet, warum sollten wir das weitergeben?«

Emily erinnerte sich, dass Annette erzählt hatte, ihre Großmutter sei eine schwierige Frau gewesen und hätte die Kindheit ihres Sohnes verdüstert mit ihrer Verletztheit, ihrem Zorn auf den trauernden Vater. Sie murmelte, dass es furchtbar gewesen sein musste, zu erfahren, dass die Mutter Selbstmord begangen hatte.

Judith Lipman schnaubte verächtlich. »Selbstmord? Meine Mutter wurde im Gefängnis ermordet. Sie hätte niemals meinen kleinen Bruder im Stich gelassen!« Ihre Augen füllten sich mit Tränen, sie griff hastig nach ihrer Tasse, um ihr Gesicht zu verbergen. Nach einigen Sekunden fuhr sie fort: »Ich denke so oft an Hans. Auch heute noch.« Sie stellte die Tasse ab und sagte heftig: »Das stimmt nicht. Ich denke jetzt öfter an ihn als je zuvor! Was muss er gelitten haben, ein kleiner Junge, allein mit der Oma, ohne Eltern – ohne mich ... Ich stelle mir vor, wie er in die Gaskammer ging, allein, umgeben von Fremden ...«

Es dauerte eine Weile, bis sie sich wieder gefasst hatte. Sie schwiegen beide. Um sie herum war das Klirren von Tassen zu hören, das muntere Geplapper. Emily Moore war zu weise, um etwas Banales zu erwidern. Dann fügte Judith Altmann hinzu: »Meine Mutter war liebevoll und rücksichtsvoll. Und fromm! Sie hätte sich nicht umgebracht, es wäre eine Sünde gewesen. Und sie hätte das meinem Vater niemals angetan. Und dann hat Veronica von diesem Beweis erzählt, nachdem sie zurückgekommen war. Ich habe mit meinem Sohn darüber gesprochen. Er hat sich mit Veronica getroffen. Aber – wir entschieden uns, nichts zu unternehmen. Wir wollten das Leben der Enkel und Urenkel nicht auch noch belasten! Was hilft es denn, nach so vielen Jahren, alte Männer anzuklagen!«

Emilys Gedanken schwirrten wirr durch ihren Kopf. Veronica hatte Beweise gefunden, dass Eva Altmann ermordet worden war? »Zurückgekommen – aus Burghofen? Veronica war schon davor in Burghofen gewesen?«

»O ja. Vor über einem Jahr. Sie hatte etwas über die eigene Familie entdeckt und hatte ausfindig gemacht, dass ich dort geboren bin. Sie wollte von mir etwas über die Leute erfahren, an die ich mich erinnerte. Sie interessierte sich auch für Nicht-Juden. Für Familien wie die Scheffers, die Moordorfs, die Münzes, sie kannte viele Namen. Wie gesagt, als sie von diesem Besuch zurückkam, besuchte sie mich wieder. Sie erzählte mir, dass sie entschlossen war, ein Thema für ihre Doktorarbeit zu wählen, das etwas mit der Shoah zu tun hatte. Dann rief sie mich an, nachdem sie mit meiner Enkelin Kontakt aufgenommen hatte.«

»Wusste Annette von Ihrem Kontakt mit Veronica?«

Die alte Frau dachte nach. »Ich weiß nicht – nein, ich denke nicht. Nach den ersten Gesprächen – und nachdem Veronica vom Mord an meiner Mutter berichtet hatte – da redete ich nur mit Tobias. Und wir beschlossen, es nicht den Kindern zu sagen. Und Veronica rief dann einen Tag vor der Reise mit Annette und Ihnen an, da hatte Annette sich bereits von mir verabschiedet. Das Nächste war dann Ihr Anruf.«

Miss Moore sagte leise: »Mrs. Lipman, ich möchte nicht aufdringlich sein und auch nicht Ihre Entscheidung bezüglich des Todes Ihrer Mutter in Frage stellen. Aber – haben Sie jenen Beweis, von dem Sie gesprochen haben?«

Zu Emilys Enttäuschung schüttelte Judith Lipman den Kopf. »Nein. Veronica behielt alles bei sich, nachdem ich ihr gesagt hatte, wir würden die Sache nicht weiter verfolgen. Und ehe Sie fragen – ich weiß nicht, mit welcher der jüdischen Familien Veronica verwandt war. Mit uns jedenfalls nicht.«

Februar 1970

Mein Kind wurde am 20. August 1929 auf Rügen geboren. Es war eine verhältnismäßig leichte Geburt. Meine Schwester blieb bei mir, was mir sehr wohl tat.

Zum Ärger des Bauern blieben wir einen weiteren Monat. Ich erklärte ihm in einem Brief, dass ich wenigstens einen Monat lang das Baby stillen wollte, das sei für dessen Gesundheit wichtig. Zudem wollte ich, dass mein Körper wieder schlank wäre, ehe wir zurückkamen, es durfte niemand die Wahrheit erraten! Dabei halfen mir meine täglichen langen Spaziergänge, die ich nun mit dem Kind unternahm. Für meine Schwester war es auch das Richtige. Sie blühte auf, war nicht mehr angespannt und gereizt wie auf dem Hof, sondern fand fast die Schönheit ihrer Jugend wieder. Der Bauer würde sich neu in sie verlieben, dachte ich.

Trotzdem war der Entschluss ein Fehler – denn mir wurde mein Sohn unentbehrlich. Ich liebte ihn, wie ich nie zuvor ein Wesen geliebt hatte! Ja, ich war in seinen Vater verliebt gewesen – aber das war etwas anderes. Etwas ganz anderes. Ich liebte den Babygeruch, sein Brabbeln – einfach alles an ihm! Als er mich zum ersten Mal anlächelte, war es, als ob die Sonne nur für mich aufgegangen wäre. Vom ersten Tag an redete ich mit ihm, was die Schwester lachhaft fand, das Kind versteht dich doch nicht, das will nur was zu trinken haben und sauber gewickelt sein. Das kennt dich nicht. Noch lange nicht.

Vielleicht. Es kümmerte mich aber nicht. Ich wollte ihn nur liebhaben. Ihn herzen und küssen und sagen, du gehörst mir. Du und ich, wir sind eine Familie. Meine Familie.

Das wurde zum Problem. Nun war es mir unmöglich, mich von dem Kind zu trennen, so wie ich es vorgehabt hatte. Zu meinem Vorhaben, es heimlich zur Adoption freizugeben, konnte ich nicht stehen. Ich hatte gedacht, ich könnte das Baby zu Nonnen bringen und die Schwester zwingen, zu sagen, ihr Kind sei bei der Geburt gestorben. Man hätte das geglaubt, nach ihrer Operation im vorigen Jahr!

Aber jetzt brachte ich es nicht übers Herz. Zur Freude der Schwester und mit Zustimmung des Bauern blieb ich bei ihnen. Aber nichts war so wie zuvor. Ich forderte und erhielt einen kleinen Lohn. Ich wollte sparen, damit ich meinem Sohn manchmal etwas schenken und später vererben konnte.

Die Kinder merkten nicht, wie vernarrt ich in den neuen Bruder war. Sie machten sich keine Gedanken darüber, dass das Kinderbett so lange in meiner Kammer stand. Ich zog das Baby mit der Flasche groß, alles andere wäre aufgefallen. Es ging ihm dabei gut, einen Monat lang hatte es ja Muttermilch genossen! Ich erklärte den Kindern, dass das Bett in meiner Kammer stand, weil ihre Mutter zu labil sei, um nachts aufzustehen, wenn das Kind weinte. Es störte sie nicht, dass ich es umsorgte und mit ihm spielte. Warum auch, sie waren an mich als Kindermagd gewöhnt. Die Schwester war den Kindern gegenüber zurückhaltend gewesen, ich war diejenige, die sie betreut und mit ihnen gespielt, ihnen vorgelesen hatte und es noch tat.

Vor allem musste ich mich um die jüngste Tochter kümmern, sie war mir seit langem ans Herz gewachsen und hatte mich, wie ich bald bemerkte, sehr vermisst. Nun musste ich darauf achten, dass sie sich nicht vernachlässigt fühlte, weil ein jüngeres Kind dazugekommen war.

Aber ich hatte mir umsonst Sorgen gemacht. Die Kleine hielt es von Anfang für ihre Aufgabe, sich um den Kleinen zu kümmern. Sie versuchte schon bald, abends nicht vor dem Jungen einzuschlafen, damit sie auf ihn aufpassen konnte. Sie folgte ihm ständig, als er krabbelte, und hielt ihn an der Hand, als er anfing zu laufen. Er erwiderte ihre Fürsorge mit Zuneigung. Die zwei Kleinen wurden unzertrennlich.

Sie sahen sich nicht ähnlich. Das Mädchen war niedlich, gut gewachsen, mit wunderhübschen grau-grünen Augen. Der Junge war ebenfalls ein hübsches Kleinkind, mit einem ovalen Gesicht und schönen Gesichtszügen, dazu ein dichter Schopf brauner Haare und braune Augen. Er war stets gut gelaunt und zufrieden. Einmal meinte meine Schwester, dass es ihr vorkäme, als ob der Junge aus einer anderen Familie stamme, die anderen, auch die Kleinste, hätten alle die breite Nase, das eckige Kinn des Mannes und dazu etwas von seiner harten Natur und seinem Gemüt. Die beiden Ältesten brausten schnell auf, ganz wie der Vater, und die älteren Mädchen waren beide stets auf den eigenen Vorteil bedacht. Der kleine Junge hingegen war immer bereit, Spielzeug und Leckerbissen zu teilen. Und da die jüngste Tochter ihn liebte, folgte sie seinem Beispiel.

Beides, Spielzeug und Leckerbissen, kaufte nicht nur ich für die Kleinen. Der Junge war das Lieblingskind des Bauern, der ihn verwöhnte, wie er keins der anderen verwöhnt hatte. Doch ich hatte keinerlei Gewissensbisse, ich dachte, vielleicht versucht er durch das Kind etwas wiedergutzumachen. Die Schwester schien es nicht zu bemerken. Sie war glücklicher als früher, ich glaube, er ging zärtlicher mit ihr um. Er wurde ja inzwischen auch älter.

Die Kleine bestand darauf, dass der kleine Bruder zur selben Zeit eingeschult wurde wie sie. Dafür war sie bereit, sechs Monate später zur Schule zu gehen. Es klappte ganz gut, man hielt die beiden öfter für Zwillinge, denn das Mädchen war nicht so groß wie ihre Geschwister, sodass der Junge sie bald einholte. Beide waren beliebt, kamen gut mit, waren immer unter den Besten. Beim Fußball war er der Allerbeste in seinem Jahrgang. Der Bauer war stolz auf ihn.

Als der Junge zu den Pimpfen kam und sie zu den Jungmädchen gehen musste, war die Kleine fast untröstlich, sie wollte einfach nicht von ihm getrennt sein. Aber da war nichts zu machen, und langsam gewöhnte sie sich daran, dass ein Junge andere Sachen lernte. Das Dritte Reich sorgte sich um die Jugend, auch die Älteren fühlten sich wohl in dieser ersten Zeit, erst in der Hitlerjugend, dann in der SA, die Mädchen im BDM, dem Bund Deutscher Mädchen. Vor allem für die Jungen wurden Kameraden wichtiger als die Eltern. Ich glaube, die Freundschaft zwischen der jüngsten Tochter und meinem Jungen litt nicht darunter. Sie hing nun mal an ihrem Bruder.

Ich war weiter ehrgeizig, nun für mein Kind. Es sollte alles haben, was mir versagt geblieben war. Wie das Lernen und später die Universität. Dem Bauern sagte ich nichts davon, er hielt wenig vom Lernen. Aber ich wollte, dass der Junge das lernte, was ihm Spaß machte. Er las gern und wurde immer für seine Aufsätze gelobt. Vielleicht würde er Literatur studieren, dachte ich. Ich wusste, wenn er sich für die Universität entschied, dann würde seine Schwester ebenfalls studieren! Jedenfalls tat ich das, was ich schon einmal getan hatte, ich lernte mit ihm, studierte seine Bücher und bat ihn, mir Bücher aus der Stadt mitzubringen. Ich darf sagen, dass ich wirklich lernte, mich durch Worte auszudrücken. Wie ein Stadtmensch redest du, sagte die Schwester oft.

Über die dramatischen Ereignisse der dreißiger Jahre erfuhr ich kaum etwas, wir waren ziemlich abgeschnitten auf dem Hof. Ich war zu beschäftigt, um Radio zu hören, und über Politik unterhielten wir uns kaum am Tisch. Von dem Mord an einem Diplomaten in Paris und von der Vergeltung an den Juden erfuhr ich erst Tage später. Da ich selten in die Stadt kam, wusste ich nicht, dass die jüdischen Läden demoliert und geplündert worden waren. Ich hatte auch keine Ahnung davon, dass es den Juden seit Beginn des Dritten Reichs schlecht ging; wie auch, das war kein Thema auf dem Hof.

Als der Krieg begann, wurde natürlich alles anders, vor allem nachdem der Zweitälteste zur Waffen-SS und dann an die Front gegangen war. Der Älteste wurde auf dem Hof gebraucht, was ihn ärgerte, auch er hätte gern für den Führer gekämpft, das ging aber nicht, er arbeitete in einer kriegswichtigen Industrie, wie der Vater ihm erklärte. Er hatte früh geheiratet, im Jahr 1937, er war nach dem Vater geraten, ich glaube, er hatte dieselben starken »Bedürfnisse«, denn seine Braut, eine der Töchter des Nachbarbauern, war schwanger, als ihr Vater sie zum Altar führte. Leider starb das Baby bei der Geburt. Was mich natürlich an den Arzt erinnerte, der damals die Jüngste gerettet hatte. Aber um ehrlich zu sein, ich dachte auch sonst sehr oft an ihn.

19. Kapitel
25. September
Weitere Ermittlungen

Detective Inspector Dale war in ihrem Büro, sie hatte noch nicht Feierabend gemacht und war erfreut, von dem diensthabenden Kollegen zu hören, dass eine Miss Moore an der Rezeption wartete. Sie eilte die Treppen hinab, um ihre alte Freundin willkommen zu heißen, die ihr erzählte, sie hätte einen Besuch im Jüdischen Altersheim gemacht.

»Emily, wie schön! Ich dachte, du bist noch in Deutschland! Bist du nicht eine der Zeugen in diesem Mordfall? Was führt dich hierher?«

»Ich will mir die Haare machen lassen – und jetzt bin ich hier, um dich zum Essen einzuladen. Wenn du nichts Besseres vorhast? Und ja, ich bin Zeugin, wie du sagst, und werde übermorgen wieder nach Deutschland fliegen.«

Kate Dale glaubte kein Wort. »Seid wann bist du so eitel, dass du nur zu einem bestimmten Friseur gehst? Und deine Haare sehen genauso aus wie an dem Tag, an dem du abgereist bist, Emily!« Kate blickte Miss Moore skeptisch an. Sie kannte Miss Moore zu gut, um nicht zu wissen, dass sie sich in die Ermittlungen einmischte. Sicher zum Ärger der offiziellen Ermittler. Aber sicher auch erfolgreich. »Es ist eine gute Idee, zurückzufliegen. Der Bemerkung einer Kommissarin Hübner nach wird es, denke ich, dem Hauptkommissar sehr recht sein, er möchte dich sprechen.«

»Ich ihn auch. Wenn ich so weit bin. Also, gehen wir? Ich habe einen Tisch bei Luigi bestellt.« Wie sie wusste, liebte Kate Dale die italienische Küche, und Luigis Restaurant in der Innenstadt war eins der besten in dieser Küstenstadt.

Kate lachte. »Komm mit in mein Büro. Ich muss kurz etwas mit dem Chief Inspector besprechen. Ja, der ist auch hier, wir haben viel zu tun. Es dauert nur zehn Minuten.« Daraus wurden dreißig, aber damit hatte Emily Moore gerechnet. Sie verbrachte erst einige Zeit unten im Foyer, wo es sehr ruhig war, wie immer um diese Stunde. Dann bat sie, festzustellen, ob Andrew, den sie gut kannte, zufällig Dienst hatte, worauf der junge Polizist sie allein ließ, um in der Kantine nachzusehen. Er kam unverrichteter Dinge zurück.

Danach wartete sie in Kates Büro, bis sie mit Chief Inspector Bullington erschien. Der wollte Miss Moore begrüßen und einige Worte mit ihr wechseln, ehe die beiden Frauen das Gebäude verließen.

Als sie am Empfang vorbeigingen, legte der uniformierte Dienshabende den Hörer auf und sagte aufgeregt: »Detective Inspector! Diese Tasche, die ist an Sie adressiert, ich fand sie soeben hinter der Theke! Ich war am Telefon, mit dem Rücken zum Empfang, jemand muss sich hereingeschlichen haben, um das abzustellen. Es ist ein Computer!«

Kate Dale zog ihre Handschuhe aus der Jacke, ehe sie die Plastiktasche öffnete, an der ein großer Zettel mit ihrem Namen steckte, und entnahm ein Notebook. Sie betrachtete die Buchstaben VL nachdenklich, die auf dem Deckel standen. »Veronica Lee? Hm. Zurückgegebenes Diebesgut, würdest du nicht auch sagen, Emily?« Sie spürte, wie Ärger in ihr hochstieg. Zu Recht! Emily war unverbesserlich! Sie hatte sicher einen ihrer guten Freunde überredet, sich den Computer zu besorgen und genauer anzusehen, ehe die Polizei etwas von Lees Tod erfuhr. Ihre alte Tätigkeit und der Geheimdienst rivalisierten stets miteinander. Aber, was nützte es, das zu erwähnen? Es würde keinen Beweis geben, wer den Computer entfernt oder zurückgebracht hatte!

»Diebesgut?« Emilys hob die dünnen Augenbrauen.

»Diebesgut.« Kate hatte ihren Ärger noch nicht überwunden. »Wir haben keinen Computer gefunden bei der Durchsuchung von Veronica Lees Wohnung. Nur einige verstreute Papiere auf dem Boden. Und Kissen. Umgestürzte Stühle. Ich nehme an, das weißt du.«

»Und jetzt habt ihr den Computer«, sagte Emily Moore mit einem nachsichtigen Lächeln. »Das ist doch die Hauptsache.«

Kate durchsuchte die Tasche weiter und zog eine dicke Akte heraus. »Miss Lees Unterlagen für ihre Doktorarbeit«, sagte sie, wobei sie Miss Moores unschuldige Miene im Auge behielt. »Wie gut.« Sie bat den Polizisten, alles zum Labor zu bringen, um es auf Fingerabdrücke untersuchen zu lassen. Allerdings konnte sie sich nicht verkneifen, zu bemerken, dass das wohl vergebliche Liebesmühe sein würde. Dann nahm sie Emilys Arm und drückte ihn etwas fester, als Miss Moore für notwendig befand, und führte sie missmutig zu ihrem Wagen.

Als sie sich hinter das Steuer setzte, stieß Kate zwischen den zusammengepressten Lippen hervor: »Ich hoffe, Sir James hat sich nicht zu viel Mühe gemacht, den Computer und die Papiere stehlen zu lassen, Emily.«

Emily protestierte, der Geheimdienst befasse sich doch nur mit Fällen, die mit dem Ausland zu tun hatten.

»Wie Morde in Burghofen?«

»Man kann nie wissen, ob der Tod eines englischen Bürgers nicht die nationale Sicherheit gefährdet.«

Kate hielt es nicht für nötig, zu antworten. Sie blieb überhaupt einsilbig, bis Luigi beide Frauen persönlich zu ihrem Tisch begleitet und Kate ihr Lieblingsgericht bestellt und ein Glas Chianti vor sich stehen hatte. Dann hob sie das Glas und sagte: »Cheers, Emily. Ich hoffe, du hast etwas Nützliches für uns herausgefunden!«

»Cheers! Ich denke, das habe ich, Kate. Erstens: Veronicas Vater, Stephen Farthing. Er war Physiker, heiratete 1975 Laura Lee, die als Lily Lewkowski in Birmingham geboren wurde. Die Ehe wurde geheim gehalten, Lee hasst es, etwas über ihr Privatleben preiszugeben. Sie bekamen 1982 ein Kind, also Veronica, als Stephen 53, Laura 36 war. Die Existenz einer Tochter gab Lee nie bekannt.«

»Bravo. Das spart mir zwar einige Arbeit, aber es ist nichts, was wir nicht auch hätten herausfinden können. Es bringt uns nicht weiter in diesem Mordfall, Emily.«

Emily betrachtete das bestellte Fischgericht, wünschte Kate guten Appetit für ihre Pasta und meinte, sie sollten erst essen, ehe sie sich mit derartigen Themen befassten. Das Essen, der Wein, die angenehme Atmosphäre taten ein Übriges, um Kate milder zu stimmen. Als sie nach dem schmackhaften Zitronenpudding beim Espresso mit Pralinen angekommen war, sagte sie: »Also, was ist mit dem Computer? Geheime oder verschlüsselte Dokumente?«

Emily, ebenfalls mit ihrer Mahlzeit zufrieden, nippte an einem Cappuccino und überhörte die Bemerkung. »Veronica Lees Doktorarbeit widmet sich der Erinnerungskultur, vor allem der deutschen, betreffs der Ermordung von Juden, Sinti und Roma, Behinderten und Homosexuellen. Sie interessierte sich deshalb für diese kleinen Gedenksteine, die seit einigen Jahren in Deutschland vor den Häusern der Naziopfer angebracht werden. Stolpersteine nennt sie der Erfinder. Dabei ist sie in Burghofen unerwartet über einen Mord aus jener Zeit gestolpert. Es ist durchaus möglich, dass der Mörder – oder einige der Mörder, es scheinen mehrere beteiligt gewesen zu sein – verhindern wollen, dass der Fall bekannt wird. Das könnte das Motiv für den Mord an Veronica Lee sein.«

Kate sagte etwas verwundert: »Damals wurden Millionen ermordet! Was ist so besonders an diesem Fall?«

»Dass es ein Einzelfall war, kein Massenmord. Ein Mord unter Bekannten. Ich meine, Opfer und Täter kannten sich. Außerdem geschah das im Jahr 1938, also bevor das fabrikmäßige Morden begann.«

Kate überlegte, ob sie noch einen Espresso bestellen sollte, fragte stattdessen, wo Miss Moore übernachten wollte, als sie sah, wie diese ein Gähnen unterdrückte. Beabsichtigte sie, nach Hause ins benachbarte Little Benton On Sea oder nach London zu fahren? Es sei besser, wenn sie in Brighton bliebe, meinte sie besorgt und sagte: »Du bist bei mir herzlich willkommen.«

»Danke, ich nehme die Einladung gern an, liebes Kind. Ich habe meine Zahnbürste dabei. Mrs. Williams weiß nicht, dass ich hier bin, ich möchte sie nicht aufregen, wenn ich mitten in der Nacht auftauche. Und London ist etwas weit. Ich werde mich um den Frühstückstee kümmern!«

Kate nahm den Faden erneut auf. »Vermutlich finden wir etwas über den Mord in Veronicas Computer. Wusstest du davon?«

»Eine Zeugin in Burghofen hat mir davon berichtet. Veronica muss auf irgendeinen Beweis gestoßen sein. Ich glaube, jemand hat das herausbekommen. Du wirst aus den Berichten der Deutschen ersehen, dass am Tag unserer Ankunft bei Mary Thomson eingebrochen wurde, es entstand ein heilloses Durcheinander. Ich glaube, da ahnte der Betreffende noch nicht, dass Veronica von einem Beweis wusste oder diesen sogar besaß. Zwei Tage später muss er es erfahren haben.«

»Und handelte prompt?«

»Es wäre doch logisch.« Kate spürte, dass ihre alte Freundin nicht ganz überzeugt war. Miss Moore fragte, ob Kate noch einen zweiten Espresso wollte, auf die Gefahr hin, dann nicht schlafen zu können.

Das könnte sie auch nach einem dritten, behauptete Kate, ließ es aber bei dem ersten bewenden. »Der Hauptkommissar weiß nichts von deiner These?«

»Bis jetzt nicht. Er wird sich freuen, wenn du etwas über den Mord an Eva Altmann im Computer finden kannst. Ich meine, dass es Mord und nicht Selbstmord war.«

Kate schnaubte entrüstet, dass sie gern bei Fakten bleiben würde. Worauf Emily meinte, es sei eine Tatsache, dass eine Frau Kurzmann in Burghofen etwas dazu sagen und eine weitere Zeugin, Frau Altman in Hove, im Jüdischen Altersheim, ebenfalls Wesentliches dazu beitragen könne. Und sich bestimmt freuen würde, wenn man die Mörder ihrer Mutter fände. Auch wenn es 70 Jahre zu spät komme.

Kate sagte lächelnd: »Du hast also den Fall gelöst. Der oder die Mörder von 1938 ist oder sind Veronicas Mörder. Warum machst du so eine skeptische Miene?«

»Weil ich nicht weiß, ob diese These stimmt. Da gibt es noch viel Ungereimtes.«

»Und zwar?«

»Woher wusste der Täter, dass Veronica von diesem Beweis erfahren hat? Wusste er nicht schon vorher, dass es ihn gibt? Warum hatte er ihn nicht längst vernichtet? Und – wer ist oder war Stephen Farthing? Er tauchte aus dem Nichts auf und verschwand im Nichts. Wie stand er zu seiner Exfrau? Zu seiner Tochter? Und etliches mehr fällt mir ein.«

Kate seufzte. »Ich sehe, dass eine lange E-Mail an deinen Hauptkommissar fällig ist. Und danach eine telefonische Besprechung. Ich werde den Chief Inspector warnen.« Ihr fiel noch etwas ein. »Wie sieht der Beweis aus, nach dem wir suchen müssen?«

»Ich weiß es nicht. Ein Brief? Ein Tagebuch? Der Mord wurde als Selbstmord getarnt. Vielleicht gibt es eine Eintragung im Archiv, die nicht stichhaltig ist? Jemandem kann ein Fehler unterlaufen sein. Man muss nur genau hinsehen.« Miss Moore nickte Luigi zu, der eifrig die Rechnung an den Tisch brachte, und meinte, es sei ratsam, nicht von »ihrem« Hauptkommissar zu sprechen, und am besten, ihren Namen überhaupt nicht zu erwähnen. Eine Meinung, die Kate teilte.

20. Kapitel
26. September
Alte Geschichten

Krause war äußerst zufrieden über die Zusammenarbeit mit Detective Inspector Dale. Brighton hatte nicht nur Lees Computer gefunden – auch wenn er nicht ganz genau verstanden hatte, wie, das konnte an seinem Englisch liegen, dachte er –, sondern sie hatten offensichtlich das Motiv des Mordes an der jungen Frau aufgedeckt. Weniger befriedigend, dass das auf einen deutschen Täter hinwies. Er hätte einen englischen Täter vorgezogen, einen verschmähten oder eifersüchtigen Liebhaber.

Gut, dass er nun wusste, mit welchem Flug Miss Moore ankommen würde. Seine Unterhaltung in der Scheune mit der Enkelin, dieser Frau Doktor Lipman, hatte wenig gebracht.

Annette Lipman wusste kaum etwas über die Umstände, die zum Tod ihrer Urgroßmutter geführt hatten. Sie konnte die Tränen nicht zurückhalten, als er ihr berichtete, was damals wahrscheinlich geschehen war. Sie wiederholte immer wieder: schrecklich, wie schrecklich, und konnte sich kaum auf weitere Fragen konzentrieren. Er musste das Gespräch beenden und Kommissarin Hübner bitten, die Zeugin in ihr Zimmer zu begleiten und einige Zeit bei ihr zu bleiben, bis sie sich beruhigt hätte.

Als ihre Tränen versiegt waren, fragte Annette: »Warum nur? Warum hat Veronica nicht gesagt, dass sie so viel weiß, dass sie schon vorher in Burghofen war – und dass sie sich mit meiner Großmutter getroffen hat? Und ... eine Ahnung hat, wer der Täter ist?«

Dora Hübner versuchte selbst, es zu verstehen. »Sie muss gedacht haben, dass das Wissen – gefährlich sein könnte. Was es für sie ja auch war, wie sich herausstellte. Sie wollte Sie schützen, vor allem, weil Ihr Vater und Ihre Großmutter dafür sorgten, die Sache ruhen zu lassen und die Täter nicht zu verfolgen. Ihre Freundin war jedenfalls eine mutige Frau.«

Tränen liefen wieder über Annettes gerötetes Gesicht, diesmal galten sie nicht der Großmutter des Vaters, sondern der Freundin. »Wenn sie es nur mit mir geteilt hätte ...«

»Sie hätten ihr nicht helfen können. Und wären selbst in Gefahr geraten.«

Wenige Minuten danach sagte Dora dasselbe zu ihrem Vorgesetzten. »Wir sollten die Scheune unter Polizeischutz stellen! Bis wir sicher sind, dass wir unseren Mann identifiziert haben. Und diesen Beweis gefunden haben.«

Krause stimmte unwillig zu. Frau Thomson und Dr. Lipman waren in der Tat in Gefahr, wenn der Täter vermutete, sie wüssten, wo der Beweis zu finden war. Auch um Miss Moore würde er sich kümmern müssen, damit sie sich nicht durch ihr Bestreben, hilfreich zu sein, in Gefahr begab.

Außerdem hatte er neuen Grund zum Ärger: Frau Christine Kurzmann war äußerst geizig mit ihrer Information. Sie schien vergesslich zu sein und sich kaum an ihre Unterhaltung mit Emily Moore zu erinnern, etwas, dass ihre Tochter Heike und ihr Schwiegersohn Gerd Rath mit Bedauern bestätigten.

»Sie weiß gut Bescheid über ihre Jugend und alles, was früher war, aber sie erinnert sich kaum an das, was gestern oder vorgestern gewesen ist«, behauptete Frau Rath. Sie saß mit ihrer Mutter den Polizisten gegenüber und versuchte, Fragen abzuwimmeln. »Meine Mutter hat bestimmt nicht gewusst, was sich so abgespielt hat«, beharrte sie, »sie war doch noch ein Kind!«

Frau Kurzmann war entrüstet. »Ach was, fünfzehn war ich, als sie Judiths Mutter verhafteten! Ich hab gesehen, wie sie aus dem Laden gezerrt wurde! Und dann später ...«

»Mutti, du warst nicht dabei, das ist doch nur Gerede.«

»Gerede hin, Gerede her, Mutter wusste, was sie sagte. Erzählt hat er's ihr, er hat's gesehen, die Kleider vom Leib haben sie ihr gerissen, der schönen Eva. Und dann ... als sie genug hatten, da haben sie alles getan, damit das nicht rauskommt! Es ist ihnen dabei geholfen worden, von oben.«

Frau Rath bewegte sich unruhig auf ihrem Stuhl. »Mutti, du weißt nicht, was du sagst, was heißt, der Opa hat's gesehen, du tust so, als ob er dabei gewesen ist!« Sie legte die Hand auf den Mund, erschrocken über das, was sie gesagt hatte.

»Hat Ihr Vater erzählt, wer die Männer waren?« Dora Hübner fand, es war Zeit, zur Sache zu kommen.

Christine Kurzmann begann zu weinen, und ihre Tochter stand auf und sagte barsch. »Ich denke, das Gespräch hat lang genug gedauert. Was wollen Sie denn? Alte Männer anzeigen, die mit einem Fuß im Grab stehen?«

»Ja«, antwortete Krause ruhig: »Wenn sie schuldig sind. Verstehen Sie nicht, Frau Rath, dass einer dieser alten Männer vielleicht heute jemanden ermordet hat? Um das, was damals geschehen ist, weiter zu vertuschen?«

Die Augen der Frau blitzten. »Dann bringen Sie auch meine Mutter in Gefahr mit Ihren Fragen! Sie weiß nichts, gar nichts! Und jetzt lassen Sie uns in Ruh!«

Bei der darauffolgenden Lagebesprechung wurde als Erstes über den Zeugenschutz gesprochen. Miss Moore sollte in Düsseldorf abgeholt und eine Wache zur Scheune geschickt werden. Nachdem die Einzelheiten geklärt waren, wandte sich Krause dem nächsten Problem zu: die Namen der Verdächtigen, derjenigen, die beim »Verhör« von Eva Altmann anwesend waren. »Burghofen wurde nicht bombardiert, und dank des Einschreitens eines Polizisten ergab sich der Ort ohne Blutvergießen, also müssen die Akten zu finden sein«, sagte er.

Kloß, wie immer zur Unterstützung bereit, meldete sich mit einem seiner seltenen Vorschläge. »Ich habe in der Kreisstadt etwas zu erledigen! Ich werde mir dort Zugang zum Archiv verschaffen.« Sein glattes Gesicht, das im Kontrast zu dem von Krause stets Zuversicht ausstrahlte, nahm einen bekümmerten Ausdruck an. »Es wäre unangenehm, wenn man jemanden aus jener Zeit jetzt noch zur Rechenschaft ziehen würde. Ich denke, diese alten Geschichten sollte man ruhen lassen. Die könnten ins Unendliche führen. Wer war denn damals nicht irgendwie beteiligt?« Es war die längste Rede, die er bis dahin bei den Sitzungen gehalten hatte.

Krause, der wusste, wie an Stammtischen gequatscht wurde, sagte scharf: »Wenn einer von ihnen für den Mord an der Lee verantwortlich ist, haben wir kaum eine andere Wahl.«

»Noch ist nichts bewiesen.« Kloß stand auf, wiederholte, dass er den Zeugenschutz organisieren und in der Kreisstadt anrufen werde, um seinen Besuch im Archiv anzukündigen.

Das Team setzte seine Beratung fort. Dora Hübner hatte mit Mary Thomson gesprochen, die sich mit Yad Vashem, der Shoah-Gedenkstätte in Jerusalem, in Verbindung setzen wollte, um nach Laura Lee und Stephen Farthing zu forschen. Ein Elternteil der Ermordeten musste eine Beziehung zu Burghofen haben; welcher Art, galt es so schnell wie möglich festzustellen. Andrea Brügge übernahm die Aufgabe gern, mit dem Internet kannte sie sich aus, wie die meisten jungen Menschen. Wenn es eine Beziehung gab, würde sie diese aufdecken, versicherte sie zuversichtlich.

März 1970

Ich musste einige Wochen aussetzen, es gab viel zu tun.

Wie ich schon schrieb, änderte sich durch den Krieg alles. Zudem wurde die Schwester krank, ich glaube, sie war wegen dem Sohn besorgt, der war ihr Lieblingskind. Sie muss eine Vorahnung gehabt haben. Er kam noch zweimal nach Hause. Dann, 1943 war's, da war er im Osten. In seinen Briefen stand wenig. Kalt sei es, sehr kalt. Die Kameraden seien alle sehr tapfer. Durfte wohl wenig sagen!

Zurückgekommen ist er nicht.

Ich kam noch seltener als zuvor in die Stadt, und keiner erzählte mir, dass die Juden aus ihren Häusern vertrieben worden und in ein Judenhaus gekommen waren. Vielleicht wusste das auf dem Hof auch niemand. Als ich einmal dran vorbeiging an dem Haus, blieb ich stehen, weil es so trostlos aussah, das einzige Haus, von dem kein Rauch aufstieg, als ob es nicht beheizt war! Ich wusste doch nicht, dass es das Judenhaus war, das erfuhr ich sehr viel später. Aber ich erinnere mich, wie eine Frau ans Fenster trat und mir mit großen verschreckten Augen zu verstehen gab, dass ich weiterlaufen solle. Später hab ich verstanden, dass es gefährlich gewesen wäre, wenn mich jemand gesehen hätte. Für die und für mich.

Ich hab sie erkannt, es war eine alte Frau, die Mutter von einem der jüdischen Geschäftsleute. Was aus der Familie geworden ist, das weiß ich nicht. Die hatten einen Textilladen, und vor dem Krieg, das hat mir die Schwester erzählt, da ist die Frau im Gefängnis gewesen und hat sich dort das Leben genommen. Schlimm muss das gewesen sein für die Familie. Kinder hat sie gehabt. Was aus denen wohl geworden ist?

Ich weiß nicht mehr genau, wann die ersten Städter kamen. Die wollten Butter, Speck, Eier, alles, was wir hatten. Natürlich ohne Karten. Schwarzhandel. Zuerst sagte der Bauer, das ginge nicht, er müsse eine bestimmte Menge abliefern, aber dann merkte er, dass er doch dies und jenes abzweigen konnte. Dabei wurde er immer geschickter. Manchmal zahlten sie mit Geld, aber als der Krieg andauerte, kamen sie mit Silber- oder Goldsachen, sogar mit teuren Pelzen und Teppichen.

Der Bauer wusste nicht, was er mit dem Zeug machen sollte, er hat es zum größten Teil in einer Scheune versteckt. Die, die er später umgebaut hat. Eines Tages schickte er mich in die Kreisstadt, um einen Händler zu finden. Ich hab nach einem Kunsthändler gefragt und wurde zu einem in der Altstadt geschickt, der hat gemeint, er könnte Sachen für uns verkaufen. Er nahm mir sofort die Marmorbüste ab, die ich mitgeschleppt hatte. Aber er riet uns, alles zu behalten, wenn wir das Geld nicht sofort brauchten, denn nach dem Krieg würde er bessere Preise erzielen. Was sich als richtig herausstellte. Dem Bauern hatte der Krieg gutgetan. Das heißt, wenn der Sohn nicht gefallen wär. Das hat ihn hart getroffen. Die Schwester ist nie richtig darüber hinweggekommen.

Benachrichtigt wurden wir durch ein Telegramm. Ich konnte vom Küchenfenster aus sehen, wie der Postbote vom Rad stieg und langsam auf die Tür zulief. Warum geht der so langsam, was ist mit dem los, dachte ich, und im nächsten Moment wusste ich Bescheid. Der Junge an der Ostfront! Im Radio war nicht die Rede von der Niederlage in Stalingrad, da sprach man nur von der tapferen Verteidigung unserer Truppen gegen einen überlegenen Feind. Von eisiger Kälte, Hunger und Entbehrung, von zu wenig warmer Kleidung, davon erfuhren wir erst viel später, als ein Kamerad uns aufsuchte. Der war Anfang der Fünfzigerjahre aus der Gefangenschaft entlassen worden. Mit einem Bein. Der erzählte etwas von diesen schrecklichen Wochen. Gegen so 'ne Kälte, bei der einem der Rotz in der Nase gefror, hatten wir keine richtige Ausrüstung, sagte er. Wir hatten überhaupt nix. Nix zu essen, fast nix zum Schießen. Es war ein Wunder, wenn man überlebte.

Unser Zweitältester hat kein Wunder erlebt. Der ist dort umgekommen. Verreckt, sagt der Bauer. Wie, das stand nicht in dem Telegramm, das redete nur von Heldentod. Nicht von Verletzung, Krankheit, Hunger oder Erfrierungen.

Ich dachte auch nicht dran, dem Boten was anzubieten, die alte Magd hat ihm eine Tasse Kaffee gereicht, es war ein langer Weg zu uns auf den Hof. Die Schwester hat's schwer getroffen, ohnmächtig ist sie geworden, ich konnte sie gerade noch auffangen und zum Sofa im Wohnzimmer schleifen. Sie war nie sehr stark nach den Schwangerschaften, aber nach dem Telegramm war sie nicht mehr ganz richtig im Kopf. Den Bauern hat's auch schlimm mitgenommen, er wurde sehr schweigsam. Manchmal, wenn einer der Siegesmärsche erklang, drehte er das Radio aus.

21. Kapitel
26. September
Kein Beweis

Am Tag nach ihrem Gespräch mit Judith Lipman hatte Emily Moore eine Verabredung mit deren Sohn Tobias. Dr. Lipman, ein rüstiger 57-Jähriger, empfing sie und Kate Dale in seiner Praxis im Golders Green in London, die im obersten Stock eines Hochhauses lag.

Untersetzt, mit Spitzbart und klugen Augen, wirkte er erschöpft. Nachdem seine Besucher in dem gut ausgestatteten Arbeitszimmer auf einem Ledersofa Platz genommen hatten, entschuldigte er sich, dass er sie so lange hatte warten lassen. »Ich habe seit Tagen kaum geschlafen. Seitdem ich von Veronicas Tod erfahren habe ... Ich kann Ihnen nicht sagen, wie ich mich fühle ... Wenn ich es verhindert hätte, die Mörder meiner Großmutter zu verfolgen, wäre sie noch am Leben!« Er wandte sich an die Polizistin und fragte, wann die Beerdigung stattfinden würde, er wolle daran teilnehmen.

»Ich weiß nicht, wann die Leiche freigegeben wird«, antwortete Kate Dale. »Frau Lee hat die Nachricht erhalten und wird in den nächsten Tagen herkommen. Ich habe mit ihr telefoniert, das heißt, sie hat uns angerufen. Sie schien hart getroffen! Sie sagt, sie hatte keine Ahnung, dass Veronica sich in ihrer Dissertation mit diesem Thema befasst hat.«

Dr. Lipman fragte: »Hat sie etwas über Veronicas Vater gesagt? Meine Mutter weiß nicht, ob er Beziehungen zur jüdischen Gemeinde hatte. Laura Lee jedenfalls hat keine. Ich habe ihren Lebenslauf gelesen, sie wurde 1946 geboren, ihre Eltern waren Kinder von Überlebenden, die sich in einem Vertriebenenlager kennengelernt haben ...« Er stockte: »Vielleicht war unter ihnen jemand aus Burghofen?«

»Wir wissen es noch nicht«, antwortete die Polizistin: »Wir müssen warten, bis Laura Lee eintrifft. Sie hat das Gespräch abgebrochen und ihre Agentin, die mit im Zimmer war, sagte, sie könne nicht weitersprechen.«

»Und was wollen Sie von mir wissen?«

Miss Moore beantwortete die Frage: »Sie haben mit Veronica ein Gespräch geführt. Was genau hat sie gesagt?«

Der Arzt schwieg, er versuchte sich zu erinnern. »Sie sagte, sie interessiere sich für Burghofen als typisches Beispiel für eine Kleinstadt. Sie wollte eine Umfrage starten, um herauszufinden, was die Eltern oder Großeltern in den Familien über Juden erzählt haben. Sie wollte feststellen, wie sie durch die tägliche antisemitische Hetze beeinflusst worden waren. Und was sie später darüber gedacht haben.«

»Vermutete sie denn, dass die meisten aus dieser Generation die Vernichtung der Juden leugneten?«

»Ich glaube eher, dass sie herausfinden wollte, ob die Vernichtung in deren Augen berechtigt gewesen sei. Ob sie bei einer derartigen Umfrage wirklich ehrliche Antworten erhalten hätte? Unmöglich zu sagen, Befragte antworten oft unehrlich ... Aber ich denke, es war ein interessantes Projekt. Schließlich hatten Juden lange friedlich in der Bevölkerung gelebt, ohne irgendwelche Probleme. Juden und Christen begegneten sich im Alltag, zudem waren Juden Mitglieder im städtischen Gesangsverein, einige saßen an dem ein oder anderen Stammtisch. Die Spenden der vermögenden Juden für wohltätige Zwecke waren großzügig. Allerdings gab es keine engen Freundschaften, Juden hielten sich schon aus dem Grund zurück, weil sie in christlichen Haushalten nicht koscher essen konnten. Sie heirateten ihresgleichen, meistens holten sich die jungen Männer Bräute aus größeren Gemeinden. Juden waren integriert und akzeptiert! Bis sich in den dreißiger Jahren das Blatt wendete und sie plötzlich gehasst wurden.« Er dachte weiter nach. »Veronica war überzeugt, dass dies immer so gewesen sei. Die Einstellung zu den Juden konnte jederzeit, von einem Augenblick zum andern, umschlagen. Durch Hetzreden und Verleumdung.«

»Was hat sie zur Verhaftung Ihrer Großmutter gesagt?«

Diesmal dauerte es etwas länger, ehe er antwortete. »Sie sagte, sie wüsste, dass ... es Mord gewesen sei. Meine Großmutter wäre misshandelt, vergewaltigt – und ermordet worden.«

Detective Inspector Dale wandte sich dem Arzt zu. »Haben Sie die Beweise gesehen? Um was genau handelt es sich?«

»Um die Eintragung in einem Tagebuch, glaube ich. Ich ... meine Mutter und ich hatten uns bereits geeinigt, die Geschichte nicht aufzugreifen. Deshalb habe ich Veronica nicht nach dem Tagebuch gefragt.«

»Wessen Tagebuch?«

»Das weiß ich eben nicht. Tut mir leid.« Er entschuldigte sich, als seine Assistentin anklopfte mit dem Hinweis, dass Patienten warteten.

Kate Dale, die mit ihrem Auto nach London gefahren war, brachte Emily zu ihrem Klub zurück. Kaum waren sie dort angekommen, da vernahm sie die Melodie ihres Handys. Emily beobachtete das Gesicht der Freundin, das Bestürzung ausdrückte. Nach einigen Minuten beendete sie das Gespräch und sagte: »Emily, das Protokoll über die Inhaftierung von Eva Altmann ist nicht auffindbar, was nicht verwunderlich ist. Aber noch etwas fehlt: die Personalakten der Burghofener Polizei aus den dreißiger und vierziger Jahren. Außerdem die Seiten im Polizeiregister von der Woche nach dem 9. November 1938. Das bedeutet, die Namen der zu dieser Zeit diensthabenden Beamten sind nicht mehr festzustellen. Jemand hat die Akten gestohlen. Die Seiten sind erst vor kurzem herausgerissen worden, das hat man an den Spuren leicht erkennen können. Polizeihauptkommissar Kloß hat das im Archiv entdeckt.« Sie überlegte, ehe sie betonte, dass das nicht der Beweis sein konnte, von dem Veronica gesprochen hatte. Beide dachten dasselbe: Wie konnten sie herausbekommen, wer das Tagebuch geführt hatte – und noch wichtiger, wo es sich nun befand.

Emily brach das Schweigen: »Ich muss noch einmal nach London, Kate, ich denke, Jerry hat inzwischen einiges für mich erledigt.« Noch behielt sie für sich, dass sie zu wissen glaubte, wer der Schreiber des Tagebuchs war und wer die Hand darüber hielt.

22. Kapitel
27. September
Entführung

Emily Moore war mit dem Ergebnis ihres England-Besuches einigermaßen zufrieden. Ohne Jerry wäre vieles nicht möglich gewesen oder hätte sehr viel mehr Zeit in Anspruch genommen. Aber wozu hatte man denn alte Beziehungen! Nun war es äußerst wichtig, so schnell wie möglich mit dieser alten Frau zu sprechen, die den Schlüssel zu einigen Geheimnissen besaß. Sie hatte Mary bereits eine E-Mail geschrieben, um ihr mitzuteilen, dass sie etliches erfahren hatte und wann sie ankommen werde. Vom Flughafen würde sie ein Taxi nehmen.

Sie lehnte sich in ihrem Flugzeugsitz zurück und ließ mit geschlossenen Augen ihren Besuch im Kloster der heiligen Anna Revue passieren, von dem sie Jerry berichtet hatte.

Das faltige Gesicht der Pförtnerin war in einem kleinen Fenster erschienen, nachdem sie erst die Klingel betätigt und dann energisch geklopft hatte. Kleine Augen, erblasst wie Emilys eigene, aber es war ihr erschienen, als sei die Nonne unendlich viel älter als sie. Sie entschuldigte sich für ihren unangemeldeten Besuch, nannte ihren Namen und setzte erklärend hinzu, sie habe die Rosen in all ihrer Pracht von der Landstraße aus gesehen und wollte fragen, ob sie den Garten besichtigen dürfe.

Die Nonne betrachtete die Engländerin kurz, fragte mit einem leichten Zweifel in der Stimme: »Die Rosen? Sie interessieren sich – für Rosen?« Und nachdem Emily Moore das mit heftigem Kopfnicken bestätigt hatte, öffnete sie langsam das Tor. »Die Rosen?«, fragte sie noch einmal, etwas nachdenklich, als sie das Besucherformular begutachtete, das Emily ausgefüllt hatte. Sie begleitete die Besucherin in ein Vorzimmer, wo sich Stühle um einen Tisch gruppierten. Sie wies auf eine Ecke, in der zwei gemütlichere Sessel standen und dazwischen ein kleines Tischchen. »Bitte machen Sie es sich bequem! Wir sind nur noch eine kleine Gemeinschaft. Ich habe meinen Dienst hier zu verrichten. Aber vielleicht eine der Älteren ... Ich komme zurück, so schnell es geht.«

Miss Moore lächelte. Der Älteren? Wo sie die Pförtnerin für uralt gehalten hatte? Sie sah sich um. Ein großes, schlichtes Kreuz über der Tür. Eine zierliche Statue der Jungfrau mit dem Kind in einer Nische, geschmückt mit Blumen. An der Wand gegenüber die Kopie eines Porträts der heiligen Anna vor einer Stadt, wahrscheinlich Jerusalem.

Hinter der Tür eine Serie von Bildern, lachende Gesichter von Kindern bei Spiel und Sport. Das Kloster hatte also eine Schule gehabt. Die Stille und die Bemerkung der Pförtnerin über die kleine Gemeinschaft wiesen darauf hin, dass sie geschlossen war. Auf dem Tisch lagen Exemplare einer Kirchenzeitschrift, in die sich Emily vertiefte. Bald vernahm sie Schritte im Gang, die Tür öffnete sich.

Eine hochgewachsene Gestalt, gestützt auf einen Stock, trat ein. Kurzsichtige Augen hinter einer Brille lächelten aus einem runden Gesicht, das an einen schrumpeligen Apfel erinnerte. »Willkommen, Miss Moore«, sagte die Nonne: »Ich bin Schwester Anna. Ich war eine Novizin und kannte Schwester Beate. Es wird mir eine Freude sein, Ihnen unseren Garten zu zeigen.«

Miss Moores Gedanken wurden unterbrochen, als eine Stewardess sich über sie beugte. »Miss Moore? Sie werden abgeholt. Jemand wird auf dem Flughafen auf Sie warten.«

Abgelenkt von ihrer Erinnerung an den wundervollen Garten, die fachkundigen Erklärungen der Nonne und das darauffolgende spannende Gespräch, bedankte sich Miss Moore. Erstaunt war sie nicht über die Mitteilung. Der Hauptkommissar sorgte sich also um ihre Sicherheit! Inzwischen hatte er wohl die Namen der Polizisten oder SS-Männer festgestellt, die als Täter in Frage kamen. Sie selbst kannte zwei Namen von ehemaligen Polizisten: Franz Scheffer-Maasdorf, der Vater von Christine Kurzmann. Freilich war der Scheffer nach dem Krieg wegen seines Beins kein Polizist mehr gewesen.

Beim Verlassen des Flugzeugs sah sie eine Stewardess, die eine Tafel mit ihrem Namen hochhielt und sie bat, ihr zu folgen. Sie würde sich um das Gepäck kümmern, bot sie ihr an, lächelte zufrieden, als Emily antwortete, dass sie nur Handgepäck bei sich habe. Die alte Frau hatte trotz der Rolltreppen einige Mühe, Schritt zu halten, und war froh, am Ende eines Ganges eine Gestalt zu sehen. Die junge Frau sagte, dort stehe ihre Begleitung. Ein junger Mann mit einer Wollmütze, tief über die Ohren gezogen, wie Emily Moore feststellte, als er sich umdrehte und in eine andere Richtung lief, sodass sie sich erneut beeilen musste, um nicht zu viel Distanz zwischen ihnen zu lassen. Durch die Glaswände sah sie, dass sie an der Frachtabfertigung angekommen waren. Der junge Mann trat durch eine Tür und winkte ein Fahrzeug heran, keinen Dienstwagen, sondern einen Saab, wie Miss Moore bemerkte, der hinter einem großen Lastwagen geparkt war. Er öffnete die Hintertür, und sie stieg sofort ein. Auch der Fahrer trug eine Wollmütze.

Kaum, dass sie sich gesetzt hatte, und noch ehe sie das Handgepäck ablegen konnte, fuhr der Saab erst rückwärts, dann sehr schnell vorwärts dem Ausgang zu und von dort aus auf die Autobahn, wo er gleich eine hohe Geschwindigkeit aufnahm. Keiner sprach. Emily Moore fand das Benehmen der zwei Polizisten etwas unfreundlich und sagte sich, vielleicht waren sie ungehalten darüber, dass man ihnen diesen langweiligen Job aufgebrummt hatte. Sie sah an den Schildern, dass sie auf dem Weg nach Dortmund waren, und entspannte sich, sie wusste, das war die Richtung, in der Burghofen lag.

»Ich möchte nachher gern an einem Automaten etwas Geld ziehen«, sagte sie laut. »Wenn es Ihnen nichts ausmacht.«

Der junge Mann mit der dicken Wollmütze drehte sich zu ihr um. Ihre Augen weiteten sich vor Schreck. Die Mütze war nun ganz über das Gesicht gezogen, sie sah nur dünne Lippen und dunkle Augen durch die Schlitze. »Es macht uns was aus. Sorry, Lady.« Er streckte eine Hand nach ihrem Gepäck aus und drehte sich wieder nach vorne. Zwei maskierte Männer, jung, muskulös. Wie die zwei Einbrecher. Waren sie identisch mit ihnen? Eins jedenfalls war ihr klar: wer immer die beiden waren – Polizisten waren die nicht.

März 1970

An einem späten Abend im Winter 1941 hörte ich leises Klopfen an der Tür. Als ich aufmachte, sah ich einen Mann und eine Frau. Der Mann trug etwas, das in eine Decke gehüllt war. Als er mich sah, atmete er auf. »Ich hatte gehofft, dass du aufmachen würdest ...«, sagte er, halb schluchzend.

Ich zog beide in den Flur, spürte die Kälte, die sie mitbrachten, sie waren nicht richtig angezogen für das Wetter. Mager waren sie, das konnte ich sehen, als sie in den Wohnraum traten, die Fenster waren dort verdunkelt, es durfte kein Licht nach draußen dringen. Er sah noch immer gut aus, er musste inzwischen Mitte 30 sein. Die Frau war schön, mit grünblauen Augen, vollen Lippen, einem lieblichen, herzförmigen Gesicht. Beide froren nicht nur, sondern waren sehr erschöpft.

Sie setzten sich auf das alte Sofa, das die Schwester kürzlich neu hatte polstern lassen. Sie hatte einen guten Geschmack und gab sich Mühe, das Haus gut auszustatten. Der Mann übergab der Frau das Bündel, das sie vorsichtig öffnete. Ich sah in der Decke ein kleines, etwa zweijähriges Kind, das fest schlief. Ich hielt den Atem an, sagen konnte ich nichts, abgesehen davon, dass ich murmelte, Kaffee zu holen.

Kaum war ich zurück mit dem Kaffee, etwas Brot, Käse und dem Cognac, den wir zum Kochen benutzten – sie sahen aus, als ob sie so was gebrauchen konnten –, als der Bauer eintrat. Er hatte gehört, dass jemand gekommen war. Verwundert blickte er die zwei an, dann erkannte er den Mann. »Sie, Herr Doktor! Sie sind am Leben!«, sagte er und schüttelte ihm mit beiden Händen seine Rechte. So herzlich hab ich ihn noch niemanden begrüßen sehen.

Er setzte sich dem Mann gegenüber, drehte sich zu mir um und sagte: »Suppe!« in seiner schroffen Art; »sicher hast du Suppe, kannst die vielleicht heiß machen. Und ein Ei oder zwei reinschlagen!« Dann begann er leise, den Mann zu befragen.

Ich befolgte das gerne, eilte wieder in die Küche. Als ich mit der heißen Suppe ins Zimmer zurückkam, war das Kind aufgewacht, die Frau wiegte es in ihren Armen und hörte dem Gespräch der Männer zu. Es drehte mir das Herz um: wie ausgehungert sie alle drei waren! Kaffee, Brot und Käse hatten sie zu sich genommen, nun blickten sie auf die vollen Teller Kartoffelsuppe, die ich auf den Tisch stellte. Als ob sie so etwas noch nie gesehen hätten. Sicher hatten sie sehr lange kein richtiges Essen mehr gehabt.

Erst fütterte der Mann das Kind, sehr vorsichtig und langsam und schnitt ihm dazu ein Stück Brot ab. Als der Kleine gesättigt war, nahm er selbst von der Suppe. Es tat weh, mitzuerleben, wie sie die einfache Mahlzeit genossen, die Suppe bis zum letzten Tropfen aufaßen. Der Bauer sagte kein Wort, er saß neben mir und beobachtete sie.

Als sie fertig waren, sagte der Mann: »Wir müssen gehen.« Er stand auf und wandte sich bittend dem Bauern zu. »Wir sind wegen des Kindes gekommen. Wir ... ich ... ich weiß nicht, wie ich es sagen soll, aber – wir haben den Bescheid erhalten, wir sollen uns melden, bei der Gestapo, zur Deportation. Wir wissen, das bedeutet für uns den Tod. Wir sind zu meinen Eltern geflohen, aber wir gefährden sie, jetzt wollen wir weiter. Und da fiel mir der Hof ein. Ich dachte, vielleicht – wäre es möglich ... das Kind ... könnte der Bauer das Kind verstecken?«

Es war sehr still. Ich wagte kaum zu atmen. Erst dachte ich, ich sollte den Bauern erinnern, an jene Nacht vor Allerheiligen. Dann bemerkte ich sein Gesicht, die Augen, die auf das Kind gerichtet waren. Es war wieder eingeschlafen, hatte sich in den Schoß der Mutter gekuschelt, die auf dem Sofa saß. Ich wartete ab.

Die Tür knarrte, ich drehte den Kopf und sah den Jungen dort stehen. Ganze zwölf Jahre alt war er nun. Er hatte seinen Schlafanzug an und rieb sich verschlafen die Augen, dann sagte er: »Ich hab' Durst.«

Keiner antwortete. Der Bauer blickte von einem Kind zum anderen, dann zu dem Arzt. Er setzte sich kerzengerade in seinem Sessel auf. Sagte dumpf: »So ist das also.«

Nun sah auch der Mann den Jungen an und sog hörbar die Luft ein, wollte auf ihn zugehen, dann sank er auf einen Stuhl, seine Augen auf mich gerichtet. Wir verstanden uns, er, ich und der Bauer. Sie glichen sich wie ein Ei dem anderen, das schlafende Kind und mein Sohn. Der gleiche Gesichtsschnitt, die gleichen dunkelbraunen Haare, die gleiche zarte, olivenfarbene Haut. Ich sah ein winziges Muttermal am Hals des Kleinen, das fehlte meinem Sohn.

Der Bauer langte nach der Flasche, goss sich von dem Cognac ein und leerte das Glas, während ich dem Jungen ein Glas Wasser reichte. Neugierig blieb er stehen. Ich hatte nicht das Herz, ihn wegzuschicken. Dem Bauern fiel es ebenfalls nicht ein.

Endlich sagte der Bauer: »Ich schulde dem Arzt zwei – oder drei? – Leben. Aber ein Kleinkind kann schwer versteckt bleiben.« Zum ersten Mal sah er in meine Richtung. »An die Ostsee kann man heute nicht mehr reisen.«

»Nein, aber nach St. Anna.« Die Nonnen, bei denen ich Zuflucht gesucht hatte, als der Pfarrer es vorzog, dem Bauern zu glauben. »In einem Kloster wär' es sicher.«

Wieder wurde es ruhig. Ich dachte, jeder müsse das Klopfen meines Herzens hören. Der Bauer trat an die Frau heran, als ob er etwas zu ihr sagen wollte, er öffnete den Mund, schloss ihn wieder. Da seufzte der Kleine im

Schlaf und drehte den Kopf dem Bauern zu, als ob er ihn wahrnehme. Der wandte sich zur Tür, wo mein Sohn noch immer stand, das leere Glas hatte ich ihm abgenommen.

»Geh ins Bett, es ist spät«, sagte der Bauer und dann, ohne zu warten, ob sein Befehl befolgt wurde, auch ohne mich anzublicken, sprach er mich an: »Wir haben noch geräucherten Schinken. Und Wurst, die Schwestern können so was bestimmt gebrauchen. Vielleicht kannst du ihnen das morgen vorbeibringen.« Er beugte sich über die Frau, nahm ihr mit erstaunlicher Behutsamkeit den Jungen aus den Armen und betrachtete ihn sehr genau, ehe er ihn sacht auf das Sofa bettete.

Das Ehepaar stand auf. Die Frau legte vorsichtig die Decke um das Kind, sie weinte lautlos, schritt auf den Bauern zu, ergriff seine Hand und küsste sie. Ihr Mann wollte etwas sagen, es gelang ihm nicht, nun fasste auch er die Hand des Bauern, verbeugte sich, ehe sie beide mir die Hand gaben. Der Mann legte den Arm um seine Frau und ging mit ihr zur Tür.

Dort sagte er: »Ich bin Ihnen zu größtem Dank verpflichtet. Wir sind ärmer als der ärmste Bettler, ich kann mich nicht erkenntlich zeigen. Man hat uns alles genommen. Wir haben nichts mehr, kein Haus, kein Vermögen, nicht einmal ein Radio oder ein Fahrrad. Und vor allem keine Rechte. Nur das nackte Leben, und das versuchen sie uns auch zu nehmen. Das Leben unseres Sohnes haben Sie gerettet. Der Ewige wird Sie segnen!«

Leise öffnete er die Tür, schob die Frau hinaus, dann verschwand auch er. Ich wusste, ich würde ihn nie wiedersehen.

Der Bauer stand noch immer wortlos im Zimmer und betrachtete das schlafende Kind. In diesem Augenblick vergab ich ihm alles, was in der Vergangenheit geschehen war. Ich schlang meine Arme um ihn und küsste ihn zum ersten Mal in meinem Leben. Dann hob ich den Jungen auf und ging nach oben.

Als ich ihn aus der Decke wickelte, sah ich, was dort versteckt war. Ein Umschlag mit meinem Namen. Und ein kleiner Beutel mit einem Ring, innen war etwas eingraviert, und einem zierlichen Silberbecher, auf dem hebräische Buchstaben standen, sowie eine goldene Kette mit einem goldenen Stern. Später verstand ich, dass es der Stern Davids war. Ich verstand auch, dass das für den Kleinen ein Andenken an seine Familie sein sollte.

Den Brief las ich noch in der Nacht. Ein langer Brief, in dem er den Namen des Kindes nannte und mir einige Dinge berichtete, die, wie er schrieb, nicht vergessen werden durften.

Ich legte den Umschlag in meine Keksbüchse. Ich wusste, dass ich die Büchse diesmal gut verstecken musste.

23. Kapitel
27. September
Scheffer

Wie Emily Moore vermutete, hatte Konrad Krause inzwischen die Namen einiger der Männer, die im November 1938 in der Burghofener Polizeiwache Dienst hatten, ermittelt, auch wenn die Personalakten fehlten. Es wäre ihm lieber gewesen, er hätte es in den Akten lesen können, aber er wusste als Burghofener, dass der alte Franz Scheffer, der sture Polizeianwärter und spätere Angestellte in einem Supermarkt, noch lebte. Damals war er noch sehr jung gewesen. Ein blutiger Anfänger. Er hatte es nie zu viel gebracht, hatte auch spät eine Familie gegründet, war aber als Mitglied einer alten Burghofener Familie angesehen und gehörte noch immer zu einem wichtigen Stammtisch. Es war Krause auch nicht verborgen geblieben, dass ein anderes Mitglied dieses Stammtisches Polizeihauptkommissar Kloß war. Krause erinnerte sich, gehört zu haben, Scheffer sei 1940 zur Waffen-SS gegangen.

Der alte Mann war einer von drei Mietern im Obergeschoss eines fünfstöckigen Hauses in der Innenstadt, wo sonst nur Ärzte und ein Zahnarzt ihre Praxis hatten. Hinter der Eingangstür hing ein Wahlplakat, das der Hauptkommissar mit grimmigem Interesse zur Kenntnis nahm. Die Wohnung war sauber, hatte jedoch den unverkennbaren Geruch eines Rauchers. Menthol-Zigaretten, dachte Krause und sah, dass der Alte eine dieser abscheulich riechenden Ersatzzigaretten im Mund hatte.

Der Höhe verdankte Scheffer eine gute Aussicht auf die Stadt mit ihrem vielen Grün, ihrem Fluss und der Burg. Der teppichlose Raum, in den Scheffer die Polizisten, Hauptkommissar Krause mit seinen zwei Kollegen Schröder und Brügge, führte, hätte mit seinen großen Fenstern freundlich gewirkt, wenn er weniger nüchtern möbliert gewesen wäre. Kein Bild, keine Blume, es war, als ob der Blick auf die aufgereihten Figuren in der Glasvitrine fallen sollte, die die ganze Wand auf der linken Seite einnahm, sowie auf den Tisch, wo eine Minilandschaft zu entdecken war. Von einem Hügel blickten berittene Zinnsoldaten, der Uniform nach hohe englische Offiziere, auf das Gelände: Dorf, Wald, Fluss und Acker, im Vordergrund ein einzelner Bauernhof, der von einer kleinen Truppe gegen anrückende französische Infanterie verteidigt wurde. Soldaten in Uniform anderer Länder kämpften in der Nähe. Von der linken Flanke rückte eine weitere Armee auf den Kriegsschauplatz vor.

Fasziniert betrachteten sie die Szene. Schröder, der sich für Geschichte interessierte, wies auf die Kavalleristen auf dem Hügel. »General Wellington? Die Schlacht bei Waterloo?«

Scheffer nickte. »Kriegsspiele. Ich spiele gern die Schlachten nach, die damals geschlagen wurden.« Er hatte einen Zinnsoldaten, einen Infanteristen von Napoleons Garde, noch in der linken Hand, als er dem unerwünschten Besuch die Tür öffnete und sie ihm ihre Namen nannten und ihre Ausweise vorzeigten. Er stellte die Figur vorsichtig an ihren Platz zurück und wies auf die Stühle am Fenster, ehe er ebenfalls dort Platz nahm.

Schröder fragte: »Sie sammeln Zinnsoldaten?« Er wusste nichts von der Bernstein-Sammlung.

Scheffer zuckte mit den Schultern. »Ich hab die Sammlung seit langem. Also, worum geht's, Herr Hauptkommissar?«

»Wir müssen Ihnen ein paar Fragen stellen, Herr Scheffer.«

»Wie Sie wollen.« Scheffers Hals war dünn im Vergleich zu dem großen Kopf und dem langen Körper, er hatte im Alter stark abgenommen.

Krause räusperte sich. »Sie hatten eine Lizenz für ein Jagdgewehr, die ist aber seit einigen Jahren abgelaufen, Herr Scheffer. Wo ist die Waffe jetzt?«

Scheffer lachte, es hörte sich wie heiseres Bellen an. »Soll das ein Witz sein? Ich gehe schon lange nicht mehr auf die Jagd. Das Gewehr hab ich verkauft. Damals, als ich das Auto aufgab, das war im Februar 1999.«

Krause sah, wie Schröder eifrig mitschrieb. »Wir ermitteln in der Mordsache der jungen Engländerin. Wo waren Sie am 22. September um sieben Uhr?«

»Wann war der 22.? Egal, ich war, wo ich jeden Tag um sieben bin. Hier. Und nein, ich habe keinen Zeugen. Ich hab die Engländerin nicht umgebracht. War's das?«

Krause starrte den Alten an, bis der als Erster die Augen senkte. Dann sagte er ruhig: »Nicht ganz. Wann haben Sie damals bei der Polizei angefangen?«

Dem Alten gefiel das nicht, sein Gesicht wurde zur Maske. Dann antwortete er barsch. »Ich versteh' nicht, warum Sie mein Lebenslauf interessiert. Bin 1919 geboren, im Jahr der Ertüchtigung war ich 16, da begann ich die Ausbildung.«

»Jahr der Ertüchtigung?«

»Die Hitlerjugend hatte jährlich eine Parole.«

Krause verkniff sich einen Kommentar. »Also 1938 waren Sie in der Ausbildung. Hier in Burghofen?«

»So ist es.«

Krause beugte sich vor. »Ich sehe an dem Plakat, dass Sie sich für die NPD interessieren.«

Scheffers Kopf ruckte in die Höhe. »Und? Was geht Sie das an? Ich dachte, dieses Deutschland ist eine Demokratie mit Meinungsfreiheit!«

»Ist es auch. Ich finde es nur interessant, dass Sie noch dieselbe Meinung vertreten wie vor siebzig Jahren.«

Der Alte legte die geballten Fäuste auf den Tisch. »Ich halte wenig von Leuten, die ihre Meinung nach dem Wind ändern. Von der Sorte gibt es zu viele! Die Nationalen haben begriffen, dass das damals richtig war! Die Zeit wird wiederkommen, und Menschen wie Sie werden dafür dankbar sein.«

»Sie finden es also noch heute richtig, dass damals in dieser Stadt eine Frau auf der Wache vergewaltigt und ermordet wurde?«

Franz Scheffer schob seinen Stuhl zurück, stand auf, zitternd vor Wut. »Was erlauben Sie sich ... Ich werde mich bei Kloß beschweren, der soll mit Ihrem Vorgesetzten reden! Der – Vorfall – der Arzt hat als Todesursache Selbstmord angegeben! Die Jüdin hat sich erhängt!«

Krause stand ebenfalls auf, seine Kollegen taten es ihm gleich. »Sie scheinen sich erstaunlich gut an den Fall zu erinnern, Herr Scheffer. Wo ich doch weder Namen noch Datum erwähnt habe. Selbstmord stand auf dem Totenschein. Hat man den Arzt dazu gezwungen?«

»Damit habe ich nichts zu tun. Ich war für so was nicht zuständig.«

»Hatten Sie an jenem Abend Dienst, an dem Frau Altmann ermordet wurde?«

»Ich erinnere mich nicht.«

»Welche Ihrer Vorgesetzten waren anwesend?«

Scheffer hob drohend den Stock, den er gepackt hatte. »Jetzt reicht's. Raus! Aber sofort! Ich sag nichts mehr ohne meinen Anwalt.«

Sie gingen. Eine andere Wahl hatten sie nicht.

Noch nicht, erklärte Krause bei der Lagebesprechung, an der auch Kloß teilnahm, der unverrichteter Dinge aus der Kreisstadt zurückgekommen war. »Wir müssen mit Scheffer weitermachen! Jemand hat beobachtet, wie die drei Frauen Jogging-Kleidung am Markt kauften. Sie haben sicher Aufmerksamkeit erregt, weil sie Englisch sprachen. Jeder, der sich dafür interessierte, wusste, dass Mary Thomson sich mit den Lebensgeschichten der Juden beschäftigt. Dabei musste sie über die offenen Fragen im Fall von Eva Altmann stolpern, um dieses Wort zu benutzen.

Jemand wollte verhindern, dass diese Fragen beantwortet werden. Deswegen wurde bei Mary Thomson eingebrochen. Und einer ihrer Gäste wurde beim Joggen gesehen, verfolgt und ermordet. Es scheint eine Verwechslung vorgelegen zu haben. Der Jemand folgte nicht Mary Thomson, sondern Veronica Lee, er versetzte sie in Panik, sodass sie in den Tod stürzte.«

Dora Hübner widersprach. »Es hätte auch Annette Lipman sein können. Sie ist die Urenkelin des damaligen Opfers! Und Andrea hat noch nichts über Lees Beziehung zu Burghofen gefunden!«

Krause meinte, das sei möglich, aber Mary, als diejenige, die in Archiven forschte, böte sich als Opfer an. »Was den Jemand angeht, so denke ich, dass nur Scheffer, als einziger Überlebender des Teams an jenem Abend, in Frage kommt. Wir müssen unbedingt beweisen, dass er Dienst hatte, als Eva Altmann starb.«

Kloß wandte ein: »Ich dachte, an der Tat seien vor allem SS-Männer, nicht Polizisten beteiligt gewesen? Von denen kann doch einer noch in der Stadt leben. Außerdem ist Scheffer noch nicht mit dem Tatort in Verbindung gebracht worden. Er hat kein Auto, wie er zu Recht sagt.«

Worauf niemand etwas erwiderte, alle waren sich nur zu bewusst, dass überhaupt noch niemand mit dem Tatort in Verbindung gebracht werden konnte. Die Anrufe, die nach der Bitte um Zeugenaussagen gekommen waren, hatten nichts erbracht, mit Ausnahme des Anrufs einer Frau. Diese erzählte, dass sie am Abend vor dem Mord eine schwarze Wolke über dem Wald gesehen habe. Ein Bauer aus der Gegend sagte, sein Hund hätte um sieben angeschlagen, aber er hätte nichts gesehen, als er den Kopf aus der Tür seines Kuhstalls steckte.

Die Liste der Jagdgewehrlizenzen hatte ebenfalls nichts ergeben.

Dora Hübner überlegte, ob sie sagen sollte, dass vielleicht Miss Moore, die nun zurückerwartet wurde, einige Informationen aus England mitbrächte. Noch ehe sie den Mund öffnen konnte, klingelte das Handy von Hauptkommissar Kloß. Er ergriff es ungeduldig, dann schaltete er es aus und sagte tonlos: »Die Engländerin. Miss Moore. Die Männer, die sie abholen sollten, sagen, sie ist am Flughafen verschwunden.«

März 1970

Ich hätte nicht gedacht, dass ich so viel zu schreiben habe. Und dass es so lang dauern wird. Jetzt schreibe ich schon seit fast drei Monaten, bald fängt der Frühling an, da gibt's immer viel zu schaffen.

Gestern Abend schrieb ich, dass der Bauer zu meiner Freude zustimmte, das Judenkind zu verstecken. Er war langsam ein anderer geworden, jähzornig war er immer noch, aber nicht mehr so herrschsüchtig und selbstsüchtig wie in seiner Jugend. Ich glaub, die schwere Geburt der Tochter damals, als er dachte, die Frau werde sterben, dann die Sache mit meinem Sohn und natürlich der Tod seines Zweiten, das hat ihm alles zugesetzt und ihn verändert.

In der Nacht hab ich wenig geschlafen, ich musste immer an sie denken, den Arzt und seine Frau, und fragte mich, ob sie fliehen konnten. Wenn ich nur den Bauern gebeten hätte, sie in einer Scheune zu verstecken! Aber es wäre zu gefährlich gewesen, wir hatten noch die Magd und einen alten Knecht und dazu zwei Zwangsarbeiter, man hätte sie gefunden und angezeigt.

Sobald es am nächsten Tag hell wurde, versteckte ich meine Keksbüchse in der Scheune. Dann gab ich dem Jungen und auch unserem Jüngsten – meinem Sohn – ein gutes Frühstück. Der Kleine war lieb, er weinte nicht, er fragte nur nach Mama und Papa, dann sah er mich mit diesen wunderbaren, großen Augen an, während ich erklärte, dass sie wegmussten. Du musst auch weg, sagte ich, du kommst zu lieben Frauen, die werden auf dich aufpassen, bis dein Papa und die Mama dich holen.

Ich machte mit Hilfe des Bauern den kleinen Pferdekarren fertig, packte den Proviant hinein und setzte den Kleinen zwischen mich und meinen Sohn, der Bauer hatte vorgeschlagen, dass ich ihn mitnehme. Eine gute Idee, die zwei sahen sich so ähnlich, dass es keinem eingefallen wäre, mir nicht zu glauben, wenn ich sagte, das sind meine Kinder. Auf dem ganzen Weg zum Kloster der heiligen Anna betete ich, dass mich niemand anhielte. Mein Sohn freute sich, mitfahren zu können. Es gefiel ihm, auf den Kleinen aufzupassen, er redete mit ihm, wies auf alles, auf den kleinen See und den Wald, an denen wir vorbeifuhren. Der Kleine konnte sprechen, ich konnte sehen, dass er den größeren Jungen mochte, er zeigte keine Scheu, sondern kuschelte sich an ihn. Ich hatte Brote mit Käse sowie Äpfel vom Speicher eingepackt, es war schön zu beobachten, wie die Kinder sich alles teilten, so als ob sie sich schon lange kannten!

Die Pförtnerin, die aufmachte, kannte ich nicht. Sie machte große Augen, als sie sah, was ich mitgebracht hatte, und sandte ein Dankgebet an die Heilige Jungfrau, dass sie und die heilige Anna mich zu ihr geschickt hatten. Seit langem hatten sie kein Fleisch mehr gehabt, erklärte sie, was ich verstand, unsere Oberen waren nicht gut zu sprechen auf die Kirche.

Als wir im Empfangsraum waren, flüsterte ich, dass ich Schwester Beate sprechen wollte. Die Pförtnerin stellte keine Frage, sondern verschwand. Nach einiger Zeit erschien Schwester Beate, sie war abgemagert und sah sorgenvoll aus. Ich hatte sie als junge Frau in Erinnerung, nun hatte ich Mühe, sie wiederzuerkennen. Ich erklärte nicht viel, sagte nur, ich sei gekommen, weil das kleine Kind bei uns abgegeben worden war, wir es aber nicht behalten könnten.

Mir war klar, sie verstand, dass der Kleine ein Jude war. Sie nahm ihn nicht sofort mit, bat mich, zu warten. Sie müssen sich beraten haben. Denn die Pförtnerin kam nach einer Weile und meinte, ich sollte am besten gehen und die Kinder bei ihr lassen. Nicht den Älteren, sagte ich, das ist der Sohn vom Bauern, richtig getauft und gefirmt.

Ich küsste und herzte den Kleinen. Dann ging ich. Das war das letzte Mal, dass ich den Jungen sah.

24. Kapitel
27. September
Fahndung

Die Nachricht vom Verschwinden der alten Engländerin schlug hohe Wellen. Die Polizeiwache hatte die Fluglinie gebeten, Miss Moore im Flugzeug mitzuteilen, sie würde abgeholt werden. Die Polizisten warteten in der Abfertigungshalle am Gepäckkarussell. Als sich die Passagiere verlaufen hatten und kein Gepäck mehr ausgespuckt wurde, erkundigten sie sich nach dem Verbleib von Miss Moore. Es wurde ihnen bestätigt, dass sie die Nachricht erhalten und das Flugzeug mit den anderen Passagieren verlassen hatte. Danach war sie spurlos verschwunden.

Keiner hatte etwas Ungewöhnliches bemerkt, aber langsam konnten die Ermittler sich ein Bild machen. Jemand hatte beim Verlassen des Flugzeugs die alte Frau angesprochen. Eine Seitentür, die zur Frachtabfertigung und von dort in einen Hof führte und die geschlossen sein sollte, wurde geöffnet vorgefunden. Aller Wahrscheinlichkeit nach war Miss Moore durch diese zu einem Fahrzeug begleitet worden.

Niemand erinnerte sich, eine kleine alte Frau auf dem Hof gesehen zu haben. Verständlich, die Betriebsamkeit auf dem Platz erforderte die Aufmerksamkeit der Angestellten und die Konzentration der Fahrer.

Vermutlich hatte jemand – diese Stewardess? – Zugang zum Flughafen und hatte einen anderen, Unbefugten, eingelassen, der mit Miss Moore den Flughafen durch diese Seitentür verließ. Doch wer? Und warum die Entführung? Und wer hatte erfahren, mit welchem Flug Miss Moore ankommen würde? Jeder im Team, das war die Antwort. Dazu fast jeder auf der Polizeiwache, denn der Befehl, die Frau abzuholen, unterlag keiner Geheimhaltung. Es war eine Antwort, die den Hauptkommissar unentwegt beschäftigte. Er hatte seit einiger Zeit das Gefühl, dass jemand versuchte, die Ermittlungen in eine falsche Richtung zu leiten. Er holte sich die Akten und begann, jedes Protokoll, jeden Bericht neu zu studieren.

Zur selben Zeit machte sich Emily Moore selbst Vorwürfe, dass sie so unvorsichtig gewesen war, Mary nicht nur ihren Flug mitzuteilen, sondern ihr auch triumphierend zu berichten, dass sie etwas Wichtiges erfahren hatte. Das Internet war jedem zugänglich, daran hätte sie denken sollen! Heutzutage war es Hackern möglich, in fremde

Computerprogramme einzudringen. Jemand hatte ihre Mail an Mary abgefangen, das schien die einzige Erklärung für diese Entführung zu sein.

Was konnte sie tun? Fenster und Türen waren geschlossen, sie hatte das Klicken gehört, als der junge Mann eingestiegen war. Und dann, als er sich umdrehte ... Sie hatte in der Sekunde, in der er den Kopf gewandt hatte, die Kette an seinem Hals gesehen – und das, was an der goldenen Kette hing – den goldenen Davidstern, den Veronica stets getragen hatte.

Emily musste sich eingestehen, dass sie Angst hatte. Ihr fiel ein, dass in drei Tagen die Steinlegung stattfinden sollte, und fragte sich, ob sie dann noch am Leben sein würde. Der Wagen wurde auf eine Ausfahrt gelenkt und hielt an einem Feldweg. Sofort wurde die linke Tür aufgerissen, der Mann mit dem Davidstern befahl der Frau auszusteigen, sie sah das Tuch in seiner Hand und wusste, dass ihre Augen verbunden werden würden. Sie prägte sich die Kleidung ein, ein blaues Hemd ohne Krawatte, das über blauen Jeans hing, Springerstiefel, nachlässig geschnürt. Breite Hände, ungepflegte Nägel. Dann Dunkel. Handschellen um die Gelenke. Sie spürte, wie sie zu einem anderen Wagen geführt wurde. Um sicherzugehen, falls jemand den Saab am Flughafen bemerkt hatte, dachte sie. Musste sich auf fremde Arme verlassen, um beim Einsteigen hochzuklettern, ehe sie angeschnallt wurde. Hochzuklettern? In einen VW-Bus? Hatte sie die Mörder doch gesehen, am letzten Freitagmorgen?

»Hinlegen!« Kaum hatte sie den Befehl befolgt, als der Motor ansprang. Angeekelt rümpfte sie die Nase, der Wagen roch unangenehm. Sie merkte, wie sich etwas in ihre Seite bohrte, und konnte nach einiger Mühe beiseite rutschen.

Eine kürzere Fahrt diesmal. Sie hörte Straßengeräusch, sie fuhren durch eine Ortschaft, dann eine Landstraße entlang, danach erneut Straßenlärm, bevor der Wagen in einen Hof oder eine Garage gelenkt wurde. Wieder wurde die Tür aufgerissen, derselbe Junge half ihr auszusteigen, ehe er sie über eine Schwelle, dann durch einen Raum zu Kellerstufen führte. Sie tastete sich hinab, der Mann hielt weiter ihren Arm mit eisernem Griff umklammert, sie atmete die abgestandene Kellerluft, erschauderte leicht vor Kälte, als sie auf einen Stuhl gedrückt wurde.

»Wenn Sie kooperieren, dauert es nicht lange und Sie sind wieder in der warmen Scheune«, sagte eine Stimme. »Ich hoffe, Sie verstehen, dass ich es ernst meine.«

Kultivierter Mann, sagte sich Emily, reines Hochdeutsch. Leichter Akzent. Vielleicht jemand, der nicht mehr gewohnt war, Deutsch zu sprechen?

»Ich protestiere gegen diese empörende Entführung! Sie werden viel Ärger bekommen, wenn Sie mich nicht sofort gehen lassen!«

Er lachte. »Mutig, mutig! Ich glaube, noch mehr Ärger werde ich bekommen, wenn ich Sie gehen lasse. Jedenfalls werde ich es nicht tun, bevor ich nicht das habe, was ich haben muss. Wo ist der Beweis, den Miss Lee über den Tod der Altmann gefunden hat?«

Emily sagte verächtlich: »Sie glauben doch nicht etwa, dass ich Ihnen das sagen würde, wenn ich es wüsste. Warum sollte ich? Da Sie Veronica deswegen umgebracht haben, werden Sie mich wohl ebenfalls töten müssen.«

Er hörte sich ungeduldig an. »Unsinn. Ich habe das Mädchen nicht umgebracht, es war ein Unfall. Sie können gehen, wenn Sie mir geben, worum ich Sie gebeten habe. Wo ist der Beweis?«

Emily hatte gelernt zu erkennen, wenn jemand lügt, die feinen Stimmschwankungen, winzige Nuancen. Der Mann lügt nicht, sagte sie sich und überlegte, was das bedeutete. Ehe sie antworten konnte, klingelte sein Handy. Er zögerte, dann sagte er zu den beiden jungen Männern, die neben ihm standen: »Passt auf die auf«, bevor er zu dem Gerät griff und sich meldete. Er hörte kurz zu, ehe er sagte: »Was, ausgebucht ... wann, ich? ... Gestern, mit dem Mittagsflug vom Kennedy ... übermorgen? Wenn's nicht anders geht. 13.15 Uhr. Gut.«

Er sagte zu den Männern, sie könnten gehen, und wandte sich wieder Emily zu, die, als die beiden die Tür hinter sich geschlossen hatten, feststellte: »Der Mörder gehört zu Ihrem Team. Auch wenn Sie Veronica nicht selbst getötet haben.«

»Möglich, aber mit mir hat das nichts zu tun. Hören Sie auf mit dem Geschwafel. Was ist das für ein Beweis? Wo ist er, hä?«

Er weiß also nicht, um was es sich handelt, sonst wäre er präziser. »Ich sagte bereits, dass ich das nicht weiß!«

»Sie haben Ihrer Freundin eine Nachricht geschickt, dass Sie etwas entdeckt haben. Ich glaube, Sie haben formuliert, dass Sie ›weitergekommen‹ sind. Was bedeutet das genau? Sie wissen doch, dass der alte Fall Altmann der Kern dieser unglückseligen Angelegenheit ist. Es kann also nur um diesen Beweis gehen, über den das Mädchen an Ihre Freundin geschrieben hat.«

Die Gedanken wirbelten durch Miss Moores Kopf. Marys Computer! Das also war der Grund für den Einbruch gewesen! Er hatte sich Zugang zu Marys Computer verschafft, wegen ihrer Recherchen, und war so an Marys E-Mails gekommen. Veronica hatte natürlich mit Mary Kontakt. Sie hatte den Altmann-Mord erwähnt. Hatte sie dadurch alles in Bewegung gebracht und ihren Tod herbeigeführt? War dieser Mann der Mörder?

Sie biss sich auf die Unterlippe, dann setzte sie sich entschlossen aufrecht hin. »Ich mache Ihnen einen Vorschlag. Ich kenne den Beweis nicht. Aber ich weiß, wo er zu finden ist. Nur – ohne mich werden Sie nicht an ihn herankommen. Ich bringe Sie zu dem Ort, wo er ist, und Sie lassen mich frei.«

April 1970

Zwei Tage nachdem ich das Kind ins Kloster gebracht hatte, sank die Temperatur noch tiefer. Damals war der Wald größer als heute, es wurde viel abgeholzt im Krieg, danach dehnte der Bauer den Ackerbau aus. Als es so eisig war, fuhr er eine Ladung Futter für das Wild zum Wald, er wollte nicht, dass die Tiere in dem eisigen Winter verhungern. Als er zurückkam, war ich in der Küche. Er ging an mir vorbei, goss sich aus der Cognac-Flasche ein Glas gehörig voll und trank, ohne abzusetzen. Ich schob ihm einen Stuhl hin und ich sah, dass er aschfahl war.

»Sie lagen dort«, sagte er: »Beide. Unter einer Eiche am Steinbruch.« Ich goss ihm von dem Getränk nach, während er das Glas in der Hand hielt. »Sie lagen Arm in Arm. Als ob ...« Er brach ab und begann zu schluchzen. Dieser Mann, den ich als hart und unbeugsam kannte!

»Er war Arzt«, sagte ich, »vielleicht hatte er Gift bei sich.« Er nickte. Und ich glaube heute noch, dass es so war. »Die Erde ist zu hart. Ich hab sie im Schnee ... mit Steinen ... später, wenn es taut ...«

Ich ging mit ihm, als es taute, half, so gut ich konnte, es war das einzige Mal, dass ich beim Beten kein Kreuz schlug. Es wäre nicht richtig gewesen. Warum er es nicht meldete, dass er Tote gefunden hat? Ich glaube, er wusste, dann würden sie das Kind suchen ... Er hatte schon gute Seiten, der Bauer.

Und dann, im Herbst 1944, ging mein Junge zum Volkssturm. Als Flakhelfer. Er hatte keine Wahl, er war ein Führer in der HJ und musste mit seiner ganzen Truppe weg. Wir weinten beide, meine Schwester und ich. Am Abend bevor er ging, kam er in meine Kammer. Er war blass, er wusste, dass es kein Spiel mehr war. Ich habe eine Frage, sagte er, jetzt muss ich es wissen. Was musst du wissen, fragte ich. Ob du meine Mutter bist, sagte er, ganz ruhig, es war mir, als ob er plötzlich erwachsen sei. Ja, antwortete ich, ebenfalls ruhig. Du bist mein Sohn.

Er senkte den Kopf eine Weile. Ich dachte, er würde fragen, warum. Aber er fragte was anderes: »Der Mann, der mit der Frau das Kind gebracht hat, ist der mein Vater?« Was konnte ich anderes sagen als: Ja, so ist es. Wir saßen uns gegenüber, ich auf dem Bett, er auf meinem Stuhl. Nach einer Weile stand er auf und umarmte mich. In der Früh war er schon weg, obwohl ich ihm Frühstück machen wollte.

Seine Schwester war kaum zu trösten. Sie war schon in der Ausbildung als Krankenschwester und konnte sich nicht von ihm verabschieden. Als sie uns eine Woche später besuchte, heulte sie fast die ganze Zeit. Diese Zuneigung zu ihrem Bruder – der nicht ihr Bruder war! – war erstaunlich.

Er kam noch zweimal nach Hause. Dann, im April, war für ihn der Krieg zu Ende. Bei uns war auch einiges los, und im Mai war die Kapitulation. Als wir das nächste Mal von ihm hörten, war er schon in England.

Er blieb dort, nachdem sie ihn entlassen hatten, da war er siebzehn. Den Bauern traf es hart, fast härter als mich. Eines Morgens, als wir allein in der Küche waren, sagte ich, du weißt, dass du kein Recht auf ihn hast, deswegen kommt er nicht. Er nickte und ging raus zu seinen Pferden. Seine Schwester war unausstehlich! Sie bestürmte uns, wollte die Ausbildung abbrechen, nach England fahren. Ein Jahr später, als sie fertig war, nahm sie wirklich die Fähre, um ihn zu besuchen. Nein, um ihn zu überreden, zurückzukommen. Ich weiß nicht, was zwischen den beiden vorfiel, aber als sie wieder hier war, heiratete sie. Zu schnell und nicht den Richtigen.

Dann, als der Zweite starb, kam er nach Hause zum Begräbnis. Ich glaube, er merkte, wie willkommen er war, bei uns allen. Seine eigene Schwester war verrückt vor Freude ihn zu sehen. Aber er blieb nicht. Mit dem Bauern sprach er offen. Der Hof gehört der Familie, sagte er, deine Töchter sollen ihn erben. Aber der Bauer hatte seinen eigenen Kopf. Der Ältesten ging's gut in Paderborn. Mit der Mittleren hatte er sich überworfen. Er wusste, wo sie gearbeitet hatte im Krieg, und auch, dass sie und ihr Mann es noch immer für richtig hielten, wenn man minderwertige Völker vernichtete. So vererbte er der Jüngsten den Hof, der Lieblingstochter. Und sie, die den Bruder noch immer innigst liebte, hinterließ ihm alles.

So kam er doch nach Haus. Sodass ich mein Alter mit meinem Sohn und meiner Enkelin verbringen konnte und die glücklichste Frau auf Erden war.

25. Kapitel
27. September
Katarina

Er überlegte es sich nicht lange.

»Ich brauche nur den Beweis. Aber wenn Sie versuchen, Alarm zu schlagen oder zu entkommen, dann wird das Ihre letzte Handlung sein. Verstehen Sie?«

»Ja.«

»Gut. Wohin fahren wir?«

»Zum Altenheim.«

Sie atmete erleichtert auf, als er ihr den Schal von den Augen und die Handschellen abnahm. Nach einigen Sekunden gewöhnte sie sich an das Halbdunkel, sah einen stämmigen Mann in einem maßgeschneiderten Anzug, mit blendend weißem Hemd und dunkelblauem Schlips. Mit seinem Spitzbart und der dunklen Brille, sah er aus wie ein Professor aus dem Bilderbuch.

Er wies auf die Stufen und folgte ihr hinauf. Noch ehe sie die letzte erreicht hatte, wusste sie, wo sie war. Im Judenhaus. Und wen sie vor sich hatte. Oder, wie sie sich fast kichernd sagte, hinter sich.

Der Saab stand vor dem Haus, die jungen Männer hatte ihre Masken abgenommen, sodass sie einen erkannte, den Horst Matte, der sie düster anstarrte. Der andere war ihr unbekannt. Sie erreichten das Altersheim am Stadtrand in zehn Minuten. Die jungen Männer blieben beim Wagen. Miss Moore folgte den Schildern, die zur Information führten, während der Mann, nun in einen eleganten Mantel gekleidet, ihr auf den Fersen folgte. Dort angekommen, fragte sie nach Frau Katarina Münze. Mary hatte einmal erwähnt, dass die alte Frau so lange bei der Familie gewesen war, dass sie längst als die Münze-Katarina bekannt war.

»Sie sind nicht von der Familie – wer möchte sie besuchen? Wissen Sie, an manchen Tag ist sie etwas verwirrt.« Die diensthabende Ordensschwester blickte von der alten Frau zu ihrem schweigsamen, aber imposanten Begleiter.

»Mein Name wird ihr nichts sagen, aber Herr Winter möchte Frau Münze besuchen, das wird sie verstehen.« Hinter ihr hörte sie, wie der Mann nach Luft schnappte.

»Ich schicke jemand mit. Um zu sehen, wie es Frau Münze geht.« Eine junge Frau, mit dem Namensschild Petra versehen, ging mit ihnen zum Aufzug, dann einen langen Gang entlang zum Zimmer Nr.

44, wo sie erst mit einer anderen Ordensschwester sprach, ehe sie die Tür öffnete.

»Es wird gerade geputzt«, verkündete sie und ließ die Besucher eintreten. Eine Frau saß in einem Rollstuhl am Fenster, ihr Kopf war nach vorne gesunken. Am Waschbecken arbeitete eine junge, dunkelgekleidete Frau, neben ihr stand ein Wagen mit Putzmitteln. Als diese den Kopf hob, sah Emily zu ihrer Freude, dass sie wahrscheinlich eine Ausländerin war, das breite Gesicht hatte slawische Züge. Emily Moore hatte gehofft, dass sie unter dem Vorwand, auf die Toilette zu gehen, entkommen könnte, aber nun hatte sie eine bessere Idee. Sie grüßte die Frau auf Russisch, die erfreut lächelte.

Jedenfalls versteht sie mich, dachte sie, als sie zu dem Rollstuhl ging und nach der Hand der Alten fasste. Der Kopf hob sich etwas, sodass sie in blasse, rotumränderte Augen blickte. Wie alt war Katarina? Sicher über neunzig. Emily sagte: »Mary lässt Sie grüßen. Katarina.«

Ein Zittern ging über das Gesicht. »Mary? Wo ist sie?«

»Sie kommt bald, Katarina. Alfred Winter ist hier, um Sie zu besuchen.«

Wieder hörte sie, wie er nach Luft schnappte. Er packte Miss Moores Arm und sagte leise: »Woher wissen Sie ...«

»Lassen Sie mich los, Sie erschrecken die alte Dame. Reden Sie mit ihr. Erzählen Sie von Ihrem Vater, dem Bürgermeister. Sie wollen doch den Beweis? Sie hat ihn. Aber man muss sie überreden, damit sie ihn herzeigt!« Emily wies auf die Frau, die nun angefangen hatte, ihre Sachen auf dem Wagen zu ordnen. »Lassen Sie mich die wegschicken. Oder sollen die Schwestern erfahren, dass wir die alte Dame belästigen?«

Ohne auf seine Antwort zu warten, schob sie ihm einen Stuhl hin, sodass er neben dem Rollstuhl sitzen konnte, und ging zu der Angestellten. »Sie sind Russin?«

»Polin. Ich verstehe Russisch.«

»Großartig. Bitte erschrecken Sie nicht über das, was ich Ihnen sage! Und bitte, versprechen Sie, dass Sie tun, worum ich Sie bitte!« Sie legte ihre Hände beschwörend zusammen und flüsterte: »Sagen Sie den Schwestern, sie sollen dringend die Polizei rufen. Sie sollen hierherkommen, in dieses Zimmer. Sofort! Sagen Sie ihnen, dass Sie wissen, wo die Frau ist, die gesucht wird!«

Die Putzfrau packte ihren Wagen und rannte fast hinaus. Emily wusste nicht, ob sie ihr vertrauen konnte. Nun musste sie abwarten. Sie ging zurück zum Rollstuhl und setzte sich so, dass sie aus dem

Fenster blicken konnte. Die zwei jungen Männer standen an den Wagen gelehnt und rauchten. Winter sagte mit wuterstickter Stimme: »Sie antwortet überhaupt nicht. Noch zwei Minuten, dann fang ich an, ihre Sachen zu durchsuchen!«

»Wissen Sie denn, was Sie suchen? Natürlich nicht. Sie müssen sich gedulden.« Sie beugte sich vor und sagte: »Katarina, Ihr Sohn hat erzählt, Sie haben oft etwas aufgeschrieben. Erinnern Sie sich?« Ein Flackern in den alten Augen verriet, dass sie zuhörte. Ein Zucken unter Winters Auge zeigte, dass er aufgeregt war. »Haben Sie Ihrem Sohn erzählt, was Sie bei den Juden erlebt haben?« Sie glaubte, ein Nicken bemerkt zu haben, und machte eine Pause.

»Wasser«, sagte Katarina mit krächzender Stimme.

»Holen Sie ihr ein Glas Wasser«, sagte Emily, die fühlte, wie ihr Blutdruck stieg, sie hatte beobachtet, wie ein Streifenwagen in den Eingang bog, war dankbar, dass sie keine Sirene benutzt hatten. Aus dem Augenwinkel sah sie, wie die zwei Jungen versuchten zu fliehen, aber sofort von Männern, die aus einem zweiten Wagen sprangen, verfolgt und festgehalten wurden. »Ich versuche sie weiter auf ihre Geschichten anzusprechen. Nur sie weiß, wo die versteckt sind.«

»Ist es ein Tagebuch?«, fragte er. »Die Alte hat Tagebuch geführt?«

»Anscheinend, ja. Sie ist Mary Thomsons Großmutter.«

Winter brummte. »Was hat die mit der Sache zu tun?« Er trank selbst einige Schluck, spülte das Glas aus und füllte es neu.

Miss Moore hatte darauf keine Antwort, aber die blieb ihr erspart. Sie sprang auf, als die Tür mit einem Fußtritt aufgestoßen wurde. Zwei uniformierte Polizisten stürmten mit gezückten Waffen herein, einer warf sich auf Winter, der zu Boden stürzte. Das Glas blieb erstaunlicherweise heil.

Die Polin hatte ihre Sache vorzüglich gemacht. Die Polizisten hatten gewusst, was sie erwartete, dachte Emily, ehe sie auf ihren Stuhl sank. Die Aufregungen des Tages gingen an einer Frau von einundachtzig nicht spurlos vorüber.

April 1970

Zwei Tage nachdem wir einen Brief von meinem Sohn erhalten hatten, dass er eine feste Stelle angenommen habe, sagte der Bauer, ich solle zum Kloster gehen. Den Jungen holen. Ich verstand ihn. Wir wussten beide, ohne dass wir darüber redeten, dass er keine Familie mehr hatte. Die Eltern waren erfroren oder hatten sich das Leben genommen. Die Großeltern, die mit den anderen aus ihrem Haus deportiert worden waren, wurden vergast oder erschossen. Wir könnten seine Familie werden.

Es sollte nicht sein. Schwester Beate, freundlich, aber bestimmt, erklärte, dass der Junge vor Tagen in ein anderes Kloster gebracht worden war. Befehl von oben. Sie wusste nicht, wo er war und was aus ihm geworden war.

Ich schrieb einen Brief an unseren Bischof, den der Bauer unterschrieb. Darin fragte ich nach dem Jungen und wie es ihm ginge. Ich legte einen Brief an den Jungen bei, den ich nur mit seinem Vornamen anredete. Ich hätte seine Eltern gekannt, schrieb ich, ich würde mich sehr freuen, wenn ich ihn besuchen könnte.

Es kam keine Antwort.

Und dann, vor zwei Monaten, kurz nachdem wir umgezogen waren in das schöne Haus, das aus der Scheune entstanden ist, da erhielten wir eines Vormittags unerwarteten Besuch. Als ich die Tür öffnete, schnürte es mir den Hals zu. Einige Zeit zuvor hatte ich nach Jahren endlich meinen Sohn wiedergesehen, einen gut aussehenden grauhaarigen Mann, der gerade 40 Jahre alt war. Und nun stand ich seinem um zehn Jahre jüngeren Ebenbild gegenüber. Nur – dieses Ebenbild trug das Habit eines katholischen Pfarrers!

Ich bat ihn in das Wohnzimmer und holte den Bauern, der draußen auf seinem Acker arbeitete. Meine Schwester und ihre Tochter waren in die Stadt gefahren. »Was können wir für Sie tun, Pater?«, fragte der Bauer. Ich hörte zu, während ich Kaffee machte.

»Sie haben schon sehr viel für mich getan.« Der Bauer hatte ihn nicht erkannt. »Ich schulde Ihnen mein Leben. Meine Eltern haben mich in Ihre Obhut gegeben.« Ich merkte, wie er versuchte, die Tränen zurückzuhalten. »Erst jüngst erfuhr ich von Schwester Beate, was ... damals ... war. Ich bin das Judenkind, das Sie beschützt haben.« Jetzt begriff der Bauer, wen er vor sich hatte, und nickte stumm. Er schwieg noch immer, als ich mit dem Kaffee kam.

Dann begann der junge Mann uns alles zu erzählen. Er war in einem Waisenhaus gewesen, seine Erinnerungen gingen bis zu seinem vierten oder fünften Lebensjahr zurück. Niemand sprach mit ihm über seine Herkunft, erst später, in der Pubertät fing er an, Fragen zu stellen. Die wurden ausweichend beantwortet. Und er wurde in dem Glauben gelassen, dass seine Eltern im Krieg bei einem Luftangriff umgekommen waren und niemand wusste, wer sie waren. Als er in Hamburg das Massengrab der Toten des furchtbaren Feuers sah, das sich während des verheerenden Angriffs in der Hafengegend ausgebreitet hatte, stellte er sich vor, dass sie in einem ähnlichen Grab ihre Ruhestätte gefunden hatten.

Noch während der Schulzeit trat er als Novize dem Orden bei, konnte studieren, wurde zum Priester geweiht und hatte dann etliche Lehraufgaben übernommen. Er war sportlich, wanderte gern und hatte mit zwei anderen Brüdern vor zehn Tagen eine Wanderung unternommen, die ihn ins Münsterland führte. Da sie stets Unterkunft in Klöstern suchten, kamen sie auch zum Kloster der heiligen Anna.

»Und dort trafen Sie Schwester Beate, Pater«, sagte ich, als er schwieg.

Sein Mund zuckte. »Bitte – sagen Sie du. Und – nicht Pater!«, bat er und erzählte weiter. Schwester Beate hatte ihn angesprochen und gebeten, sie nach der Vesper in der Sakristei der Kapelle zu treffen. Dort fand er sie zusammen mit der Mutter Oberin. Die sagte, Schwester Beate glaube, sie habe in ihm das Kind wiedererkannt, das kurze Zeit in der Obhut ihres Klosters gewesen war. Sie bat ihn, etwas über seine Familie zu berichten. Er antwortete, dass er nichts von seiner Familie wisse. Darauf fragte die Mutter Oberin, ob er am Hals links ein kleines Muttermal habe. Er bejahte, worauf Schwester Beate fragte, ob er beschnitten sei.

»Danach wussten wir beide, dass ich das Kind war«, erzählte er weiter. Und dann fragte er ich mich: »Was wissen Sie über meine Eltern? Ich bin Jude, nicht wahr?«

Das bestätigten wir beide. Der Bauer, der sonst wenig redete, erzählte, was er wusste, von den Großeltern, einem Uhrmacher und Juwelier. Und natürlich von der Nacht, in der sein Vater als junger Arzt seine Frau und Tochter gerettet hatte.

»Wie kam ich zu euch und ins Kloster?«, fragte er, und das beantwortete ich.

Kurz darauf kamen die Schwester und ihre Tochter zurück aus der Stadt. Ich hatte nicht daran gedacht, wie ähnlich mein Sohn dem Pater war, und als die Tochter in den Raum kam, fiel sie ihm um den Hals und fragte, warum er sich verkleidet habe! Und so musste ich zum ersten Mal meine Geschichte erklären, dass sein Vater und ich uns geliebt hätten, aber nicht zusammen sein durften – und der Bauer mein Kind als seines erklärt hatte.

Meine Nichte hatte darauf fast einen Zusammenbruch. Sie floh in ihr Zimmer, und als ich zu ihr ging, beschuldigte sie mich, ihr Leben ruiniert zu haben, sie hätte meinen Sohn als Bruder geliebt – und hätte ihn als Liebhaber lieben können.

Vielleicht war es dieser Sturm von Emotionen, der unser Haus erschütterte und der den Bauer dazu veranlasste, mit dem Pater in den Wald zu gehen. Unterwegs erzählte er, was er gefunden hatte und dass er sie begraben musste, um ihn zu schützen. Er führte ihn zu der Stelle unter der Eiche neben dem Steinbruch, wo sie lagen. Er habe einen großen Stein auf das Grab gerollt und das jüdische Totengebet gesprochen, erzählte mir der Bauer Monate später.

Den Ring und den Becher gab ich ihm noch am selben Tag. Den Stern mit der Kette hatte ich in der Scheune vergraben, ich fand ihn in der Aufregung nicht sofort, erst später, als er weg war.

Er blieb eine Woche bei uns, und er und meine Nichte wurden gute Freunde. Sie gingen zusammen zum Judenhaus und berichteten, es sei von Jugendlichen bewohnt. Beide lauschten, als ich von den Juden in Burghofen erzählte. Viel wusste ich nicht. Den Brief, den sein Vater geschrieben hatte, zeigte ich ihm nach dem Gespräch. Er meinte, der betreffe eine bestimmte Familie, ich sollte ihr den Brief geben. Er hat recht gehabt, aber ich wusste nicht, wie ich die finden konnte. Er verstand wohl nicht, wie unerfahren ich war in solchen Sachen.

Er war zu aufgewühlt, um sich damit zu befassen. Als er ging, sagte er, er wolle sein Leben nun ändern. Wie, das wusste er noch nicht.

Vor einer Woche erhielt ich einen Brief. Aus England. Er habe sein altes Leben hinter sich gelassen und sei aus dem Orden ausgetreten, nach einem langen Gespräch mit seinen Vorgesetzten. Er studierte, schrieb er, er wolle Physiker werden, das hatte ihn schon immer fasziniert. In England war man sehr weit auf dem Gebiet, das ihn interessierte, er hoffte, nach dem Studium eine Stelle zu bekommen, auch wenn er so viel älter sei als seine Studienkollegen. Er würde mit uns in Kontakt bleiben.

Vielleicht möchte er wieder Jude werden. Ich weiß nicht, wie man so etwas macht. Und ob er das vorhatte. Ich war nur glücklich, dass er überlebt hat und es ihm gut ging.

26. Kapitel
30. September
Miss Moores Stolperstein

Nachdem der Künstler den letzten Stein vor das Judenhaus gesetzt hatte, ertönte die klangvolle Stimme des Kantors, der aus der Kreisstadt gekommen war, um das Kaddisch zu singen. Neben ihm standen einige Nachkommen, darunter Annette Lipman und ihr Vater. Die große Zahl der Burghofener Bürger, die gekommen waren, um die zu früh gestorbenen einstigen Mitbürger zu ehren, hörte den bewegenden Melodien zu. Sie lauschten auch, als eine Gruppe Kinder Gedichte lasen und zuletzt zwei Mädchen der Musikschule ihre Violinen stimmten.

Die Menge hatte sich noch nicht verlaufen, als die kleine Gestalt der alten Engländerin vortrat, die sich seit einigen Wochen in Burghofen aufhielt. Sie wollte nur kurz etwas sagen, erklärte sie mit ihrem klaren, aber nicht ganz akzentfreien Deutsch. Sobald der Künstler Zeit hätte, würde er zwei weitere Steine fertigstellen, die noch zum Judenhaus gehörten. Mit den Namen von Dr. med. David Bernstein und seiner Frau Esther. Sie starben auf der Flucht vor den Nazis im Jahr 1938 und waren zuletzt im Keller der Eltern versteckt, also im Judenhaus. Das würde Mary Thomson ihrer Dokumentation hinzufügen, die nun erhältlich sei.

Darüber hatte sie sich natürlich mit den zuständigen Behörden beraten. Unter anderem mit der Polizei.

Miss Moore hatte Glück gehabt. Eine Schwester war in Katarinas Zimmer geeilt, nach Winters Verhaftung. Sie fand Frau Münze schlafend in ihrem Rollstuhl, während ihre Besucherin in Ohnmacht lag. Emily wurde versorgt und konnte mehrere Stunden im Heim schlafen und sich von ihrem Abenteuer erholen. Erst am folgenden Tag ließ Hauptkommissar Krause sie zusammen mit Mary Thomson und Annette Lipman abholen, um mit dem Team zu konferieren.

Andrea Brügge war für das Protokoll verantwortlich. Kloß hatte einen Lehnstuhl für Emily Moore in den Raum gestellt, in dem die Teambesprechungen bisher stattgefunden hatten, und Kaffee und Tee kommen lassen. Mary hatte einen selbstgebackenen Kuchen mitgebracht. Emily rückte den Stuhl zurecht, sodass sie mit den anderen einen Kreis bildete. Die Spannung im Raum war spürbar.

Hauptkommissar Krause eröffnete die Besprechung und bestätigte, dass Alfred Winter wegen der Entführung unter Anklage stand, zusammen mit seinem Sohn Leonhard und Horst Matte. Haftbefehle für weitere Mitglieder der Neonazigruppe aus dem Stiftungshaus waren ausgestellt, Beamte unterwegs, um nach ihnen zu fahnden. Franz Scheffer war ebenfalls in Haft, es lag eine Anklage vor wegen illegalen Waffenbesitzes, es wurde ein zerlegtes Jagdgewehr im Keller seines Wohnhauses gefunden.

»Ich habe mich gestern lange mit Miss Moore unterhalten, und wir sind uns einig geworden, dass sie einen Bericht geben wird. Einige Informationen habe ich ihr überlassen.«

Emily erzählte zuerst, dass die Schwestern im Altenheim ihr am Tag nach der Entführung erlaubt hatten, in ihrer Gegenwart Frau Münzes Sachen zu durchsuchen. In einer Büchse hatte sie aufschlussreiche Aufzeichnungen gefunden, die Katarina Münze vor vielen Jahren gemacht hatte. Daraus ging unter anderem hervor, dass Marys Vater der Sohn von Katarina Münze war. Etwas, das Mary zu ihrem Leidwesen erst jetzt erfahren hatte, was aber dem Vater bewusst war. Die Liebesgeschichte der Katarina Münze sei in der Aufzeichnung beschrieben und war nun Mary bekannt.

Sie führte weiter aus, dass sie dem Kloster der heiligen Anna einen Besuch abgestattet habe. »Die Schwestern entnahmen dem Besucherformular, dass ich bei Mary Thomson wohnte. Sie kannten die Beziehung zwischen ihrem Kloster und dem Münze-Hof durch Schwester Beate und dachten, ich sei gekommen, um mehr darüber zu erfahren.« Jan Münze verdanke das Leben seiner Frau und seiner jüngsten Tochter dem Arzt David Bernstein. Als dieser mit Frau und Kind um Hilfe flehte, nahm er das Kind und schickte Katarina mit ihm zum Kloster der heiligen Anna, wo die Nonnen es aufnahmen.

»Die Kirche teilte dem Kind nichts über seine Herkunft mit, sondern erzog Stefan als Katholiken. Er wurde Ordensbruder und Priester und war bekannt als Pater Jonathan. Als Erwachsener traf er Schwester Beate, die ihm von seiner Rettung und seinen Eltern berichtete. Natürlich wühlte ihn das sehr auf. Er besuchte daraufhin die Familie Münze, die ihm das Leben gerettet hatte, und zog sich danach mehrere Wochen zur Meditation zurück, wie die Schwestern erzählten, bis er zu einem Entschluss gekommen war. Er beriet sich mit seinen Vorgesetzten und trat mit deren Billigung aus dem Orden aus. Die Nonnen besuchte er ein letztes Mal, ehe er nach England ging. Dort studierte er Physik, eine Wissenschaft, die ihn schon lange interessierte.«

Sie machte eine Pause. Schröder fragte, ob sie wegen dieses Gesprächs nach England gefahren sei.

»Ja. Ich war sicher, dass ich dort mehr über diesen einstigen Pater erfahren könnte. Gleichzeitig dachte ich, dass ich nur in England mehr über Veronica herausfinden würde, da sie dort geboren war.« Detective Inspector Dale hätte hier hinzugefügt: „Und wo Veronicas Computer war und Miss Moore ihr Netzwerk besaß."

Emily trank von ihrem Tee, ehe sie weitersprach. »Außerdem vermutete ich, dass der Fall Eva Altmann etwas mit Veronicas Tod zu tun hat. Annette Lipman hatte wenig von ihrer Familie über die Ereignisse in den Nazijahren erfahren. Ich nahm mir vor, ihren Vater und ihre Großmutter zu befragen, vor allem die Großmutter ist eine Zeitzeugin.

Dabei bekam ich heraus, dass Veronica uns einiges verschwiegen hat. Sie war schon einmal in Burghofen gewesen. Sie musste während dieses Besuches Horst Matte über den Weg gelaufen sein, er sagte, er hätte sie schon einmal gesehen.

Ich fand auch heraus, dass Veronicas Mutter die Schauspielerin Laura Lee ist, die mit einem Stephen Farthing verheiratet gewesen war. Sie war bekannt. Aber über ihn ließ sich schwer etwas ermitteln. Ein Bekannter konnte anhand des Wahlregisters feststellen, wo er gelebt hatte, und daraus ergaben sich einige Recherchen.« Sie nahm einen großen Schluck Tee, wohl bewusst, dass sie über diese Recherchen nichts sagen konnte. Krause ließ die alte Frau nicht aus den Augen, inzwischen wusste er, dass er sie etwas unterschätzt hatte.

»Es stellte sich heraus, dass Stephen Farthing 1970 nach England gekommen und ein naturalisierter Brite war. Er war Physiker, der Name Farthing war angenommen. Er hatte in Oxford sein Studium mit summa cum laude abgeschlossen. Darauf wurde er bei einer Institution angestellt, die aus Gründen der nationalen Sicherheit der Kontrolle der Regierung untersteht. Er machte sich bald einen Namen auf dem Gebiet der Physik. Farthing hatte den Ruf eines intelligenten, introvertierten Mannes, eines Workaholics, der sich schwertat, Freundschaften zu schließen. Seine Ehe mit der lebenslustigen Laura Lee, die er auf einer akademischen Party kennenlernte, verwunderte seine Kollegen. Aber die Ehe war gut, die beiden respektierten sich gegenseitig. Beide waren über die Geburt der Tochter anscheinend glücklich. Als Veronica sieben Jahre alt war, kam Stephen bei einem Unfall ums Leben. Eine Explosion in einem Raum nahe seinem Labor verursachte einen Brand. Farthing konnte sich zunächst retten, half aber dann, andere zu bergen, und konnte selber nicht mehr rechtzeitig ins Freie gelangen.

Laura flüchtete sich in ihre Arbeit, wie Freunde berichteten. Ihre Tochter verbrachte mehr Zeit in einem Internat als mit der Mutter. Das erklärt diesen Hauch von Schwermut, den man bei ihr verspürte, und ihre Verschlossenheit.«

Wieder machte sie eine kurze Pause, ehe sie weitersprach. »Dr. Stephen Farthings eigentlicher Name lautete Stefan Bernstein. Sie werden es erraten haben: Dr. Farthing, Veronicas Vater, war der ehemalige Pater Jonathan, der im Kloster der heiligen Anna versteckt gewesen war. Farthing – der Name hat mit „Münze" zu tun, er hat ihn wohl aus Dankbarkeit der Familie Münze gegenüber ausgesucht. Ein „farthing" ist eine alte kleine englische Münze im Wert von einem Viertelpenny.

Veronicas Computer war aufschlussreich. Die Polizei von Brighton, meine Freundin Detective Inspector Dale hat ihn untersucht.« Miss Moore räusperte sich, die Anwesenden brauchten nicht zu wissen, dass sie vor den Experten in Brighton Zugang zu diesem Gerät gehabt hatte. »Daraus ergab sich, dass Laura Lee ihrer Tochter erst an deren 24. Geburtstag die Geschichte ihres Vaters erzählt hat. Veronica fuhr nach Burghofen und suchte die Nonnen im Kloster der heiligen Anna auf. Die erwähnten das mir gegenüber nicht, warum sollten sie auch! Als ich dort war, wussten sie noch nichts über Veronicas Tod und konnten auch nicht wissen, dass ich Veronica kannte.

Veronica besuchte natürlich Katarina Münze und fand eine liebenswerte alte Frau, die sich freute, die Tochter des ehemaligen Paters zu empfangen.

Es muss an einem ihrer besseren Tage gewesen sein, denn offensichtlich übergab sie ihr ein Andenken, das der Arzt seinem Sohn hinterlassen hatte, den goldenen Davidstern, den Veronica danach immer trug. Sie zeigte ihr auch einen Brief, den ihr Großvater geschrieben hatte und in dem nicht nur die Andenken erwähnt waren, sondern dem auch zwei Dokumente beilagen. Frau Münze war der Brief so kostbar, dass Veronica ihn ihr nicht wegnehmen wollte.

Wieder zu Hause begann sie, sich mit der Shoah und der Geschichte ihrer Familie auseinanderzusetzen und suchte das Thema für ihre Doktorarbeit aus. Sie erfuhr aus dem Internet, dass in Burghofen eine Stolperstein-Aktion geplant war. An der Uni hatte sie die Bekanntschaft von Dr. Lipman gesucht, nachdem sie entdeckt hatte, dass sie von deutschen Emigranten aus Burghofen abstammte. Sie berichtete Annette von der Aktion. Die Reise mit mir und unsere Unterkunft bei Mary Thomson kam zustande.

Im Lauf ihrer Recherchen fand Veronica im Archiv den Eintrag über den angeblichen Selbstmord von Eva Altmann. Da erst verstand sie die Bedeutung der Dokumente, die dem Brief ihres Vaters beilagen. Sie entschied, dass sie der Familie Bescheid geben müsse, also Annettes Großmutter und Vater. Ich denke, der Hauptkommissar kann das am besten erklären.«

Nun war es Krause, der sich räusperte. »Dieser brisante Brief des Dr. David Bernstein liegt nun bei den Akten. Eigentlich ist es eine, besser gesagt sind es zwei, eidesstattliche Aussagen. Eine ist von dem Arzt Bernstein. Er sagt zu Beginn, er sei gesund, physisch und seelisch, und schwört, dass er die Wahrheit schreibt. Am 12. November sei er aus Berlin zu den Eltern gefahren, er hatte das Glück gehabt, nicht am 9. aufgegriffen zu werden. Als er hörte, dass seine Mutter nach der Verhaftung ihres Mannes einen Schwächeanfall erlitten hatte, kam er mit seiner jungen Frau nach Burghofen.

Am folgenden Tag kurz nach Mitternacht erschien der Arzt und Bürgermeister Erwin Winter an der Hintertür. Er war in schlimmer Verfassung, aschfahl und roch nach Alkohol, aber er wusste, was er sagte. Er habe etwas bei sich, das sollte Bernstein gut aufbewahren, eines Tages würde es vielleicht gebraucht werden. Er gab ihm ein Kuvert mit einem Totenschein. Entsetzt las Bernstein, dass Eva Altmann an den Folgen schwerer Misshandlung und mehrmaliger Vergewaltigung während der Polizeihaft gestorben war.

„Ich habe eine Erklärung beigefügt", sagte Winter. „Das ist also die zweite eidesstattliche Erklärung! Die Namen der vier Verantwortlichen stehen dort, David, ich hab nämlich einen weiteren Totenschein ausgestellt, der auf Selbstmord lautet." Dann verlangte er nach Branntwein, den er runterkippte. ›Ich habe sie gekannt‹, sagte er, ›ich habe sie gekannt und verehrt, sie war – so schön, lieb war sie, sie hat das nicht verdient.‹

Dr. Winter war ein guter Parteigenosse. In jener Nacht hatte er wohl die ersten Zweifel an der Naziideologie.«

Schröder wollte wissen, ob Scheffer einer der Namen war.

»Nein«, antwortete Krause. »Die vier sind alle tot. Freilich ist klar – doch noch nicht ganz bewiesen –, dass Scheffer an jenem Abend Dienst hatte. Er war nur ein junger Anwärter, und im Jahr darauf wurde er eingezogen.«

Schröder ließ nicht locker. »Wie konnte der Mord so lange vertuscht werden?«

Emily Moore antwortete: »Katarina hatte zwar den Brief gelesen und den Totenschein gesehen. Aber das war im Jahr 1941, da schien eine Anklage gegen die vier Männer völlig ausgeschlossen. Außerdem – die medizinische Beschreibung der Verletzungen hat Katarina bestimmt nicht verstehen können. Sie begriff nur, dass Eva Altmann, die sie nur flüchtig kannte, keinen Selbstmord begangen hatte. Aber in seinem Brief bat David Bernstein Katarina Münze lediglich, sie sollte alles sorgfältig aufbewahren. Nach dem Krieg dachte sie nicht mehr daran, es war zu viel geschehen und es geschah noch immer viel. Sie war zwar gebildeter als die meisten Bäuerinnen, aber den Umgang mit Behörden war sie nicht gewohnt. Außerdem – wer hätte ihre Geschichte in den 1950er, 1960er Jahren angehört und darauf reagiert?«

Niemand widersprach ihr. Nur Brückner sagte: »Der Brief wurde Veronica Lee zum Verhängnis.«

Miss Moore nahm den Faden wieder auf. »Vielleicht! Veronica hatte den Brief gelesen und den Totenschein gesehen. Wie gesagt, sie sprach mit den Altmanns. Mrs. Lipman und ihr Sohn beschlossen, den Fall nicht neu aufzurollen. Es würde ihrer Mutter und Großmutter nichts mehr nützen und Unruhe in das Leben vieler Menschen bringen, vor allem in das Leben Unschuldiger, der Mitglieder der Familie Altmann ebenso wie der Nachkommen der Schuldigen.«

»Aber nicht alle Schuldigen sind tot. Scheffer lebt«, warf Schröder ein, während Mary den Arm um Annette legte, die immer blasser wurde.

»Ja. Aber die Familie fasste den Beschluss, nicht weiter vorzugehen. Veronica würde die Enthüllung natürlich in ihrer Dissertation erwähnen und überlegte, dass auch Mary davon erfahren müsste. Welche Folgen das gehabt hätte, ist nicht abzusehen. Deshalb schrieb sie ihr eine E-Mail, in der sie sich erstens für die Einladung bedankte und ihr zweitens mitteilte, dass sie Grund zu der Annahme hatte, dass Eva Altmann ermordet worden sei. Sie wüsste von einem Beweis, der den damaligen Bürgermeister Winter betraf. Übrigens – diese Bemerkung in Veronicas Mail half mir, zu erraten, wer mich gefangen hielt. Ich hatte mich nämlich daran erinnert, dass das Bernstein-Haus von dem Arzt und Bürgermeister Winter gekauft worden war und von seinem Sohn verwaltet werden sollte.

Winters Sohn ist ein genialer Hacker, wie der Hauptkommissar weiß. Es war Leonhard, der mit seinem Freund in die Scheune einbrach. Er installierte in Marys Computer ein Programm, sodass er von seinem Gerät aus Zugang zu ihren Daten hatte. Das Durcheinander, das wir vorfanden, war vorgetäuscht, sie hatten es nur auf den Computer abgesehen. Während Leonhard am Computer beschäftigt war, sperrte Matte Mary in die Vorratskammer und richtete ein Chaos an. Leonhard las später alles, was Mary über die Juden geschrieben hatte. Und er las alle E-Mails. Dadurch wusste er unter anderem, welchen Flug ich nehmen würde.«

Krause sagte grimmig. »Leonhard trug die Kette mit dem Davidstern, der Veronica Lee gehört hat, wie wir aus dem Bernstein-Brief wissen. Er war also im Wald und ist des Mordes an Veronica Lee verdächtig. Ich glaube aber, der alte Winter war der Drahtzieher. Er wird das noch gestehen!«

Miss Moore sagte. »Das wird er nicht.«

Krauses kniff die Augen zusammen. »Wie bitte?«

Emily sagte mit ihrer Lehrerinnenstimme. »Alfred Winter hat mit Veronicas Tod nichts zu tun.«

Marys Stimme übertönte das Gemurmel der anderen: »Hm! Das musst du erklären!«

»Leonhard hat dem Hauptkommissar erzählt, er sei von zu Hause, also aus Washington, abgehauen. Er teilt zwar die politischen Ansichten des Vaters, aber sonst sind sie wirklich grundverschieden. Er kam aus Amerika zu seinen alten Kumpeln in Burghofen zurück. Dank seiner Hackerarbeit entdeckte er, dass es Beweise gab, aus denen ersichtlich wird, dass sein Großvater an dem Altmann-Mord oder der Vertuschung des Mordes beteiligt war. Darüber hatte Leonhard in Marys Dokumenten gelesen, also dachte er, er könnte sicher den erwähnten Beweis aufspüren. Da kam ihm der Gedanke, dass er den Vater damit erpressen könnte. Er verlangte Geld und erklärte, er würde sonst an die Presse gehen. Alfred Winter, geachteter Berater bei einigen wichtigen Republikanern, kann es sich nicht leisten, dass so etwas über seinen Vater, den Bürgermeister, bekannt würde. Er flog nach Deutschland, um festzustellen, was an der Geschichte dran ist, und fand heraus, dass der Beweis existierte, aber noch nicht gefunden worden war. Da er überzeugt war, dass ich den Ort kenne, wo er aufbewahrt wird, versuchte er, mich unter Druck zu setzen.«

Annette fragte: »Wieso glaubte er, dass du es weißt?«

»In der E-Mail, die Mary an Veronica schrieb als Antwort auf deren Brief, schlug sie Veronica vor, sie sollte alles mit mir besprechen, ich wüsste, was zu tun sei. Was Veronica aber nicht machte.« Miss Moore lächelte. »Mary hat als meine ehemalige Mitarbeiterin eine etwas übertrieben hohe Meinung von meinen Fähigkeiten.«

Dora Hübner war nicht zufrieden. »Warum glauben Sie nicht, dass Winter Veronica ermordet hat oder ermorden ließ?«

»Weil nicht er, sondern jemand anderes Leonhard auf Marys Computer angesetzt hat. Und weil Leonhard keine Skinheads in den Wald beordern könnte. Sie erinnern sich an den VW Kombi, der an jenem fatalen Morgen an mir vorbeigefahren ist und in dem mehrere Glatzköpfe saßen.

Alfred Winter traf erst einen Tag vor meiner Entführung hier ein, wie ich aus einem abgehörten Telefonat erfuhr. Er ist nicht der Drahtzieher.«

Die Kommissarin fragte, was alle wissen wollten. »Wer dann, Ihrer These nach?«

»Franz Scheffer.«

Dora Hübner, wie die anderen, konnte das nicht glauben. »Aber – sein Name gehört nicht zu den vier.«

»Nein. Dennoch könnte sich herausstellen, dass er derjenige war, der die Akten aus dem Archiv entfernt hat oder entfernen ließ. Es gibt sicher nicht nur alte Kumpel, die ein Interesse daran haben, diese Vergangenheit ruhen zu lassen. Scheffer wusste bestimmt genau Bescheid, was damals vorgefallen war. Jeder auf der Polizeiwache wusste es. Er wollte selbstverständlich nicht, dass das bekannt würde.«

Krause sagte etwas zögernd. »Die interne Ermittlung läuft, damit haben wir nichts zu tun.«

Schröder war nicht zufrieden: »Aber warum halten Sie Scheffer für den Drahtzieher? Der Vorwurf der Mitwisserschaft ist recht dünn.«

»Stimmt. Aber es geht um etwas anderes. Scheffer kaufte die Bernstein-Zinnsoldaten-Sammlung von den Finanzbehörden, nach den damaligen Regeln rechtmäßig. Vielleicht bevor er eingezogen wurde, jüdisches Gut kostete nicht viel. Bei ihrem ersten Besuch in Burghofen hat Veronica Lee Scheffer aufgesucht und ihm ein Angebot gemacht. Sie wollte gern etwas haben, von dem sie wusste, dass es mit ihrer Familie zu tun hatte. Vielleicht wusste sie nichts von der Uhrensammlung. Jedenfalls lehnte der Alte ab. Veronica verfügte über ein eigenes Vermögen, wahrscheinlich durch ein Erbe des Vaters. Als sie wieder zurück in England war, schrieb Veronica nochmals an Scheffer und erhöhte das Angebot.« Sie lächelte. »Ich habe Ihnen ja gesagt, dass Veronicas Computer recht hilfreich war. Scheffer ging es nicht um Geld. Er liebte seine kleinen Figuren. Er schlug wiederum und ziemlich ungalant das Angebot aus. Zugang zu einem Computer hatte er dank seiner jungen Kumpel.

Er muss Veronica nach unserer Ankunft in der Stadt gesehen haben, an dem Tag, als wir auf dem Markt waren, das hat ihn erschreckt.

Inzwischen wurde viel Wirbel um die Stolpersteine und damit um die Vergangenheit gemacht. Wahrscheinlich befürchtete Scheffer, Veronica könnte irgendwie doch an die Sammlung kommen. Das musste er verhindern. Und er hat es verhindert.«

Brückner meldete sich mit einer Frage: »Wieso denken Sie das?«

Emily hatte die Antwort parat: »Am Morgen des 22. ging ich als Erste aus dem Haus. Ich roch etwas, das ich später als Menthol identifizierte. Scheffer raucht Menthol-Zigaretten und ist Kettenraucher. Er muss in der Nähe der Scheune gewesen sein und das Haus beobachtet haben. Er ist von seinen Neonazi-Freunden dorthin gefahren worden, die in der Nähe warteten. In dem Wagen, mit dem ich entführt wurde, hing derselbe Geruch. Und auf dem Sitz lag eine kleine Packung, die mir in die Hüfte stach, ich denke, es war eine Packung von Scheffers Zigaretten. Wenn der Kombi gefunden wird, kann man das überprüfen. Scheffer ist der väterliche Freund und Mentor dieser Gruppe, sie sehen ihn an als ›einen, der dabei war‹.

Veronica kam allein aus dem Haus und lief auf den Wald zu. Scheffers Wagen war vor Veronica da, sie parkten und warteten an einer Wegbiegung. Veronica erschrak, als sie die Gruppe sah, rannte wild waldeinwärts, die Horde ihr nach, auf den Steinbruch zu. Sie erkannte wohl ihre Gefahr, denn sie hielt inne, laut der Spurensicherung, wie ich von Herrn Hauptkommissar weiß.«

Krause nickte bestätigend. »Darüber informierte ich Miss Moore. Im Verhör heute konnte Leonhard nicht mehr leugnen, dass er im Wald gewesen war. Jogging. Er behauptet, er sei allein gewesen. Er sei einem Pfad zum Steinbruch gefolgt, von einer wilden Jagd wusste er natürlich nichts. Er hätte gesehen, dass eine Person zu nah am Abgrund stand, sei auf sie zu gerannt und hätte sie an der Kette erwischt, doch er konnte sie nicht halten, die Kette zerriss und die Frau stürzte. Danach sei er in Panik gewesen, aus Angst, man werde ihn verantwortlich machen. Deswegen sei er weggelaufen.«

Miss Moore fragte: »Herr Hauptkommissar, hat die Spurensicherung Fußabdrücke an dieser Stelle gefunden?«

»Damit gibt es Schwierigkeiten.«

»Soll ich weiter ...? Gut. Ich stelle mir vor, Veronica steht wankend am Felsenrand, um sie drängen sich die Skinheads, einer hat sie bereits angegriffen und ihr die Kette vom Hals gerissen. Plötzlich vernimmt sie eine Salve von Schüssen! Sie erschrickt, verliert das Gleichgewicht – und stürzt.«

Keiner sagte etwas. Dann brach Kloß das Schweigen. »Ich verstehe, Scheffer konnte natürlich nicht mit den jungen Männern rennen. Als er in Sicht- und Schussnähe des Steinbruchs war, sah er Veronicas Angst und erkannte den günstigen Moment. Er schlich sich an eine Stelle, wahrscheinlich gegenüber, und begann wild in den Abgrund zu schießen. Auf die Frau konnte er kaum zielen, wenn sie von den jungen Männern umgeben war. Er hoffte, der Schock würde ein Übriges tun, was dann ja auch geschah. Das erklärt, warum keine Kugel das Opfer traf.«

Krause lachte. »Gute Schlussfolgerung.« Er hielt einen Bericht hoch. »Die Spurensicherung hat nochmals das gesamte Gebiet abgesucht, auch eine Stelle seitlich des Steinbruchs. Etwas hatte sich dort in den Boden im Unterholz in die Erde eingegraben, weil jemand darauf getreten war.« Nun hielt er eine Plastiktüte hoch, und Andrea schnappte vernehmlich nach Luft, als alle sahen, was sich darin befand: ein rotblauer Zinnsoldat.

Sie entspannten sich. Es gab noch etliches zu tun, um den Täter zu überführen, aber Miss Moores Ausführung schien jedem logisch. Es war auch klar, dass die Polizei in Brighton den Sinn der E-Mails nicht leicht hätte entschlüsseln können. Am Ende wäre durch die Kooperation der beiden Dienste dasselbe Ergebnis zustande gekommen. Miss Moore hatte das Prozedere erheblich abgekürzt.

»Miss Moore argumentiert wie ein Profi!«, sagte Andrea bewundernd, worauf Mary nur einen Kommentar hatte: »Natürlich. Weil sie ein Profi ist!«

Über die Autorin

Ruth Weiss wurde 1924 als Tochter jüdischer Eltern in Fürth geboren, nach der Machtergreifung der Nationalsozialisten emigrierte sie mit ihren Eltern 1936 nach Südafrika. Sie arbeitete als politische Journalistin und als Schriftstellerin im südlichen Afrika, in England und Deutschland. Ruth Weiss war nominiert für den Friedensnobelpreis und ist Trägerin des Bundesverdienstkreuzes 1. Klasse.

Weitere Bücher von Ruth Weiss

bei Verlag Edition AV

Ruth Weiss ♦ **Wege im harten Gras** ♦ Erinnerungen an Deutschland, Südafrika und England ♦ ISBN 978-3-86841-162-1 ♦ 18,00 €

Ruth Weiss ♦ **Der Judenweg** ♦ Roman ♦ ISBN 978-3-86841-218-5 ♦ 16,00 €

Ruth Weiss ♦ **Der Aufstieg** ♦ Roman ♦ ISBN 978-3-86841-169-0 ♦ 16,00 €

Ruth Weiss ♦ **Der Niedergang** ♦ Roman ♦ ISBN 978-3-86841-170-6 ♦ 16,00 €

Ruth Weiss ♦ **Schwere Prüfung** ♦ Roman ♦ ISBN 978-3-86841-171-3 ♦ 16,00 €

Ruth Weiss ♦ **Nachspiel** ♦ Roman ♦ ISBN 978-3-86841-172-0 ♦ 16,00 €

Ruth Weiss ♦ **Der spitze Hut** ♦Roman ♦ ISBN 978-3-86841-259-8 ♦ 16,00 €

Ruth Weiss ♦ **Der jüdische Kreuzfahrer** ♦Roman ♦ ISBN 978-3-86841-286-4 ♦ 16,00 €

Ruth Weiss ♦ **Deborahs Lied** ♦Roman ♦ ISBN 978-3-86841-282-6 ♦ 16,00 €

Ruth Weiss ♦ **Die kunstvolle Entsorgung meiner Familie** ♦Roman ♦ ISBN 978-3-86841-260-4 ♦ 16,00 €

Gesamtverzeichnis Verlag Edition AV

Anarchie ♦ Theorie ♦ Pädagogik ♦ Literatur ♦ Lyrik ♦ Theater ♦ Geschichte

Werner Abel & Enrico Hilbert ♦ Sie werden nicht durchkommen ♦ Deutsche an der Seite der Republik und der sozialen Revolution ♦ Band 1 ♦ 978-3-86841-112-6 ♦ 45,00 €

Werner Abel, Enrico Hilbert & Harald Wittstock ♦ Sie werden nicht durchkommen ♦ Deutsche an der Seite der Republik und der sozialen Revolution ♦ Band 2 ♦ Bilder und Materialien ♦ 978-3-86841-113-3 ♦ 24,50 €

Werner Abel ♦ Mit Salut und Händedruck ♦ Militärzensur der Internationalen Brigaden in Spanien ♦ Band 1 Dokumente ♦ 978-3-86841-165 ♦ 18,00 €

Gwendolyn von Ambesser ♦ Die Ratten betreten das sinkende Schiff ♦ Das absurde Leben des jüdischen Schauspielers Leo Reuss ♦ 978-3-936049-47-3 ♦ 18,00 €

Gwendolyn von Ambesser ♦ Schaubudenzauber ♦ Geschichten und Geschichte eines legendären Kabaretts ♦ 978-3-936949-68-8 ♦ Preis 18,00 €

Gwendolyn von Ambesser ♦ Schauspieler fasst man nicht an! ♦ Eine Axel von Ambesser Biographie ♦ 978-3-86841-045-7 ♦ Preis 19,90 €

Allan Antliff ♦ Anarchie und Kunst ♦ Von der Pariser Kommune bis zum Fall der Berliner Mauer ♦ ISBN 978-3-86841-052-5 ♦ 18,00 €

Yair Auron ♦ Der Schmerz des Wissens ♦ Die Holocaust- und Genozid-Problematik im Unterricht ♦ ISBN 978-3-936049-55-8 ♦ 18,00 €

Autorinnenkollektiv ♦ Das Frauenkommunebuch ♦ Alltag zwischen Partriarchat und Utopie ♦ ISBN 978-3-86841-227-3 ♦ 24,50€

Franz Barwich ♦ Das ist Syndikalismus ♦ Die Arbeiterbörsen des Syndikalismus ♦ ISBN 978-3-936049-38-1 ♦ 11,00 €

Günther Baumgartner & Dietrich Grund ♦ Die bayerische Revolution 1918/19 in Stadt und Land ♦ Band 1 Oberbayern ♦ ISBN 978-3-86841-212-3 ♦ 49,80 €

Anna-Maria Benz ♦ Freiheit oder Tod ♦ Harriet Tubman ♦ Afroamerikanische Freiheitskämpferin ♦ ISBN 978-3-86841-022-8 ♦ 18,00 €

Alexander Berkman ♦ Der bolschewistische Mythos. Tagebuch aus der russischen Revolution 1920 – 1922. ♦ ISBN 978-3-936049-31-2 ♦ 17,00 €

Bilkis Brahe ♦ Tragödien sind albern ♦ Frida Kahlo (1907-1954), eine mexikanische Malerin ♦ ISBN 978-3-936049-80-0 ♦ 16,00 €

Heike Breitenbach & Johannes Waßmer (Hgg.) ♦ Martin Buber und die Literatur ♦ ISBN 978-3-86841-302-1 ♦ 19,90 €

Ralf Burnicki ♦ Lichtaspirin ♦ Anarchopoetry ♦ ISBN 978-3-86841-102-7 ♦ 12,00 €

Ralf Burnicki ♦ Anarchismus & Konsens. Gegen Repräsentation und Mehrheitsprinzip: Strukturen einer nichthierarchischen Demokratie ♦ ISBN 978-3-936049-08-4 ♦ 16,00 €

Ralf Burnicki & Findus ♦ **Hoch lebe sie – die Anarchie!** ♦ Anarcho-Poetry ♦ ISBN 978-3-86841-102-7 ♦ 9,80 €

Rolf Cantzen ♦ **Mordskarma** ♦ Krimi ♦ ISBN 978-3-86841-103-4 ♦ 16,00 €

Cornelius Castoriadis ♦ **Autonomie oder Barbarei** ♦ Ausgewählte Schriften, Band 1 ♦ ISBN 978-3-936049-67-1 ♦ 17,00 €

Cornelius Castoriadis ♦ **Vom Sozialismus zur autonomen Gesellschaft** ♦ Über den Inhalt des Sozialismus ♦ Ausgewählte Schriften ♦ Band 2.1. ♦ ISBN 978-3-936049-88-6 ♦ 17,00 €

Cornelius Castoriadis ♦ **Vom Sozialismus zur autonomen Gesellschaft** ♦ Gesellschaftskritik und Politik nach Marx ♦ Ausgewählte Schriften ♦ Band 2.2. ♦ ISBN 978-3-86841-002-0 ♦ 17,00 €

Cornelius Castoriadis ♦ **Das imaginäre Element und die menschliche Schöpfung** ♦ Ausgewählte Schriften ♦ Band 3 ♦ ISBN 978-3-86841-035-8 ♦ 17,00 €

Cornelius Castoriadis ♦ **Philosophie, Demokratie, Poiesis** ♦ Ausgewählte Schriften ♦ Band 4. ♦ ISBN 978-3-86841-063-1 ♦ 17,00 €

Cornelius Castoriadis ♦ **Psychische Monade und autonomes Subjekt** ♦ Ausgewählte Schriften ♦ Band 5 ♦ ISBN 978-3-86841-081-5 ♦ 17,00 €

Cornelius Castoriadis ♦ **Kapitalismus als imaginäre Institution** ♦ Ausgewählte Schriften ♦ Band 6 ♦ ISBN 978-3-86841-094-5 ♦ 17,00 €

Cornelius Castoriadis ♦ **Durchs Labyrinth** ♦ Ausgewählte Schriften ♦ Band 8 ♦ ISBN 978-3-86841-231-4 ♦ 17,00 €

Cornelius Castoriadis ♦ **Ungarn 56 – Die ungarische Revolution** ♦ Ausgewählte Schriften ♦ Band 7 ♦ ISBN 978-3-86841-178-8 ♦ 16,00 €

Cornelius Castoriadis ♦ **Fenster zum Choas** ♦ Ausgewählte Schriften ♦ Band 9 ♦ ISBN 978-3-86841-261-1 ♦ 17,00 €

Roman Danyluk ♦ **Bittere rote Beeren** ♦ Der russische Angriffskrief gegen die Ukraine ♦ ISBN 978-3-86841-317-5 ♦ 20,00 €

Roman Danyluk ♦ **Unter sticht Ober** ♦ Eine sozialgeschichte der bayerischen Revolution ♦ ISBN 978-3-86841-265-9 ♦ 24,50 €

Roman Danyluk ♦ **Freiheit und Gerechtigkeit** ♦ Die Geschichte der Ukraine aus libertärer Sicht ♦ ISBN 978-3-86841-029-7 ♦ 11,00 €

Roman Danyluk ♦ **Befreiung und soziale Emanzipation** ♦ Rätebewegung, Arbeiterautonomie und Syndikalismus ♦ ISBN 978-3-86841-065-5 ♦ 18,00 €

Roman Danyluk ♦ **Partisanen und Milizen** ♦ Zum Verhältnis von Gewalt und Emanzipation ♦ ISBN 978-3-86841-100-3 ♦ 18,00 €

Roman Danyluk ♦ **Kiew: Unabhängigkeitsplatz** ♦ Verlauf und Hintergründe der Bewegung auf dem Majdan ♦ ISBN 978-3-86841-105-6 ♦ 14,00 €

Roman Danyluk ♦ **Blues der Städte** ♦ Die Bewegung 2. Juni – eine sozialrevolutionäre Geschichte ♦ ISBN 978-3-86841-226-0 ♦ 20,00 €

Hans Jürgen Degen ♦ **Die Wiederkehr der Anarchisten** ♦ Anarchistische Versuche 1945-1970 ♦ ISBN 978-3-86841-015-0 ♦ 24,50 €

Pierre Dietz ♦ Briefe aus der Deportation ♦ Französischer Widerstand und der Weg nach Auschwitz ♦ ISBN 978-3-86841-042-6 ♦ 16,00 €

Jane Doe ♦ Die andere Farm der Tiere ♦ Roman ♦ ISBN 978-3-936049-94-7 ♦ 16,00 €

Helge Döhring ♦ Konflikte und Niederlagen des Syndikalismus in Deutschland♦ ISBN 978-3-86841-237-6 ♦ 18,00 €

Helge Döhring ♦ Anarcho-Syndikalismus in Deutschland 1933-1945♦ ISBN 978-3-86841-296-3 ♦ 18,00 €

Helge Döhring ♦ Die Anarchistische Vereinigung 1923-1933♦ ISBN 978-3-86841-208-6 ♦ 20,00 €

Helge Döhring ♦ Anarchisten auf Sinnsuche♦ ISBN 978-3-86841-191-1 ♦ 20,00 €

Helge Döhring ♦ Organisierter Anarchismus in Deutschland 1919 bis 1933♦ ISBN 978-3-86841-192-8 ♦ 20,00 €

Helge Döhring♦ Anarcho-Syndikalismus ♦ Einführung in die Theorie und Geschichte einer internationalen sozialistischen Arbeiterbewegung ♦ 978-3-86841-143-0 ♦ 16,00 €

Helge Döhring ♦ Syndikalismus in Deutschland 1914-1918 ♦ „Im Herzen der Bestie" ♦ ISBN 978-3-86841-083-9♦ 17,00 €

Helge Döhring ♦ Syndikalismus im „Ländle" ♦ Die Freie Arbeiter-Union Deutschlands (FAUD) in Würtemberg 1918 – 1933) ♦ ISBN 978-3-936049-59-6 ♦ 16,00 €

Helge Döhring ♦ Damit in Bayern Frühling werde! ♦ Die syndikalistische Arbeiterbewegung in Südbayern von 1914 bis 1933 ♦ ISBN 978-3-936049-84-8 ♦ 17,00 €

Helge Döhring & Martin Veith ♦ Eine Revolution für die Anarchie ♦ Zur Geschichte der Anarcho-Syndikalistischen Jugend **& Aus den Trümmern empor ♦** Anarcho-Syndikalismus in Württemberg ♦ ISBN 978-3-86841-005-1 ♦ 22,00 €

Helge Döhring (Hg.) ♦ Generalstreik ♦ Streiktheorien und -diskussionen innerhalb der deutschen Sozialdemokratie vor 1914 ♦ ISBN 978-3-86841-019-8 ♦ 14,00 €

Helge Döhring ♦ Schwarze Scharen ♦ Die anarcho-syndikalistische Arbeiterwehr (1929 – 1933) ♦ ISBN 978-3-86841-054-9 ♦ 14,90 €

Helge Döhring ♦ Mutige Kämpfergestalten ♦ Syndikalismus in Schlesien 1918 – 1930 ♦ ISBN 978-3-86841-064-8 ♦ 12,00 €

Sam Dolgoff ♦ Anarchistische Fragmente ♦ Memoiren eines amerikanischen Anarchosyndikalisten ♦ ISBN 978-3-86841-501 ♦ 16,00 €

Wolfgang Eckhardt ♦ Von der Dresdner Mairevolte zur Ersten Internationalen ♦ Untersuchungen zu Leben und Werk Michail Bakunins ♦ ISBN 978-3-936049-53-4 ♦ 14,00 €

Michael Englishman♦ laut und klar ♦ Aus der Asche des Holocaust ♦ 978-3-86841-147-8 ♦ 14,00 €

Sébastien Faure ♦ Die Anarchistische Synthese und andere Texte ♦Herausgegeben, bearbeitet und mit Annotationen versehen von Jochen Knoblauch ♦ ISBN 978-3-936049-85-5 ♦ 10,00 €

FAU-Bremen ♦ Die CNT als Vortrupp des internationalen Anarcho-Syndikalismus ♦ Die Spanische Revolution 1936 – Nachbetrachtung und Biographien ♦ 978-3-936049-69-5 ♦ 14,00 €

Luigi Fabbri♦ Die präventive Konterrevolution ♦ Reflexion über den Faschismus ♦ ISBN 978-3-86841-140-9 ♦ 18,00 €

Bernd Feininger & Wilhelm Schwendeman ♦ Nicht Lese-Wort, sondern Lebens-Wort ♦ ISBN 978-3-86841-248-2 ♦ 16,00 €

Francesco Filippi ♦ Mussolini hat Gutes getan? ♦ Abrechnung mit einem Mythos ♦ ISBN 978-3-86841-278-9 ♦ 16,00 €

Lutz Finkeldey ♦ Denkwerkzeuge zum soziokulturellen Verstehen ♦ ISBN 978-3-86841-099-0 ♦ 12,00 €

Lutz Finkeldey ♦ Schokolade für alle ♦ Wie Verblendung das Paradies zerstört ♦ ISBN 978-3-86841-230-7 ♦ 18,00 €

Francisco Ferrer ♦ Die Moderne Schule ♦ Herausgegeben und kommentiert von Ulrich Klemm ♦ ISBN 978-3-936049-21-3 ♦ 17,50 €

Ursula Frost, Johannes Waßmer & Hans-Joachim Werner (Hgg.) ♦ Dialog und Konflikt ♦ Das dialogische Prinzip in Philosophie, Religion und Gesellschaft ♦ ISBN 978-3-86841-205 ♦ 19,90 €

Louis Gill ♦ George Orwell ♦ Vom Spanischen Bürgerkrieg zu 1984 ♦ ISBN 978-3-86841-066-2 ♦ 16,00 €

Günter Gerstenberg ♦ Wer am Abgrund tanzt ♦ Notizen zu den Münchner JAhren zwischen Räterepublik und Hitlerputsch ♦ ISBN 978-3-86841-280-2 ♦ 28,00 €

Günter Gerstenberg ♦ Räte in München ♦ Anmerkungen zum Umsturz und zu den Räterepubliken 1918/19 ♦ ISBN 978-3-86841-225-3 ♦ 19,90 €

Günter Gerstenberg ♦ Der kurze Traum vom Frieden ♦ Ein Beitrag zur Vorgeschichte des Umsturzes in München 1918 ♦ ISBN 978-3-86841-189-8 ♦ 24,50 €

Günter Gerstenberg & Cornelia Naumann ♦ Steckbriefe gegen gegen Eisner, Kurt und Genossen wegen Landesverrates ♦ Ein Lesebuch über Münchner Revolutionärinnen und Revolutionäre im Januar 1918 ♦ ISBN 978-3-86841-173-7 ♦ 24,90 €

Eveline Goodman-Thau ♦ Das Du-Denkene ♦ Martin Buber zwischen Dialektik und Dialogik ♦ ISBN 978-3-86841-295-6 ♦ 19,90 €

Eveline Goodman-Thau ♦ Vom Archiv zur Arche ♦ Geschichte als Zeugnis ♦ ISBN 978-3-86841-222-2 ♦ 20,00 €

William Godwin ♦ Caleb Williams oder Die Dinge, wie sie sind ♦ Historischer Roman (Libertäre Bibliothek 1) ♦ ISBN 978-3-936049-86-2 ♦ 19,00 €

Moritz Grasenack (Hg.) ♦ Die libertäre Psychotherapie von Friedrich Liebling ♦ Eine Einführung in seine Großgruppentherapie anhand wortgetreuer Abschriften von Therapiesitzungen ♦ Mit Original-Tondokument und Video auf CD-ROM ♦ ISBN 978-3-936049-51-0 ♦ 24,90 €

Stefan Gurtner ♦ Isudoras unglaubliche Geschichte ♦ Roman ♦ ISBN 978-3-86841-193-5 ♦ 24,50 €

Stefan Gurtner ♦ Guttentag ♦ Das Leben des jüdischen Verlegers Werner Guttentag zwischen Deutschland und Bolivien ♦ ISBN 978-3-86841-069-3 ♦ 24,50 €

Frank Harris ♦ Die Bombe ♦ Roman ♦ ISBN 978-3-86841-053-2 ♦ 14,00 €

Wolfgnang Haug ♦ Theodor Plievier ♦ ISBN 978-3-86841-220-8 ♦ 24,50 €

Wolfgang Haug & Michael Wilk ♦ Herrschaftsfrei statt populistisch ♦ Aspekte anarchistischer Gesellschaftskritik ♦ ISBN 978-3-86841-207-9 ♦ 12,00 €

Gorden Hill ♦ **Indigener Widerstand** ♦ Comic ♦ ISBN 978-3-86841-085-3, ♦ 14,00 €

Gorden Hill ♦ **Antikapitalistischer Widerstand** ♦ Comic ♦ ISBN 978-3-86841-104-1, ♦ 14,00 €

Andreas W. Hohmann (Hg.) ♦ **ehern, tapfer, vergessen.** ♦ Die unbekannte Internationale♦ ISBN 978-3-86841-093-8♦ 18,00 €

Andreas W. Hohmann & Jürgen Mümken (Hgg.) ♦ **Kischenew. Das Pogrom 1903** ♦ ISBN 978-3-86841-123-2♦ 16,00 €

Maria Regina Jünemann ♦ **Die Anarchistin** ♦ Historischer Roman ♦ ISBN 978-3-936049-92-3 ♦ 14,00 €

Oskar Kanehl ♦ **Kein Mensch hat das Recht, für Ruhe und Ordnung zu sorgen** ♦ herausgegeben von Wolfgang Haug ♦ 978-3-86841-146-1 ♦ 18,00 €

Lajos Kassak ♦ **Ein Menschenleben** ♦ Roman ♦ ISBN 978-3-86841-232-1 ♦ 18,00 €

Ernst Kaufmann ♦ **Anderswo weit** ♦ Erzählungen ♦ ISBN 978-3-86841-262-8 ♦ 17,90 €

Ernst Kaufmann ♦ **Wiener Herz am Sternenbanner** ♦ Bruno Granichstaedten ♦ Stationen eines Lebens ♦ ISBN 978-3-86841-096-9 ♦ 18,90 €

Philippe Kellermann (Hg.) ♦ **Anarchistische Bolschewismuskritik** ♦ 1918-1922 ♦ ISBN 978-3-86841-184-3 ♦ 17,00

Philippe Kellermann (Hg.) ♦ **Die Verfolgung des Anarchismus in Sowjetrussland** ♦ 1918-1933 ♦ ISBN 978-3-86841-199-7 ♦ 17,00 €

Philippe Kellermann ♦ **Marxistische Geschichtslosigkeit** ♦ Von Verdrängung, Unwissenheit und Denunziation: Die (Nicht-)Rezeption des Anarchismus im zeitgenössischen Marxismus ♦ ISBN 978-3-86841-060-0 ♦ 19,50 €

Philippe Kellermann ♦ **Anarchismusreflexionen** ♦ Zur kritischen Sichtung des anarchistischen Erbes ♦ ISBN 978-3-86841-082-2 ♦ 17,00 €

Philippe Kellermann (Hg.) ♦ **Anarchismus und Geschlechterverhältnis** ♦ Band 1 ♦ 978-3-86841-139-3 ♦ 16,00 €

Michaela Kilian ♦ **Keine Freiheit ohne Gleichheit** ♦ Louise Michel (1830 – 1905), Anarchistin, Schriftstellerin, Ethnologin, libertäre Pädagogin ♦ 978-3-936049-93-0 ♦ 17,00 €

Michaela Kilian ♦ **Entlarvte Illusionen** ♦ Marina Iwanowna Zwetajewa (1892 – 1941) ♦ 978-3-86841-044-0 ♦ 19,50 €

Ulrich Klemm ♦ **Bildung ohne Zwang** ♦ Texte zur Geschichte der anarchistischen Pädagogik ♦ 978-3-86841-037-2 ♦ 16,00 €

Ulrich Klemm ♦ **Mythos Schule** ♦ Warum Bildung entschult und entstaatlicht werden muss ♦ Eine Streitschrift ♦ 978-3-86841-003-7 ♦ 11,80 €

Ulrich Klemm ♦ **Anarchisten als Pädagogen** ♦ Profile libertärer Pädagogik ♦ ISBN 978-3-936049-05-3 ♦ 9,00 €

Ulrich Klemm ♦ **Freiheit & Anarchie** ♦ Eine Einführung in den Anarchismus ♦ ISBN 978-3-936049-49-7 ♦ 9,80 €

Jochen Knoblauch ♦ **Marx vs. Stirner** ♦ Oder: Ein Versuch über dieses & jenes ♦ ISBN 978-3-86841-120-1 ♦ 14,00 €

Rachel Kochawi ♦ **Die Blut-Braut** ♦ Eine politische Liebesgeschichte ♦ Roman ♦ ISBN 978-3-936049-89-3 ♦ 16,00 €

Rachel Kochawi ♦ **Das Brot der Armut** ♦ Die Geschichte eines versteckten jüdischen Kindes ♦ ISBN 978-3-86841-034+1 ♦ 18,00 €

Peter Kropotkin ♦ **Worte eines Rebellen** ♦ ISBN 978-3-86841-254-3 ♦ 20,00 €

Gustav Landauer ♦ **Internationalismus** ♦ Ausgewählte Schriften ♦ Band 1 Herausgegeben von Siegbert Wolf ♦ ISBN 978-3-936049-89-3 ♦ 18,00 €

Gustav Landauer ♦ **Anarchismus** ♦ Ausgewählte Schriften ♦ Band 2 ♦ ISBN 978-3-86841-012-9 ♦ 18,00 €

Gustav Landauer ♦ **Antipolitik** ♦ Ausgewählte Schriften ♦ Band 3.1 ♦ ISBN 978-3-86841-31-0 ♦ 18,00 €

Gustav Landauer ♦ **Antipolitik** ♦ Ausgewählte Schriften ♦ Band 3.2 ♦ ISBN 978-3-86841-36-5 ♦ 18,00 €

Gustav Landauer ♦ **Nation, Krieg und Revolution** ♦ Ausgewählte Schriften ♦ Band 4 ♦ ISBN 978-3-86841-046-4 ♦ 18,00 €

Gustav Landauer ♦ **Philosophie und Judentum** ♦ Ausgewählte Schriften ♦ Band 5 ♦ ISBN 978-3-86841-068-6 ♦ 22,00 €

Gustav Landauer ♦ **Literatur** ♦ Ausgewählte Schriften ♦ Band 6.1 ♦ ISBN 978-3-86841-090-7 ♦ 18,00 €

Gustav Landauer ♦ **Literatur** ♦ Ausgewählte Schriften ♦ Band 6.2 ♦ ISBN 978-3-86841-091-4 ♦ 18,00 €

Gustav Landauer ♦ **Skepsis und Mystik** ♦ Ausgewählte Schriften ♦ Band 7 ♦ ISBN 978-3-86841-059-4 ♦ 18,00 €

Gustav Landauer ♦ **Wortartist** ♦ Ausgewählte Schriften ♦ Band 8 ♦ ISBN 978-3-86841-101-0 ♦ 18,00 €

Gustav Landauer ♦ **Aufruf zum Sozialismus**♦ Ausgewählte Schriften ♦ Band 11 ♦ ISBN 978-3-86841-133-1 ♦ 18,00 €

Gustav Landauer ♦ **Friedrich Hölderlin in seinen Gedichten** ♦ Ausgewählte Schriften ♦ Band 12 ♦ ISBN 978-3-86841-152-2 ♦ 18,00 €

Gustav Landauer ♦ **Die Revolution** ♦ Ausgewählte Schriften ♦ Band 13 ♦ ISBN 978-3-86841-168-3 ♦ 18,00 €

Gustav Landauer ♦ **Ein Weg zur Befreiung der Arbeiter-Klasse** ♦ Ausgewählte Schriften ♦ Band 14 ♦ ISBN 978-3-86841-194-2 ♦ 18,00 €

Gustav Landauer ♦ **Meister Eckharts. Mystische Schriften** ♦ Ausgewählte Schriften ♦ Band 15 ♦ ISBN 978-3-86841-203-9 ♦ 18,00 €

Tilman Leder♦ **Die Politik eines „Antipolitikers"** ♦ Eine politische Biographie Gustav Landauers ♦ ISBN 978-3-86841-098-3 ♦ 49,90 €

Reiner Lehmann♦ **Wider die Dummheit** ♦ ISBN 978-3-86841-126-3 ♦ 10,00 €

Samuel Lewin ♦ **Dämonen des Blutes** ♦ Eine Vision ♦ ISBN 978-3-86841-079-2 ♦ 12,00 €

Andreas Löhrer ♦ **Bella Ciao** ♦ Auf den Spuren eines Partisanenliedes ♦ ISBN 978-3-86841-291-8 ♦ 16,00

Miriam Magall ♦ **Kindheit in Ägypten** ♦ Roman ♦ ISBN 978-3-86841-111-9 ♦ 18,00 €

Subcomandante Marcos ♦ **Der Kalender des Widerstandes**. Zur Geschichte und Gegenwart Mexikos von unten ♦ ISBN 978-3-936049-24-4 ♦ 13,00 €

Mathias Mendyka ♦ **Libertäre Schulkritik und anarchistische Pädagogik** ♦ ISBN 978-3-86841-155-3 ♦ 14,00 €

Mujeres Libres ♦ **Libertäre Kämpferinnen** ♦ ISBN 978-3-86841-221-5 ♦ 17,00

Andreas Losch, Thomas Reichert, Johannes Waßmer (Hgg.) ♦ **Alles in der Schrift ist echte Gesprochenheit** ♦ **Martin Buber-Studien** ♦ Band 2 ♦ ISBN 978-3-86841-117-1 ♦ 19,90 €

Mick Lowe ♦ **Der alte Provo-Trick** ♦ Roman ♦ ISBN 978-3-86841-233-8 ♦ 18,00 €

Orlando Mardones ♦ **Mensch, du lebst noch?** ♦ ISBN 978-3-86841-241-3 ♦ 14,00 €

Jürgen Mümken ♦ **Freiheit, Individualität & Subjektivität.** ♦ Staat und Subjekt in der Postmoderne aus anarchistischer Perspektive. ♦ ISBN 978-3-936049-12-1 ♦ 17,00 €

Jürgen Mümken ♦ **Anarchosyndikalismus an der Fulda.** ♦ ISBN 978-3-936049-36-7. ♦ 11,80 €

Jürgen Mümken (Hg.) ♦ **Anarchismus in der Postmoderne** ♦ Beiträge zur anarchistischen Theorie und Praxis ♦ ISBN 978-3-936049-37-4 ♦ 11,80 €

Jürgen Mümken ♦ **Kapitalismus und Wohnen** ♦ Ein Beitrag zu Geschichte der Wohnungspolitik im Spiegel kapitalistischer Entwicklungspolitik und sozialer Kämpfe ♦ ISBN 978-3-936049-64-0 ♦ 22,00 €

Jürgen Mümken ♦ **Die Ordnung des Raumes** ♦ Foucault, Bio-Macht und die Transformation des Raumes in der Moderne ♦ ISBN 978-3-86841-070-9 ♦ 16,00 €

Jürgen Mümken / Siegbert Wolf ♦ **„Antisemit, das geht nicht unter Menschen"** ♦ Anarchistische Positionen zu Antisemitismus, Zionismus und Israel ♦ Band 1: Von Proudhon bis zur Staatsgründung ♦ ISBN 978-3-86841-088-4 ♦ 18,00 €

Jürgen Mümken / Siegbert Wolf ♦ **„Antisemit, das geht nicht unter Menschen"** ♦ Anarchistische Positionen zu Antisemitismus, Zionismus und Israel ♦ Band 2: Von der Staatsgründung bis heute ♦ ISBN 978-3-86841-118-8 ♦ 18,00 €

Aleksander Nakoff ♦ **Knast, Lager, Verbannung** ♦ ISBN 978-3-86841-234-5 ♦ 14,00 €

Cornelia Naumann ♦ **Fräulein Prolet** ♦ Roman ♦ ISBN 978-3-86841-312-0 ♦ 20,00 €

Cornelia Naumann ♦ **Ich hoffe noch, dass aller Menschen Glück nahe sein muss** ♦ Fragmente eines revolutionären Lebens ♦ ISBN 978-3-86841-190-4 ♦ 19,90 €

Max Nettlau ♦ **Eugenuk der Anarchie** ♦ ISBN 978-3-86841-301-4 ♦ 18,00 €

Ernest Nyborg ♦ **Lena Halberg – Paria 97** ♦ Thriller ♦ ISBN 978-3-86841-125-6 ♦ 14,50 €

Ernest Nyborg ♦ **Lena Halberg – New York 01** ♦ Thriller ♦ ISBN 978-3-86841-128-7 ♦ 14,50 €

Ernest Nyborg ♦ **Lena Halberg – London 05** ♦ Thriller ♦ ISBN 978-3-86841-130-0 ♦ 14,50 €

Ernest Nyborg ♦ **Lena Halberg – Der Cellist** ♦ Thriller ♦ ISBN 978-3-86841-210-9 ♦ 14,50 €

Abel Paz & die Spanische Revolution ♦ Bernd Drücke, Luz Kerkeling, Martin Baxmeyer (Hgg.) ♦ Interviews und Vorschläge ♦ 978-3-936049-33-6 ♦ 11,00 €

Abel Paz ♦ Durruti ♦ Leben und Tode des spanischen Anarchisten ♦ ISBN 978-3-86841-256-7 ♦ 39,90 €

Abel Paz ♦ Feigenkakteen und Skorpione ♦ Eine Biographie (1921 – 1936) ♦ 978-3-936049-87-9 ♦ 14,00 €

Abel Paz ♦ Anarchist mit Don Quichottes Idealen ♦ Innenansichten aus der Spanischen Revolution ♦ Eine Biographie (1926 – 1939) ♦ 978-3-936049-97-8 ♦ 16,00 €

Abel Paz ♦ Im Nebel der Niederlage ♦ Vertreibung und Flucht ♦ Eine Biographie (1939 – 1942) ♦ 978-3-86841-016-7 ♦ 16,00 €

Abel Paz ♦ Am Fuß der Mauer ♦ Widerstand und Gefängnis ♦ Eine Biographie (1942 – 1954) ♦ 978-3-86841-033-4 ♦ 19,50 €

Franz Pfemfert ♦ Ich setze diese Zeitschrift wider diese Zeit ♦ ISBN 978-3-86841-276-5 ♦ 18,00 €

Anna Piccardi ♦ Kontrapunkt 44 ♦ Erzählung ♦ ISBN 978-3-86841-279-6 ♦ 14,00 €

Pierre J. Proudhon ♦ Die Bekenntnisse eines Revolutionärs. ♦ ISBN 978-3-9806407-4-9 ♦ 12,45 €

Èmile Pouget ♦ Die Revolution ist Alltagssache ♦ Schriften zur Theorie und Praxis des revolutionären Syndikalismus ♦ ISBN 978-3-86841-105-8 ♦ 18,00 €

Jean-Bernard Pouy ♦ Mord im Paradis der Nackten ♦ Krimi ♦ ISBN 978-3-86841-017-4 ♦ 16,00 €

Michel Ragon ♦ Das Gedächtnis der Besiegten ♦ Roman ♦ ISBN 978-3-936049-66-4 ♦ 24,80 €

Michel Ragon ♦ Georges & Louise ♦ Der Vendeer und die Anarchistin ♦ Roman ♦ ISBN 978-3-86841-001-3 ♦ 16,00 €

Heinz Ratz ♦ Die Riesen von Guntz und andere ♦ Märchen ♦ ISBN 978-3-86841-263-5 ♦ 18,00 €

Heinz Ratz ♦ Der Mann, der stehen blieb ♦ 30 monströse Geschichten ♦ ISBN 978- 3-936049-45-9 ♦ 18,00 €

Heinz Ratz ♦ Tourgeschichten ♦ ISBN 978-3-936049-74-9 ♦ 16,00 €

Elisée Reclus ♦ Geschichte eines Berges ♦ Prosa ♦ ISBN 978-3-86841-087-7 ♦ 16,00 €

Ela Rojas ♦ Einer dieser chilenischen Tage ♦ Roman ♦ ISBN 978-3-86841-032-7 ♦ 14,00 €

Thomas Reichert, Meike Siegfried, Johannes Waßmer (Hgg.) ♦ Martin Buber: Neu gelesen ♦ Band 1 ♦ ISBN 978-3-86841-075-4 ♦ 19,90 €

Günter Rücker ♦ Das Karbit-Kommando ♦ Edelweißpiraten gegen Miesmolche ♦ Comic ♦ ISBN 978-3-86841-142-3 ♦ 14,00 €

Andrea Staid ♦ Aditi del popolo ♦ ISBN 978-3-86841-240-6♦ 16,00 €

Renate Sattler ♦ Risse im Gesicht ♦ Roman ♦ ISBN 978-3-86841-157-7 ♦ 16,00 €

Renate Sattler ♦ Kanadischer Sommer ♦ Roman ♦ ISBN 978-3-86841-195-9 ♦ 16,00 €

Renate Sattler ♦ Muschelgewand♦ Roman ♦ ISBN 978-3-86841-251-2 ♦ 18,00 €

Walter Schiffer & Thomas Reichert ♦ Rückbesinnung und Umkehr ♦ Zur Bedeutung der jüdischen Tradition bei Martin Buber und Aharon Appelfeld ♦ ISBN 978-3-86841-086-0 ♦ 11,80 €

Walter Schiffer ♦ Das Andenken verlängern ♦ Grabsteininschriften der jüdischen Displaced Persons auf dem Zentralfriedhof in Bergen-Belsen ♦ ISBN 978-3-86841-185-0 ♦ 24,50 €

Walter Schiffer ♦ Nicht vergessen ♦ Grabsteininschriften auf dem Gelände des ehemaligen KZ Bergen-Belsen ♦ ISBN 978-3-86841-247-5 ♦ 24,50 €

Birgit Schmidt ♦ Das höchste Ehrgeizideal war, für die Freiheit gehängt zu werden ♦ Russische Revolutionärinnen ♦ ISBN 978-3-86841-013-6 ♦ 11,80 €

Birgit Schmidt ♦ Andere Wege: Zwischen Surrealismus, Avantgarde und Rebellion ♦ Künstlerinnen und Wissenschaftlerinnen in Mexiko ♦ ISBN 978-3-86841-041-9 ♦ 11,80 €

Birgit Schmidt ♦ Wer war Ruth Oesterreich? ♦ Auf den Spuren einer vergessenen Sozialistin ♦ ISBN 978-3-86841-058-7 ♦ 11,80 €

Birgit Schmidt ♦ Ich bin kein Theoretiker, aber ich verstehe den Sozialismus anders ♦ Leben, Arbeit und Revolte des rumänischen Schriftstellers Panait Istrati ♦ ISBN 978-3-86841-216-1 ♦ 14,00 €

Helga und Wilfried Schwarz ♦ Die Träume der Märtyrer ♦ Menschenschicksale in Ungarn und Amerika ♦ ISBN 978-3-86841-239-0 ♦ 19,90 €

Birgit Seemann ♦ Mit den Besiegten ♦ Hedwig Lachmann (1865-1918), Deutsch-jüdische Schriftstellerin und Antimilitaristin ♦ ISBN 978-3-86841-073-0 ♦ 16,00 €

Birgit Seemann ♦ Ein „FEATHER WEIGHT CHAMPION CASSIUS CLAY".♦ Eleonore Sterling (1925–1968).♦ Deutsch-jüdische Kämpferin gegen Antisemitismus und Rechtsextremismus ♦ ISBN 978-3-86841-078-5 ♦ 18,00 €

Nivi Shinar-Zamir ♦ ABC der Demokratie ♦ Demokratie-Erziehung für Kinder vom Kindergarten bis zur 6. Klasse ♦ 978-3-936049-61-9 ♦ 29,80 €

Augustin Souchy♦ Vorsicht Anarchist ♦ Ein Leben für die Freiheit ♦ ISBN 978-3-86841-255-0 ♦ 20,00 €

Augustin Souchy ♦ Bei den Landarbeitern von Aragon ♦ Der freiheitliche Kommunismus in den befreiten Gebieten ♦ ISBN 978-3-86841-067-9 ♦ 11,00 €

Augustin Souchy ♦ Die tragische Woche im Mai 1937 ♦ ISBN 978-3-86841-164-5 ♦ 16,00 €

Augustin Souchy ♦ Anarchosyndikalistische Kritik an den Bolschewiki ♦ ISBN 978-3-86841-196-6 ♦ 16,00 €

Sulamith Sparre ♦ Denken hat kein Geschlecht ♦ Mary Wollstonecraft (1759 – 1797), Menschenrechtlerin ♦ ISBN 978-3-93604-70-1 ♦ 17,00 €

Sulamith Sparre ♦ Rahel Levin Varnhagen ♦ Salonière, Aufklärerin, Selbstdenkerin, romantische Individualistin, Jüdin ♦ ISBN 978-3-93604-76-3 ♦ 16,00 €

Sulamith Sparre ♦ Das Herz eines Caesar im Busen einer Frau ♦ Artemisia Gentileschi (1593-1654), Malerin ♦ ISBN 978-3-86841-000-6 ♦ 16,00 €

Sulamith Sparre ♦ Aber Göttlich und Außerordentlich reimt sich ♦ Bettine von Arnim (1785 – 1859), Muse, Schriftstellerin, politische Publizistin ♦ ISBN 978-3-86841-009-9 ♦ 17,00 €

Sulamith Sparre ♦ Man sagt, ich sei ein Egoist. Ich bin eine Kämpferin ♦ Dame Ethel Mary Smyth (1858-1944), Komponistin, Dirigentin, Schriftstellerin, Suffragette ♦ ISBN 978-3-86841-038-9 ♦ 17,00 €

Sulamith Sparre ♦ Hier bin ich, die Wegweiserin ♦ Flora Tristan (1803-1844), Sozialistin, Feministin, Schriftstellerin ♦ ISBN 978-3-86841-074-7 ♦ 19,50 €

Sulamith Sparre ♦ La Liberté – die Freiheit ist eine Frau ♦ Der Kampf der Frauen um ihre Bürger- und Menschenrechte in der Französischen Revolution ♦ ISBN 978-3-86841-163-8 ♦ 24,50 €

Sulamith Sparre ♦ Es gibt ein Gedicht, das ist ein Ungedicht ♦ Netti Boleslaw und Tuvia Rübner: Schreiben im Schatten von Auschwitz ♦ ISBN 978-3-86841-188-1 ♦ 16,00 €

Sulamith Sparre ♦ Fremde der Heimat ♦ Sprachzertrümmerung und Welterschaffung in der Dichtung Paul Celans und Tuvia Rübners ♦ ISBN 978-3-86841-197-3 ♦ 16,00 €

Sulamith Sparre ♦ Hannah Shenesh ♦ ISBN 978-3-86841-264-2 ♦ 18,00 €

Horst Stowasser ♦ Projekt A ♦ ISBN 978-3-86841-221,6 ♦ 18,00 €

Valentin Tschepego (Hg.) ♦ Machno – Zeugnisse einer Bewegung ♦ Von Freund und Feind ♦ ISBN 978-3-86841-095-1 ♦ 11,90 €

Valentin Tschepego (Hg.) ♦ Machno – Zeugnisse einer Bewegung ♦ Aus Machnos Feder ♦ ISBN 978-3-86841-159-1 ♦ 12,00 €

Leo Tolstoi ♦ Libertäre Volksbildung ♦ Herausgegeben und kommentiert von Ulrich Klemm ♦ ISBN 978-3-936049-35-0 ♦ 14,00 €

Rubén Trejo ♦ Magonismus ♦ Utopie und Praxis in der Mexikanischen Revolution 1910 – 1913 ♦ ISBN 978-3-936049-65-7 ♦ 17,00 €

Raoul Vaneigem ♦ Das Buch der Lüste ♦ ISBN 978-3-86841-287-1 ♦ 16,00 €

Martin Veith ♦ Unbeugsam ♦ Ein Pionier des rumänischen Anarchismus – Panait Musoiu ♦ ISBN 978-3-86841-076-1 ♦ 19,90 €

Rodrigo Vescovi ♦ Edelmütige Banditen ♦ Comic ♦ ISBN 978-3-86841-181-2 ♦ 19,90 €

René Viénet ♦ Wütende und Situationisten in der Bewegung der Besetzung ♦ ISBN 978-3-86841-292-5 ♦ 18,00 €

Hendrik Wallat ♦ Verwaltung von Sachen ♦ ISBN 978-3-86841-298-7 ♦ 18,00 €

Kurt Wafner ♦ Ich bin Klabund. Macht Gebrauch davon! ♦ Biographie ♦ ISBN 978-3-936049-19-0 ♦ 10,80 €

Ruth Weiss ♦ Der Judenweg ♦ Roman ♦ ISBN 978-3-86841-218-5 ♦ 16,00 €

Ruth Weiss ♦ Der Aufstieg ♦ Roman ♦ ISBN 978-3-86841-169-0 ♦ 16,00 €

Ruth Weiss ♦ Der Niedergang ♦ Roman ♦ ISBN 978-3-86841-170-6 ♦ 16,00 €

Ruth Weiss ♦ Schwere Prüfung ♦ Roman ♦ ISBN 978-3-86841-171-3 ♦ 16,00 €

Ruth Weiss ♦ Nachspiel ♦ Roman ♦ ISBN 978-3-86841-172-0 ♦ 16,00 €

Ruth Weiss ♦ Wege im harten Gras ♦ Erinnerungen an Deutschland, Südafrika und England ♦ ISBN 978-3-86841-162-1 ♦ 18,00 €

Ruth Weiss ♦ Der spitze Hut ♦Roman ♦ ISBN 978-3-86841-259-8 ♦ 16,00 €

Ruth Weiss ♦ Der jüdische Kreuzfahrer ♦Roman ♦ ISBN 978-3-86841-286-4 ♦ 16,00 €

Ruth Weiss ♦ Deborahs Lied ♦Roman ♦ ISBN 978-3-86841-282-6 ♦ 16,00 €

Hand-Joachim Werner ♦ Verbunden im Gegenüber ♦ Martin Buber und der Umgang mit Konflikten ♦ ISBN 978-3-86841-236-9 ♦ 19,90 €

Boff Whalley ♦ Anmerkungen* ♦ zu Chumbawamba und mehr ♦ ISBN 9787-3-86841-021-1 ♦ 18,00 €

Michael Wilk & Bernd Sahler (Hgg.) ♦ **Strategische Einbindung** ♦ Von Mediationen, Schlichtungen, runden Tischen ... und wie Protestbewegungen manipuliert werden ♦ Beiträge wider die Beteiligung ♦ ISBN 9787-3-86841-095-2 ♦ 14,00 €

Michael Wilk ♦ **„Erfahrung Rojava"** ♦ Berichte aus der Solidaritätsarbeit in Nord-Ostsyrien ♦ ISBN 9787-3-86841-283-3 ♦ 18,00 €

David H. T. Wong ♦ **Flucht zum Goldenen Berg** ♦ Comic ♦ ISBN 978-3-86841-144-7 ♦ 19,90 €

Lily Zográfou ♦ **Beruf: Porni [Hure]** ♦ Kurzgeschichten ♦ ISBN 9787-3-936049-71-0 ♦ 16,00 €

Lily Zográfou ♦ **Deine Frau, die Schlampe** ♦ Roman ♦ ISBN 9787-3-936049-83-1 ♦ 16,00 €

Lily Zográfou ♦ **Ein Aschenputtel mit fünfzig** ♦ Roman ♦ ISBN 9787-3-86841-014-3 ♦ 14,00 €